COLLECTION SÉRIE NOIRE
Créée par Marcel Duhamel

Parutions du mois

2715. UTU
(CARYL FÉREY)

2716. LA CAGE AUX SINGES
(VICTOR GISCHLER)

2717. LE JARDIN DU BOSSU
(FRANZ BARTELT)

VICTOR GISCHLER

La cage aux singes

TRADUIT DE L'AMÉRICAIN
PAR FRANK REICHERT

nrf

GALLIMARD

Titre original :
GUN MONKEYS

Pour Jackie, ma femme.
Merci d'avoir radouci un type coriace.

1

J'ai engagé la Chrysler sur l'échangeur de Floride, avec le corps décapité de Rollo Kramer dans le coffre, et je n'arrêtais pas de me dire que j'aurais dû étaler un plastique dessous. Je savais certes que ce tas de ferraille était en location, mais je tenais à ne laisser aucun indice derrière moi pour l'inéluctable safari des enquêteurs scientifiques. Ce qui signifiait que j'allais devoir dépouiller le coffre de toute sa tapisserie puis rincer le sang au Clorox, en espérant qu'Avis ne remarquerait rien avant longtemps. J'aurais dû prendre le temps (une petite seconde) d'étaler un plastique. Merde !

« Ralentis, Charlie. Tu vas nous faire choper. » Blade[1] Sanchez s'est cloqué une Winston dans le bec, a froissé le paquet et l'a balancé sous le siège arrière.

Je lui ai arraché la cigarette de la bouche et je l'ai broyée dans le cendrier. « Allume une autre de ces saloperies et tu te retrouves dans le coffre avec Rollo.

— C'est ma dernière, Dieu du ciel ! Seigneur, Charlie, c'est quoi ce souk ? » Il a palpé la cigarette, mais je l'avais convenablement écrasée. « Je t'ai seulement demandé de ralentir. Tu tiens à ce que la police de la route nous interpelle et découvre Rollo ? »

1. Lame. (Toutes les notes sont du traducteur.)

C'est par ta faute qu'il s'y trouve, ai-je songé. Mais j'ai ralenti. Il avait raison et je l'en détestais d'autant plus.

« T'as salement merdoyé sur ce coup.

— Tu cesses pas de me le répéter », a-t-il répondu.

Quelques-uns des gars et moi, on n'arrêtait pas de chambrer méchamment Blade Sanchez sur son manque d'originalité. On l'avait surnommé « Blade » parce qu'il signe toujours de la même façon : un geste bref de son surin et un sourire d'une oreille à l'autre. Observer systématiquement le même *modus operandi*, c'est le meilleur moyen de se faire identifier. Moins grave, bien sûr, que de laisser une empreinte de pouce, mais s'en tenir à un leitmotiv permet aux profileurs de déterminer un M O. Chacun sait dorénavant ce que tu maquilles et comment. La seule chose qui permet à Blade de s'en tirer, c'est qu'il est difficile d'en apporter la preuve.

Quant à moi, je n'ai jamais, au grand jamais, pris le mauvais pli de tomber dans ce genre d'ornière ; conséquemment, mon nom n'apparaît sur aucune paperasse d'aucun commissariat, dans quelque État de l'Union que ce soit. Pas même dans le district de Columbia.

Quoi qu'il en soit, on charriait vachement Blade sur son coup de lame, installés devant une bière chez O'Malley. On blaguait plus qu'autre chose, mais, conscient qu'on avait raison, il commençait à sérieusement marronner. C'est ce qui vexe le plus les lascars : comme on dit, il n'y a que la vérité qui blesse. Ça se passait la veille du jour où nous devions nous appuyer l'affaire Rollo et Blade m'avait pris à l'écart pour me supplier de le laisser presser sur la détente. Il savait déjà que je ne voulais pas bosser avec lui et, maintenant que tout le monde lui tombait sur le poil à propos de son couteau, souhaitait ardemment nous démontrer qu'il était capable de dézinguer l'autre couillon de Rollo en recourant à une méthode aussi nouvelle qu'éprouvée. Comme si ça pouvait nous empêcher de le prendre pour une truffe, les autres et moi. J'ai bu un ou deux verres et il a fini par m'avoir à l'usure. Avant même de m'en rendre compte, je me retrouvais en train de lui annoncer qu'il pouvait bazarder Rollo, à condition de ne pas merder, faute de quoi on se retrouverait tous les couilles dans un étau.

Naturellement, tout a tourné en eau de boudin. J'aurais dû m'en douter.

*

Lorsque je suis allé prendre Blade, le matin du jour où on devait se faire Rollo, de lourds nuages gris plombaient déjà le ciel hivernal, mais la pluie ne menaçait pas encore. La température n'avait pas plongé une seule fois en dessous de 10°, de tout le mois de janvier. De quoi vous faire aimer le *Sunshine State*[1], non ?

Blade tenait à la main une boîte de *doughnuts* tout frais entourée d'un ruban jaune. J'ai cru que c'était pour nous deux.

« Bas les pattes ! m'a-t-il fait. C'est pour Rollo.

— Le repas du condamné ? »

Il s'est tapoté la tempe de l'index. « Les recherches, *compadre*, les recherches. Ce brave Rollo est accro aux beignets. »

Le quartier de Rollo ressemblait à une merde que Dieu aurait décrottée de Sa semelle. De mornes immeubles de brique bordaient la large avenue. Une bagnole sur trois était désossée et posée sur des blocs de mâchefer. Devant les maisons, des pelouses grandes comme des timbres-poste présentaient une herbe jaunissante et crevarde. J'ai garé la Chrysler dans un créneau vide, face à la baraque que louait Rollo, mais de l'autre côté de la rue.

Blade a inspecté la rue de long en large en secouant la tête. « Quand on dit que le crime ne paie pas, c'est sûrement à Rollo qu'on pense. »

1. L'État du soleil. La Floride.

Je ne lui ai pas répondu, mais j'ai compris ce qu'il voulait dire. C'est comme dans n'importe quelle profession. Soit on est doué pour le métier, soit non. Rollo Kramer n'était pas très doué. Il avait servi d'intermédiaire à Beggar Johnson, un gros ponte de Miami. Et s'était persuadé qu'il pouvait mettre du beurre dans ses épinards en écrémant les bénéfices de Beggar. Le caïd l'avait chopé la main dans le sac et Rollo avait pris la poudre d'escampette et gagné le nord de l'État. Orlando. Notre territoire. Beggar connaissait Blade depuis tout petit, si bien qu'il avait personnellement demandé à Stan de confier ce boulot à Blade.

Le hic, c'était que Blade Sanchez était une tache de première et que Stan le tenait à l'œil. À l'essai, comme qui dirait. Sanchez avait planté son surin dans le type qu'il ne fallait pas, à Detroit, et, un mois plus tôt, il avait encore fait des siennes à Tampa en laissant un conseiller municipal sur le carreau, une balle dans la poitrine. Donc, si je me trouvais aujourd'hui à ses côtés dans cette caisse, c'était en qualité de nounou, pour l'empêcher d'avaler son calibre, d'oublier de respirer ou de faire je ne sais quelle connerie. Je lui avais bien fait comprendre que cette mission ne m'inspirait pas, mais, dans la mesure où j'étais redevable à Stan de la moindre thune planquée dans mon coffiot, je pouvais difficilement la décliner.

Blade a enfilé un gilet de chez Do-nut Barn et est allé livrer la boîte à la porte d'entrée de Rollo. Je l'ai lorgné de travers à son retour.

« C'est quoi ? Du poison ? »

Il a secoué la tête. « Tu verras. Je lui ai dit que c'était le cadeau d'un admirateur.

— Et maintenant ? On attend ?

— On attend. »

J'ai donc patienté. J'ai sorti de ma veste un vieil exemplaire du *National Geographic* et admiré pour la centième fois sa première de couverture : dessus, le beau visage basané d'une jeune Polynésienne s'affichait sur fond de plage de sable vierge et de mer vert émeraude. J'avais lu au moins trois fois chaque mot de l'article. J'ai replié le magazine. Il formait une bosse disgracieuse dans la poche de mon manteau, et je l'ai balancé sur le tapis de sol.

Ça faisait chier d'attendre.

« C'est Rollo qui t'a ouvert ? ai-je demandé.

— Ouais.

— Pourquoi tu ne l'as pas poussé à l'intérieur pour le bazarder sur place ? »

Blade s'est renfrogné. « Pas grave. »

Putain d'amateur à la graisse de chevaux de bois !

Les secondes s'étiraient à une allure d'escargot.

« S'il est à ce point accro, il devait déjà avoir des beignets chez lui, tu ne crois pas ?

— Ceux-là sont frais. »

L'explosion a fracassé les carreaux de la baraque de Rollo et secoué la voiture de location.

« C'était quoi, bordel ? »

Blade m'a fait un grand sourire. « Sûrement la crème anglaise. »

On a giclé de la Chrysler et remonté au pas de course l'allée menant chez Rollo, dans un concert tonitruant de sirènes antivol déclenchées par la déflagration. J'ai enfoncé la porte d'un coup de pied et on a découvert les restes de Rollo, toujours assis sur un tabouret-escabeau que l'explosion avait projeté à trois mètres de la table de la cuisine.

« Sainte merde, Blade ! »

Un liquide sombre suintait encore de son cou ; une flaque s'élargissait sur le lino tout autour du corps. À voir les murs et le plafond, on aurait cru qu'un tamanoir géant avait éternué une pastèque. D'épais globules de magma rouge et visqueux dégoulinaient des placards et formaient de longs filaments gélatineux aux pales du ventilateur du plafond.

Blade a regardé autour de lui comme s'il n'arrivait pas à se persuader de ce qu'il avait fait. « Où est passée sa tête ? »

J'ai louché sur un machin velu et sanglant qui reposait

dans l'évier. « Je crois qu'il y en a un morceau ici. Punaise ! À quoi était fourré ce beignet ?

— Quatre détonateurs. »

J'ai secoué la tête. « Crétin. »

Il a eu l'air froissé. « Il est mort, non ?

— On est censé rapporter le corps pour toucher la prime, lui ai-je rappelé. Comment Beggar va-t-il l'identifier sans la caboche ?

— Me prends pas la tête, Charlie. J'ai passé une nuit blanche à gamberger ce truc. Je me suis levé à cinq heures du matin pour aspirer toute la crème au chalumeau. Ensuite, j'ai enfoncé les détonateurs avec mon pouce et j'ai réinjecté la crème. »

Il semblait sincèrement ulcéré que je n'apprécie pas son génie. Sur le coup, j'ai regretté qu'il ne se soit pas contenté de lui planter son couteau dans le lard. Je suis entré dans le salon et j'en suis revenu avec les hideux draps verts de Rollo. Je les ai étalés sur le carrelage de la cuisine et j'ai fait signe à Blade de m'aider à soulever le cadavre.

Il a fait une moue dégoûtée. « T'as vu dans quel état il est ?

— Espèce de pauvre connard ! Tous les gens du quartier ont dû entendre exploser ta crème anglaise. Il y en a sûrement un qui aura appelé les flics. Maintenant, ferme-la et aide-moi à l'envelopper de ces draps. »

Le sang imbibait déjà les draps quand nous avons fourré le cadavre dans le coffre de la Chrysler. J'ai balancé la boîte de beignets sur le corps. Blade avait la tête d'un homme qui aurait avalé un cafard. Je voyais mal comment il pouvait réussir dans ce métier. Faut croire que, tous autant que nous sommes, nous avons nos limites. Les sirènes de la police hurlaient déjà au loin quand nous sommes sortis du quartier de Rollo.

*

On a zigzagué une vingtaine de minutes, puis je me suis garé dans une station-service Exxon et j'ai dit à Blade de m'attendre dans la bagnole pendant que j'allais téléphoner.

« Qui tu comptes appeler ?

— Attends-moi ici, c'est tout. »

Stan était mon patron. Et celui de Blade. On travaillait déjà pour lui, mais il nous employait en free-lance dès qu'il flairait un dollar. C'est à ces occasions qu'on pouvait vraiment se faire du pognon. Je bossais pour lui depuis des années et je n'avais jamais eu à douter de son jugement — du moins jusqu'à aujourd'hui —, de sorte que je me suis senti un poil soulagé lorsqu'il a daigné décrocher au bout de treize sonneries.

« Ouais ?

— C'est moi, ai-je fait.

— T'es dans la mouise ?

— Exact.

— Raconte. »

J'ai dévidé ma petite histoire. À l'autre bout du fil, Stan s'est marré tout du long comme un bossu.

« Je vois pas ce qu'il y a de drôle là-dedans.

— Toi et ce bouffon, Sanchez. Comment vous êtes-vous débrouillés pour bosser en tandem ? » Comme s'il n'y était strictement pour rien !

« Tu vas m'aider, oui ou non ?

— Reste où tu es. Je te rappelle dans dix minutes. »

Je lui ai donné le numéro de la cabine téléphonique puis j'ai raccroché, pile au moment où Blade venait cogner au carreau.

« Qu'est-ce qui se passe ?

— On attend, ai-je répondu. Si tu veux te rendre utile, va nous chercher du café à la station-service. »

Il est parti puis revenu et m'a tendu un gobelet en polystyrène de la taille d'un suspensoir pour moucheron. « T'as pas pu trouver plus grand ?

— Il est juste comme tu aimes, a fait Blade. Très sucré et presque blanc.

— Comment tu peux le savoir ? C'est la première fois que tu vas me chercher du café.

— Je me suis dit que tu devais aimer le sucre et le lait.

— Noir, la prochaine fois. » Je l'ai versé sur le sol.

Blade m'a regardé, en plissant les yeux comme un petit garçon prêt à fondre en larmes, et est allé se planter près de la voiture de location pour bouder dans son coin. Il avait croisé les bras sur la poitrine et matait la circulation. Rien qu'à le regarder, mes poings se crispaient. C'est à cause de ce genre de lascars que le métier part en couilles.

J'ai encore glissé trente-cinq cents dans la fente et composé le numéro de ma mère à Winter Park. Elle a décroché à la troisième sonnerie.

« Ne m'annonce pas que tu vas encore repousser, Charlie.

— Désolé, M'man. J'suis charrette.

— Tu travailles trop.

— Ça se pourrait bien.

— Quand est-ce qu'on peut compter sur toi ? Danny aimerait beaucoup te voir, tu sais.

— Je sais. Moi aussi, j'ai envie de le voir. Et toi aussi. »

Elle a baissé la voix, adopté un ton plus grave : « Je ne peux rien en tirer, Charlie. Si ton père vivait encore…

— Danny est un grand garçon, maintenant.

— Mais tu lui parleras ?

— Bien sûr, M'man. Je t'appellerai pour te dire quand je passerai. »

Ça me faisait prodigieusement chier de devoir l'envoyer bouler, mais les affaires sont les affaires. Mon petit frère Danny devrait se passer de moi encore un moment. C'était un brave gosse. Il ne la ferait pas trop tourner chèvre.

J'envisageais de traverser la rue pour aller chercher une autre tasse de café quand le téléphone a sonné. J'ai décroché.

« Ouais ?

— L'ex-femme de Rollo habite à Sanford, a fait la voix de Stan. Elle pourra l'identifier.

— On n'a pas besoin qu'*elle* l'identifie. C'est le type qui nous paie qui doit s'en charger.

— Fais ce que je te dis. Alpaguez-la et conduisez-la aux gars de Beggar. Si elle se porte garante pour vous, ça devrait suffire.

— Si tu le dis. »

L'affaire tournait rapidement à la mélasse. J'étais habitué à un certain niveau de professionnalisme. Sans doute une des raisons qui m'incitent à travailler en solo. À moins que je n'aime pas les gens, tout bonnement.

*

J'ai quitté l'autoroute pour emprunter la 4 vers Sanford. On a traversé la ville sans piper mot. Blade commençait à devenir nerveux parce qu'il n'avait pas fumé depuis un bout de temps. L'ex-épouse de Rollo possédait un arpent de terrain et une baraque de style ranch à proximité du terminal régional. Nous nous sommes engagés dans la longue allée et garés près de la maison. De grands chênes l'ombrageaient.

« J'espère qu'elle n'a pas de chiens, a laissé tomber Blade en scrutant la cour. Je déteste les clébards.

— Faut que je lui parle, ai-je déclaré. Reste ici et ouvre l'œil pour les chiens. »

J'ai frappé et elle est venue m'ouvrir. Stan m'avait expliqué que l'ex-madame Kramer se prénommait Marcie et était âgée de trente-quatre ans. Je l'ai inspectée de pied en cap, d'un rapide coup d'œil. Elle était négligemment vêtue d'un jean, d'un T-shirt Hilton Head et de sandales. Ses cheveux roux étaient coupés très court, comme ceux d'un garçon, et ses seins frétillaient lourdement, sans soutif, sous son T-shirt. Elle avait la peau lisse et éclatante. Seul le pourtour de ses yeux bruns trahissait ses quelques heures de vol. Jolie, mais pas assez pour me donner l'impression de passer pour un thon à côté d'elle.

« Je m'appelle Charlie Swift, miss Kramer, ai-je déclaré. Je ne sais pas trop comment vous l'annoncer, mais Rollo est mort.

— Assassiné ?

— Ouais. »

Elle m'a scruté de ses yeux bruns, a jeté un coup d'œil derrière moi, sur Blade qui patientait dans la voiture, puis a opiné poliment, tandis que son regard lumineux revenait se poser sur ma personne. « Vous n'êtes pas de la police.

— Non.

— Vous l'avez tué et, maintenant, vous voulez obtenir quelque chose de moi. » Ce n'était pas une question.

« Oui. » Ses yeux bruns au regard pénétrant rendaient tout mensonge futile, voire inepte.

Elle a hoché la tête et arqué un sourcil. « Ouais. Connaissant Rollo, je me doutais qu'il morflerait tôt ou tard. Qu'attendez-vous de moi ? »

Le trajet et la compagnie de Blade m'avaient épuisé. Je lui ai expliqué que j'avais une proposition à lui faire puis j'ai envoyé Blade en ville, armé d'un billet de vingt dollars, à charge pour lui de nous rapporter de la bouffe chinoise pour trois. Il m'a jeté un regard mauvais avant de s'installer au volant de la Chrysler.

D'ordinaire, je lui aurais bouclé le clapet au chatterton avant de la fourrer à l'arrière de la caisse, mais elle m'avait fait une certaine impression et je ne tenais pas à la gâcher. Il émanait d'elle une aura subtile très caractéristique, qui la rendait séduisante à mes yeux sans pour autant m'inspirer la sensation d'être gauche, rustre ou grossier. Elle n'avait pas peur, mais restait méfiante, et je la soupçonnais de connaître les ficelles. De les avoir apprises à force de se faire bousculer. Quoi qu'il en soit, elle me semblait suffisamment coriace pour mériter qu'on l'épargne, à moins que je n'aie eu, tout connement, envie de causer avec une jolie femme. Dans un cas comme dans l'autre, j'ai été ravi qu'elle m'invite à entrer.

Elle a arraché la languette de deux canettes de Schlitz et je me suis assis en face d'elle, à la morne table couverte de Formica de sa lugubre petite cuisine. Je lui ai narré toute l'histoire et elle savait écouter et poser les questions aux bons endroits.

« Honnêtement, m'a-t-elle déclaré, je m'attendais à apprendre son décès plus tôt. Compte tenu des gens qu'il fréquentait, vous comprenez ? Toujours est-il que j'ai souhaité moi-même sa mort deux ou trois fois. En dix-neuf mois, je n'ai pas vu la couleur du premier chèque de pension alimentaire.

— Je pourrai peut-être vous dépanner si vous nous donnez un coup de main. »

Elle a souri. « J'aurais tué moi-même ce petit con si j'avais su que sa mort pouvait me rapporter du fric. »

Cette remarque ne trahissait qu'une infime touche de colère. Elle restait surtout prosaïque : une de plus sur la longue liste de ceux qui s'étaient dit que le monde se porterait nettement mieux sans Rollo Kramer. Toujours la même dureté, mais je pressentais qu'en son for intérieur, profondément enfoui, elle pouvait parfaitement faire preuve de douceur quand elle le souhaitait. À moins que je n'aie cherché à m'en persuader. Toujours est-il qu'elle me plaisait bien.

« Vous n'avez pas paru effrayée de me trouver derrière la porte. »

Elle a haussé les épaules. « De toute manière, vous en auriez fait à votre guise. Je voyais mal en quoi paniquer m'aurait avancée. Vous auriez dû voir les sales cons que Rollo ramenait à la maison. Au moins, vous avez l'air soigné. Propre sur vous. Quand je vivais avec Rollo, je laissais toujours un fusil chargé derrière la porte. Il doit encore se trouver quelque part dans un placard, me semble-t-il.

— Pourquoi avoir épousé ce type ?

— Jeune et bête. Toujours la même histoire. » Un faible sourire est venu éclairer son visage, comme si, plutôt que d'elle-même, elle parlait d'une sœur cadette un peu attardée. « Toutes les adolescentes aspirent à se faire enlever par un jeune rebelle. » Elle a secoué la tête. « Prendre conscience qu'on est un cliché, c'est aussi atroce qu'éprouvant. J'ai mûri depuis.

— Alors, de quoi vivez-vous ? » J'ai siroté une gorgée de ma bière.

« Je gagne ma vie comme taxidermiste, mais je me considère comme une artiste.

— Ce n'est pas un peu effrayant de travailler sur des cadavres ? »

Un petit sourire a retroussé les coins de sa bouche. « Je ne sais pas. Vous trouvez ? »

Blade est revenu et, devant du porc à la sauce aigre-douce, nous sommes convenus d'octroyer dix pour cent de nos honoraires à Marcie si elle consentait à identifier le corps de Rollo.

« Mon frère est tatoueur, nous a-t-elle appris. En guise de cadeau de mariage, il nous a offert un tatouage identique à tous les deux. Qui dit *Rollo aime Marcie,* inscrit dans un cœur.

— Où ça ?

— Sur les fesses. »

J'ai haussé un sourcil.

« Les vôtres aussi ?

— Je l'ai fait enlever. J'ai l'air de m'être assise dans l'acide. »

Vacherie !

Nous sommes allés nous poster derrière la Chrysler. J'ai ouvert le coffre et dépouillé Rollo de ses draps. Le sang avait séché en grande partie, mais il était toujours aussi décapité.

« Oh, mon Dieu ! » Marcie a sèchement dégluti.

« Vous tiendrez le coup ? »

Elle a hoché la tête.

J'ai baissé le froc de Rollo, juste assez pour dévoiler son tatouage. Il était plus grand que je ne l'avais imaginé.

Marcie a soudain inspiré une longue goulée d'air et les poils follets de ma nuque se sont hérissés. Je me suis raidi, brusquement conscient de m'être un peu trop penché à l'intérieur du coffre, le dos tourné à Blade et Marcie. J'ai ressenti au creux de l'estomac la cuisante, écœurante petite crispation de la bêtise crasse. Je me suis lentement retourné, et retrouvé nez à nez avec le mauvais bout du 9 mm de Blade Sanchez.

« Pas besoin d'en voir davantage, a-t-il déclaré. Je crois bien qu'on va tirer notre révérence, ce brave vieux Rollo et moi, et que je vais toucher la totalité de la prime.

— Ne sois pas stupide, Blade. Stan ne marchera jamais.

— Je ne suis pas de votre avis, môssieur le petit mariolle de tueur à gages. Je sais une chose que tu ignores. Beggar Johnson a passé deux ans à Raiford avec Rollo. Ils partageaient la même cellule et je suis bien persuadé qu'il aura vu ce mignon petit tatouage dans les douches. Beggar dit que je peux travailler pour lui quand je veux.

— Même dans ces conditions, Blade. Ce n'est pas très professionnel. Ça la fiche mal.

— Va au diable ! » Blade frémissait, tout en agitant le pistolet sous mes yeux pour appuyer ses dires. « Je t'ai sur les arêtes depuis qu'on a accepté ce boulot. Tu te prends pour le putain de caïd des cinglés de la gâchette du secteur, hein ? Et t'acceptes de faire tandem avec moi comme si tu me faisais la charité. Eh bien, rira bien qui rira le dernier. Maintenant, passe-moi les clefs de la caisse, sale fils de pute de pauvre connard prétentieux qui boit son café noir et déteste les cigarettes. »

Je les lui ai tendues.

Marcie et moi, on est restés plantés là à regarder Blade s'arracher de l'allée de gravillons au volant de la Chrysler. Dieu merci, je l'avais louée sous un faux nom.

Elle s'est immédiatement tournée vers moi. « Si je te donne les clefs de ma Volvo pour le poursuivre, tu me refileras sa part ? »

Je l'ai regardée en clignant des yeux, pas persuadé d'avoir bien entendu. Elle venait de contempler sans tiquer le cadavre décapité de son ex-époux et me demandait à présent de me lancer aux trousses de Blade. Elle me plaisait vraiment beaucoup.

« Alors ? » Elle a fait cliqueter les clefs sous mon nez. « Il va se tirer.

— Tope là.

— Je viens. »

Sa petite merde de Volvo jaune avait une quinzaine d'années, mais elle était encore en bon état. Nous n'avons pas tardé à rattraper Blade. Je l'avais déjà vu conduire et je n'ai donc pas été surpris outre mesure qu'il se la coule douce. Il n'a pas reconnu la voiture de Marcie et nous sommes arrivés tout doucement derrière lui. J'ai fait semblant de le doubler, mais il m'a reconnu dès que je me suis retrouvé à sa hauteur. Il a essayé de tamponner la Chrysler, mais je l'ai devancé d'un quart de seconde et j'ai braqué sec sur sa voie. Il a quitté la route et emplafonné un pin. J'ai rangé la Volvo sur le bas-côté et ordonné à Marcie de se tenir à carreau.

Blade était lourdement affalé sur le volant ; un filet de sang dégoulinait de son front vers son menton, là où il s'était cogné le crâne. J'ai passé la main par la vitre côté conducteur et je l'ai rejeté en arrière sur son siège. Ses yeux se sont rouverts en papillonnant et il a braqué l'automatique sur moi, légèrement vaseux.

« Tu sens cette odeur, Blade ? lui ai-je demandé. La fumée. Tu t'es vautré dans une herbe haute et sèche et ton tuyau d'échappement y a foutu le feu. Passe-moi ton calibre et je te sors de là. » Pendant qu'il y réfléchissait, j'ai contourné la voiture, ouvert la portière côté passager et harponné mon *National Geographic* qui gisait toujours sur le tapis de sol.

Puis je suis repassé de son côté. « Tu as pris ta décision ? »

Il a jeté un coup d'œil dans le rétro et, lorsqu'il a vu la fumée bouillonner sous la Chrysler, m'a tendu le Luger. Je l'ai traîné derrière la Volvo et l'ai laissé retomber à terre. Rollo était toujours dans le coffre, mais la bagnole s'est enflammée avant que j'aie pu revenir chercher les clefs.

Je suis revenu vers Blade, je l'ai revu braquant sur moi son petit calibre teuton et le sang m'est monté aux joues, jusqu'aux oreilles. L'expression suffisante de cette tronche de cake lorsqu'il s'était imaginé avoir remporté la manche...

J'ai appuyé sur la détente et lui ai logé une balle dans la poitrine.

Marcie est sortie de la Volvo pour venir se poster à côté de moi. « Quel merdier !

— Ouais. Tu vas devoir payer ton frère sur ta part, ai-je ajouté.

— Mon frère ?

— Pour tatouer *Rollo aime Marcie* sur le cul de Blade. » J'ai estimé sa carcasse au jugé. « Il est à peu près bâti comme Rollo. »

Elle a arqué les sourcils, histoire de marquer son appréciation. « D'accord, mais ce n'est pas moi qui lui coupe la tête. »

Exact. Une fois Blade décapité et le cul tatoué, Beggar ne remarquerait pas la substitution. Je l'espérais, tout du moins.

« Aide-moi seulement à le fourrer dans le coffre avant l'arrivée du shérif. »

Elle a ouvert en soupirant le coffre de la Volvo. « Dommage qu'on n'ait ni plastique ni couverture à étaler. » Elle a retroussé ses manches et s'est mise au turbin. Bonne fille.

« Marcie.

— Oui ? »

Je me suis subitement senti aussi stupide qu'emprunté. J'ai ça en horreur, aussi me suis-je pressé d'en finir. « Peut-être que je pourrais t'emmener dîner quand on aura réglé ce problème ? Faire quelque chose avec toi qui n'implique pas un cadavre ?

— Dans un chouette restaurant ?

— Ouais.

— Bien sûr. » Elle s'est baissée et a empoigné Blade sous les bras. « Prends-lui les jambes, tu veux bien ? Cet enfoiré pèse une tonne. »

2

Le deal s'est déroulé sans anicroche et, fort heureusement, Beggar Johnson nous avait envoyé deux de ses gorilles au lieu de venir en personne. Ils sont montés de Miami en voiture et nous les avons retrouvés dans les zones désertes du parking d'un centre commercial d'Altamonte. Le trajet avait été aussi fébrile que silencieux.

Les sbires de Beggar se sont présentés sous le nom de Norman et Vincent. Norman, sorte d'épouvantail efflanqué qui s'efforçait de dissimuler son manque d'envergure sous un costard trop large pour lui, menait la barque. Vincent était conscient de n'être là que pour éliminer tous ceux que Norman lui ordonnerait de tuer. C'était un type au visage moite de sueur, musculeux, bovin, de petite taille mais large d'épaules. Il perdait ses cheveux.

« Vous l'avez apporté ? a demandé Norman.

— Dans le coffre. » J'ai désigné la Volvo du pouce.

Vincent scrutait attentivement l'arrière de la voiture de Marcie, sans doute pour en mémoriser la plaque. Ça ne me plaisait certes pas, mais je voyais mal comment j'aurais pu me plaindre.

Dès qu'ils ont vu le cadavre de Blade, Norman a ouvert son portable pour décrire le tatouage à son patron. Il a beaucoup opiné, et poussé des grognements dépourvus d'émotion. Je commençais à sentir mes aisselles se mouiller.

Je dardais des regards dans tous les recoins du parking, en quête d'éventuels arias. J'avais dépêché Marcie au centre commercial, en ajoutant que je l'y retrouverais pour boire un café dès qu'on aurait procédé à l'échange. Je n'aurais pas dû me faire du mouron.

Norman a refermé son portable. « Quel putain de carnage !

— Navré.

— Qu'est-ce que t'as fait à ce pauvre taré ?

— Il est sorti du rang, alors j'ai dû le mordre. »

Norman a froncé les sourcils. « T'es un vrai petit rigolo. »

Ils ont embarqué ce qu'ils croyaient être la dépouille de Rollo et l'ont tassée dans le coffre de leur Mercedes noire. Ils y avaient étalé un chouette film plastique, qui n'attendait que le cadavre. Les fumiers ! Norman m'a tendu une enveloppe froissée en papier kraft. Je n'ai pas pris la peine de vérifier son contenu. Je savais que le fric s'y trouverait. Nous nous sommes salués d'un signe de tête et je me suis éloigné en m'efforçant de ne pas trop me presser. J'ai trouvé une cabine dans le centre commercial et composé le numéro de Stan.

« Je l'ai.

— Pigé », m'a répondu Stan.

On a raccroché.

Je ne savais pas trop comment lui expliquer qu'un de ses soldats avait avalé son bulletin de naissance, de sorte que j'ai fait comme si de rien n'était. Je misais sur le fait que Blade était une truffe que personne ne regretterait. Ou du moins attendrais-je d'avoir trouvé une explication plus crédible, justifiant que je n'avais rien pu faire pour empêcher ça.

J'ai repéré Marcie au rayon boustifaille, en train de siroter une cochonnerie de café *amaretto* frappé ou un truc du même tonneau. Je me suis assis, j'ai posé l'enveloppe sur la table et je l'ai poussée vers elle. « Jette un œil. »

Elle l'a entrouverte et a jeté un coup d'œil dedans. Elle a retenu sa respiration puis gloussé nerveusement. « Oh, bon sang !

— La moitié te revient. Cinq billets de mille.

— Wouah ! » Elle reluquait le fric en clignant des paupières. « Ça a marché.

— On va dîner ?

— Contentons-nous de prendre une chambre. On commandera au service d'étage. »

On a gagné très vite le Hilton. Dans un halo nébuleux de champagne et de surplus d'adrénaline, on s'est glissés dans les toiles histoire de mieux faire connaissance. Je suis resté ensuite de longues heures éveillé, ravi de sentir son corps lové contre le mien. J'allais devoir une nouvelle fois appeler M'man demain pour lui annoncer que j'étais encore charrette.

*

On a regagné la maison de Marcie le lendemain matin. Elle m'a proposé de séjourner chez elle quelque temps. J'ai appelé chez O'Malley, j'ai demandé à parler à Benny et je lui ai demandé de me couvrir.

Marcie était partie faire des courses, en disant qu'elle serait de retour pour me préparer le déjeuner. Je suis sorti par la porte latérale de sa cuisine, donnant sur le garage. Il y faisait noir comme dans un four. J'ai palpé le mur à tâtons en quête de l'interrupteur. Bredouille. De l'autre côté. Que dalle !

J'ai fait un pas dans l'obscurité, j'ai senti un truc m'effleurer le visage et sauté en arrière.

Une ficelle. La lumière. J'ai tiré dessus et deux rampes fluorescentes se sont allumées en clignotant.

Un ours polaire de deux mètres cinquante m'a chargé, toutes griffes dehors, la gueule déformée par un rictus féroce. J'ai reculé d'un pas et levé un bras pour me protéger du bestiau, pendant que mon autre main volait vers ma veste et arrachait mon automatique à son étui de ceinture. J'ai rétropédalé vers la cuisine en m'emmêlant les pinceaux. Je suis tombé sur le cul, mais j'avais réussi à dégainer. J'ai appuyé trois fois sur la détente et dessiné sur le poitrail de l'ours un triangle de trous de .38. Mais il n'est pas tombé.

De fait, il n'a pas bougé du tout.

Marcie était taxidermiste.

Je me suis relevé et je me suis approché de l'ours polaire. Marcie avait fait du beau boulot. L'ours semblait incroyablement vivant et elle l'avait doté d'une expression probablement plus terrifiante encore que celle prévue par la nature. C'était l'image même de la fureur. À tel point qu'il donnait l'impression d'en avoir après *moi*.

J'ai exploré le reste du garage. Un grand établi. Des outils. Des flacons contenant divers liquides. Des textes traitant d'anatomie animalière voisinant avec des livres d'art sur le cubisme, la sculpture, etc. Des trucs qui m'étaient totalement étrangers. Un vaste congélateur occupait un coin entier. Il s'est ouvert en grinçant et j'y ai trouvé tout un assortiment de paquets enveloppés de papier de boucherie. J'en ai choisi un de la taille d'un gros jambon et je l'ai retourné dans mes mains. Le mot « *Ragondin* » était inscrit dessus au feutre noir.

« Eurgh ! » J'ai laissé retomber le paquet dans le congélo en frissonnant et j'ai refermé ce dernier.

Quelle putain de façon effroyable de gagner sa vie. Bon, d'accord, il m'arrivait de tuer des gens, mais je ne conservais pas de souvenirs. J'ai encore regardé l'ours en secouant la tête puis je me suis marré.

Je suis retourné dans la maison et j'ai allumé la télé. J'ai vaguement zappé de chaîne en chaîne avec la télécommande, mais je n'ai rien trouvé de bien passionnant. Je me faisais chier.

J'ai laissé un petit message à Marcie.

Merci pour cette charmante soirée. Désolé, mais je ne pouvais plus attendre. Le boulot. Je t'appelle.

*

C'est le hic avec Orlando : ce n'est pas une ville aux immeubles très élevés, mais ses banlieues se répandent dans toutes les directions, à perte de vue, débordant sur des communes comme Altamonte, Longwood et d'autres bleds encore qui étaient jadis ruraux, tels Sanford, Oveido ou même Bithlo. Tout le centre de la Floride, depuis Disney jusqu'à la côte spatiale, n'est qu'un entrelacs tarabiscoté de bretelles d'autoroute, de petits centres commerciaux, de villes nouvelles construites à l'emporte-pièce et d'hôtels, d'hôtels et d'hôtels.

À Longwood, j'avais réussi à dénicher un chouette appartement édifié sur un garage de deux places et suffisamment éloigné de la 17-92 pour que le vacarme de la circulation soit quasiment étouffé, pourvu qu'on monte assez fort le volume de la télé. La propriétaire du garage et de la maison adjacente avait environ sept cents ans et n'avait pas perçu mon loyer une seule fois en onze ans d'occupation des lieux. La maison était construite au bord d'une mare dont tous les gens du quartier feignaient de prétendre qu'il s'agissait d'un étang, de sorte que le panneau de l'entrée indiquait « Lac Potter ».

Le taxi m'a ouvert la portière et j'ai réglé la course. J'ai emprunté l'escalier le long du garage et ouvert ma porte. L'appartement était resté dans l'état où je l'avais laissé. Une chaise. Un lit simple — fait, draps et couvertures bordés. Pas d'assiettes sales dans l'évier et une bouteille de Chivas, pleine aux deux tiers, posée sur la petite table ronde de bois.

Je me suis douché et changé. Pantalon anthracite. Veste en tweed. Motif cachemire aux tons neutres pour la cravate.

Je me suis préparé un sandwich : rosbif, raifort et tomate coupée en deux (en diagonale). J'ai lu le *National Geographic* en mangeant, l'exemplaire contenant l'article sur la Polynésie française.

Le téléphone a sonné.

J'ai décroché. « Ouais ?

— Stan te cherche. » C'était Bob Tate. J'entendais derrière lui les cliquetis de verres et le brouhaha des conversations de chez O'Malley.

« Pourquoi ?

— J'en sais rien. Il a l'air fumace.

— Qu'est-ce que tu lui as dit ?

— Rien. C'est le patron. Il a le droit d'être fumace quand ça lui chante.

— Tu lui as dit que j'étais là, je veux dire ?

— J'en savais rien.

— Tu ne le sais toujours pas. Entendu ? »

Bob s'est raclé la gorge et a renâclé. S'il avait eu quelque chose à me dire, il m'en aurait déjà fait part. Benny et Morgan, le bleubite — et Blade lui-même de son vivant — étaient d'ordinaire assez futés pour ne pas essayer de me percer à jour, mais Bob arrivait en second dans la hiérarchie. Il avait vu presque autant de merdes que moi et, croyez-moi, il y avait de quoi s'en mettre plein les mirettes. L'organisation de Stan œuvrait dans tous les secteurs : loterie aux numéros, racket à la protection, recel, paris. S'il y avait un dollar d'argent sale à gagner, Stan était le premier sur le coup. Et si quelqu'un s'avisait de fourrer son nez dans les affaires de Stan, il nous passait un coup de fil dans l'arrière-salle d'O'Malley. La « cage aux singes », comme il l'appelait. Je ne sais toujours pas trop pour quelle raison.

Bob, moi et les autres, on était les bras armés de Stan. Flingues, couteaux et coups de poing américains. Les gars à la voix de basse et aux ombres allongées. Les gars dont les pas pesaient lourdement la nuit dans l'escalier. C'est du moins ce que j'ai lu une fois dans un roman à quatre sous.

Depuis que je connaissais Bob, il avait écopé de trois bastos, s'était fait suriner, briser les côtes à la batte de base-ball et passé dessus par une Toyota. Il avait amplement gagné le droit d'ouvrir sa gueule. Sincèrement. Mais il ne s'en donnait la peine que si c'était important.

Faut croire, malgré tout, que je n'étais pas d'humeur à l'écouter.

« Dis-lui que j'ai des problèmes personnels à régler, Bob. » J'ai niché le téléphone au creux de mon épaule, j'ai déchiré la couverture du *National Geographic* et je l'ai pliée avant de la mettre dans ma poche.

Il s'est encore gratté la gorge, signal codé laissant entendre que Stan n'aimerait pas ça, mais il a répondu : « Bien sûr, Charlie. Comme tu voudras.

— Merci. »

J'ai raccroché et dévalé l'escalier jusqu'à ma Buick Skylark. Je ne tenais pas à retourner chez O'Malley. Je ne me sentais pas encore prêt à expliquer à Stan ce qui était arrivé à Blade et il risquait d'appeler si je restais chez moi.

Il ne m'a fallu qu'une seconde pour décider de mon point de chute.

*

J'ai trouvé Marcie en train de siroter un gin-tonic, assise sur le banc de bois de son perron.

J'ai pilé juste en face.

« J'ai descendu ton ours.

— T'as quoi mon quoi ?

— Le gros ours empaillé du garage… J'ai tiré dessus. Avec mon calibre.

— Quand est-ce que t'as fait ça, bon sang ? » Elle s'est levée, son petit poing crispé.

Je me suis dandiné d'un pied sur l'autre et j'ai enfoncé les mains dans mes poches, bien profond. « Il m'a fichu la frousse, comme qui dirait.

— Seigneur Dieu ! Un homme adulte ! » Elle est rentrée dans la maison en marmonnant des grossièretés.

Je l'y ai suivie, mais j'ai fait halte dans la cuisine. Elle avait laissé la porte du garage ouverte, de sorte que je l'entendais grommeler. J'ai balancé quelques glaçons dans un verre et je les ai noyés sous le gin puis je suis entré à mon tour dans le garage.

Marcie sondait du doigt les orifices que j'avais percés dans la fourrure du poitrail de l'ours. Elle m'a fixé en fronçant les sourcils, tous les muscles de son visage crispés. « Bravo ! Bien joué !

— La belle affaire ! Il était déjà mort. Difficile de le tuer davantage.

— C'est mon boulot.

— Tu n'aurais pas de quoi colmater les trous ? On pourrait passer les marques de brûlure au cirage blanc. Comme ça, les gens ne remarqueront rien quand ils viendront le chercher.

— Il ne s'agit pas d'un travail que m'a confié un client. Mais d'une de mes œuvres d'art.

— Oh !

— Et tu lui as tiré dessus. »

Elle est retournée à pas lourds dans la cuisine et s'est confectionné un autre gin-tonic.

Je suis resté dans le garage à contempler le museau ricanant du bestiau. « En quoi est-ce une œuvre d'art ? ai-je beuglé par-dessus mon épaule.

— Je ne m'attendais pas à ce que tu comprennes ! a-t-elle hurlé de la cuisine. Tu n'es qu'un homme de Neandertal, une brute bouchée à l'émeri. »

Le jugement m'a paru un peu sévère.

« J'ai une maîtrise des beaux-arts de l'université de Buffalo, bordel ! » Elle a sifflé bruyamment son gin-tonic puis sucé un glaçon.

Et, à voir sa gueule, l'ours ne semblait pas moins furax. Pas simplement féroce comme peut l'être un animal sauvage qui chasse pour survivre ou défendre son territoire, mais bel et bien courroucé par une injustice. Comme si l'on avait craché sur ses pompes. Ou balancé sa vieille mémé dans l'escalier.

Je l'ai annoncé à Marcie, en élevant la voix pour qu'elle puisse m'entendre de la cuisine.

Elle est revenue dans le garage sans répondre, tenant son verre devant elle. « Il a l'air furieux ? Vraiment ?

— Ça pose un problème ?

— Non. » Elle semblait stupéfaite. « C'est ce que je voulais. Je cherchais à ce qu'il paraisse en colère.

— Ah bon ?

— Quand on me confie un animal pour le naturaliser, j'essaie de lui donner une expression correspondant à celle de son propriétaire. Il n'est pas facile de faire exprimer à une bête des émotions humaines. La plupart des gens ne les croient pas capables d'amour, de haine ou de colère comme les êtres humains. Mais l'ours m'appartient. Je voulais qu'il ait l'air furieux.

— Alors c'est ça ton art, hein ? »

Elle a éclaté de rire et posé la main sur mon bras. « Je n'irai pas jusqu'à dire de mon travail qu'il jouit d'une immense popularité. » Elle m'a embrassé sur la joue. « Mais merci d'avoir compris. »

Je n'étais pas entièrement sûr de comprendre, mais j'étais enchanté qu'elle ait cessé de m'engueuler.

Sur un coup de tête, j'ai pêché dans ma poche l'image paradisiaque, la couverture du *National Geographic,* et je la lui ai montrée. « Faudra qu'on aille là-bas un de ces quatre.

— Là-bas ?

— Pourquoi pas ? Tout le monde aimerait se retrouver dans un pareil site, non ? La plage. Les palmiers.

— On s'en cogne, des palmiers !

— On s'en... Tu rigoles ? Regarde cette photo. Un vrai paradis.

— Je veux voir les pyramides.

— En Égypte ?

— Ou au Mexique, a fait Marcie. On pourrait aller à Acapulco. Il y a des plages et des pyramides, là-bas aussi. »

J'ai passé un bras autour de sa taille. « Eh bien, c'est une idée à méditer. Je tâcherai d'y réfléchir.

— Tu comptes rester ici ce soir ?

— Ouais. »

On a fini nos verres et on est restés plantés là un moment, à contempler l'ours polaire en colère.

*

Au matin, Marcie a reçu un coup de fil concernant son travail de taxidermiste et elle a pris la Volvo pour aller chercher un pélican défunt.

J'ai placé les assiettes sales de la veille au soir dans l'évier et nettoyé la cuisine. Ça m'a pris quatorze minutes. J'ai fait le lit. Trois minutes. Je me suis douché, rasé et habillé. Vingt et une minutes.

J'ai bu une tasse de café.

Je suis allé chercher les flingues planqués dans le coffre de la voiture et je les ai rapportés. J'ai démonté le .308 belge, ainsi que les automatiques Browning, bien que je n'aie pas tiré avec et qu'ils soient dans un état impeccable, et je les ai nettoyés. J'ai procédé à un rapide inventaire de mes munitions. Je disposais d'une centaine de cartouches de .308 et de deux cents de .45, en comptant celles qui restaient dans les chargeurs de réserve. Plus dix-huit balles pour le revolver, un .38. J'ai bu une autre tasse de café.

L'heure d'appeler M'man.

J'ai composé son numéro et elle a répondu à la quatrième sonnerie. Elle était contente de m'entendre puis, la seconde d'après, elle s'est mise à me disputer pour n'avoir pas téléphoné plus tôt. Suite à quoi elle m'a bassiné avec des nouvelles de tantes et de cousins éloignés.

« Tu ne m'as pas demandé de t'appeler juste pour m'apprendre que tante Nora s'est fait opérer de la vésicule biliaire, pas vrai, M'man ?

— C'est Danny… Ton frère me rendra folle.

— C'est un Swift. C'est de famille.

— Je sais, et je m'inquiète sans doute pour rien. Tu sais, si ton père vivait encore…

— Je sais, M'man.

— Il aurait parfois besoin de parler à un homme. Je fais ce que je peux.

— Je sais.

— Passe. Je te ferai la cuisine.

— Bientôt. » Je me suis éclairci la voix. « J'ai rencontré quelqu'un. »

Bref silence. « Oh ?

— Elle est jolie. Futée. Elle a décroché une maîtrise à la fac.

— Bon. Sois prudent, Charlie. »

J'ai réprimé mon exaspération. « Pourquoi devrais-je faire attention ?

— Je sais que tu es un grand garçon, bien sûr. » Elle a adopté un ton plus léger et gloussé : « C'est juste qu'aucune fille n'est assez bonne pour mon bébé chéri.

— Elle si. Peut-être même trop.

— Préviens-moi de ton arrivée. »

On s'est dit au revoir et j'ai raccroché.

Je me suis servi une troisième tasse. Huit heures quarante et une.

J'ai décroché le téléphone. Plus question de tergiverser. Marcie avait son job et moi le mien. Les vacances, c'est bien beau, mais je suis un professionnel. Stan a décroché à la septième sonnerie.

« Allô ?

— Salut, patron. Vous me cherchiez ? »

3

Le bon vieux temps.

Je n'étais libéré de l'armée que depuis deux mois et j'avais déjà tué cinq hommes, mais c'est à peine si j'arrivais à régler mes factures. L'armée ne vous pave pas franchement la route des emplois civils légaux.

J'avais décroché une ribambelle de médailles pour mes talents de tireur d'élite.

Au bout de mes sept premières semaines de classes de ranger, un type avec des barrettes sur les épaules avait ordonné mon transfert dans une unité spéciale. Pas d'écussons. Pas d'insignes. Pas de noms. Rien que je puisse inscrire sur un CV.

Mais un homme doté de certaines capacités trouvera toujours du boulot. Poings, armes blanches, armes à feu.

Stan avait appris que je me débrouillais au pistolet. C'est comme ça que ça se passait à l'époque. Peu importe avec quel acharnement vous croyez tenir les choses sous le boisseau. Le monde continue de tourner. Donc, Stan m'a envoyé Thumbs — « Pouces » — Hogan, pour m'inviter à manger de la tarte.

Depuis que je connaissais Stan, nous avions mangé quatre fois de la tarte ensemble.

La première fois, le jour où il m'a intronisé bleubite dans la cage aux singes. J'étais jeune, ambitieux, futé, et je savais reconnaître une bonne occasion quand on me la présentait sur un plateau.

On s'est serré la main. J'ai commencé à gagner du fric.

Je n'avais pas d'horaire fixe. Pas de pointeuse. Il me suffisait de faire ce que m'ordonnait Stan. Ou, le plus souvent, ce que me demandait « Thumbs » Hogan. Certaines personnes, parfois, ne consentaient pas de bon cœur à rendre à Stan l'argent qu'elles lui devaient. Teintureries, bars à gin et même, une fois, un jardin d'enfants luthérien. Ou bien un flambeur épongé avait besoin d'une bonne correction au coup de poing américain. Quand des fouille-merde s'intéressaient d'un peu trop près à ses affaires, on me dépêchait alors vers eux pour les convaincre de s'adonner à d'autres passe-temps. Je résolvais n'importe quel problème, en recourant à diverses variations sur le même thème. Moi et mon calibre. Moi et mon coup de poing américain. Moi et ma batte de base-ball. Moi.

Sans compter les fois où un quidam disposé à lâcher un gros paquet de pognon pour effacer une quelconque ardoise appelait Stan à la rescousse. Et Stan me prenait alors un billet d'avion pour Denver, Little Rock ou Portland, et je réglais le problème en l'espace d'une nuit. Pulvérisé dans une explosion de cordite assortie d'un éclair de calibre .45 trouant les ténèbres.

C'est au retour d'un de ces déplacements qu'on a bouffé de la tarte ensemble pour la seconde fois, Stan et moi.

Il m'avait envoyé débrancher la prise d'un adjoint du procureur de Saint Louis, mais mes éclaireurs m'avaient fourni des informations erronées. J'étais entré dans une pièce bourrée de calibres et j'avais eu le plus grand mal à en ressortir entier. La balle que j'avais reçue dans l'abdomen m'avait mis au tapis pour trois mois. Avant que Stan ne me déclare de nouveau « bon pour le service », on s'est encore retrouvés pour manger de la tarte. Il voulait me regarder dans le blanc des yeux. Vérifier si j'étais encore en mesure de tenir le choc.

« Faut qu'on se serre les coudes, avait-il déclaré.

— Je sais.

— Si nous ne surveillons pas mutuellement nos arrières, toi et moi, tout le reste n'a plus aucun sens. Tâche de ne pas l'oublier.

— Je m'en souviendrai. »

La troisième fois, c'était juste après que « Thumbs » Hogan se chope une balle dans le dos.

Il venait tout juste d'administrer à un joueur incorrect une bonne leçon au coup de poing américain. Ce dernier avait traversé une saison footballistique exécrable et devait dix gros billets à Stan. Hogan avait donc allongé le flambeur sur le tapis de son propre salon, et s'était employé à lui fracasser consciencieusement les côtes, pendant que la gamine de quatorze ans de l'impétrant s'égosillait dans la pièce, les joues ruisselantes de larmes, implorant Hogan de lâcher son papa tout en lui déchargeant un .22 entre les omoplates.

Donc, alors que j'en étais à ma deuxième bouchée de tarte, Stan m'avait annoncé que j'étais désormais aux commandes de la cage aux singes. La nouvelle voie hiérarchique allait de Dieu à Stan, de Stan à moi, et de moi aux gars. Je n'étais pas encore un cadre exécutif, mais je n'avais jamais eu autant de responsabilités. Ni de surface. Félicitations !

La quatrième fois remontait à six ans, juste après la mort de P'pa.

Et voilà qu'il m'appelait pour m'annoncer qu'on allait de nouveau manger de la tarte. Quelque chose se magouillait. Je lui ai répondu que ça me paraissait une excellente idée ; n'empêche que j'avais les tripes nouées.

*

Je suis entré au Troy's Diner juste après quinze heures. J'avais mon explication toute prête si jamais Stan me posait des questions sur Sanchez. Légitime défense jusqu'au trognon. Néanmoins, on ne liquide pas un gars de Stan sans son autorisation. Question de protocole.

Le *diner* était bourré d'étudiants craspecs, avec trop de tatouages et trop de temps libre. Stan tenait à ce qu'on se retrouve dans un établissement où personne ne nous verrait. Je l'ai repéré dans un box du fond et je me suis assis en face de lui. Le café et la part de tarte sont arrivés quelques secondes plus tard, servis par une gamine pâlichonne d'une vingtaine d'années, aux cheveux noirs et aux ongles peints de même. Tarte aux pommes tiède, coiffée d'une louche de glace à la vanille.

« Stan. »

Il m'a fait un signe de tête. « Charlie. »

Stan vit dans le Sud depuis bien avant ma naissance, mais il n'a jamais perdu son épais accent du Bronx. Il est descendu en Floride en 1955, avec un calibre et une attitude. Sa voix évoquait alors un plein sac de cailloux tournoyant dans une essoreuse.

Il faisait déjà vieux quand j'ai fait sa connaissance, mais il avait encore rétréci dans son complet à rayures bleues. Son crâne aussi chauve qu'un melon était tavelé de taches de vieillesse d'un brun terne. Son visage n'était plus qu'une vieille chique ridée d'où pendaient des fanons couleur crête-de-coq, mais le regard étincelant de ses yeux bleus n'avait rien perdu de sa dureté ni de sa pénétration.

« Beggar Johnson est en ville ce soir », m'a-t-il appris.

Beggar Johnson et Blade Sanchez étaient très liés. Blade était allé jusqu'à avancer qu'il allait travailler pour Beggar. J'ai scruté ma tarte comme si c'était le souci premier de toute mon existence. Intérieurement, je me ceignais les reins.

Stan a sorti un sac de papier roulé et l'a poussé vers moi. « Jette un coup d'œil dedans. »

Je me suis exécuté.

Il contenait un boîtier métallique destiné à recevoir les micros planqués dont nous nous servons parfois, ainsi qu'une oreillette sans fil et un minuscule magnétophone. J'ai encore regardé dans le sac. Puis j'ai regardé Stan.

« Beggar et deux de ses gars vont venir nous retrouver, moi et les miens, a-t-il expliqué. Je veux que tu écoutes la converse. »

J'ai cligné des paupières. « Pourquoi ? »

Il s'est rembruni. « Pourquoi ? Parce que j'en ai décidé ainsi. »

J'ai hoché la tête. « Bien sûr, Stan.

— Donc reste dans le coin. J'aurai peut-être une course à te confier. Et garde ça pour toi.

— Bien sûr. Qu'est-ce que je dois écouter ?

— Tu le sauras quand tu l'entendras. » Il s'est levé et a laissé tomber un billet de vingt sur la table. « Attends quelques minutes avant de partir. À ce soir. »

Il est sorti. J'ai patienté. Bu du café. La glace de ma tarte a fondu.

J'ai réfléchi à ce que Stan m'avait dit, mais plus encore à ce qu'il avait passé sous silence. La triste puanteur d'un changement était dans l'air. Un grand séisme se préparait. J'ai déjà assisté à des secousses, mais jamais de l'intérieur de la tempête de merde. Nous ne décidions pas de la stratégie à suivre, dans la cage aux singes, de sorte que si Stan voulait que je reste sur le qui-vive, je me tiendrais comme de juste à l'affût.

J'ai fait signe à la serveuse de m'apporter du rab de café et, tout en contemplant ma part de tarte spongieuse, je me suis rendu compte que Stan n'avait même pas évoqué Sanchez. Pas un mot. Aucune allusion.

*

Au bon vieux temps, toute partie saignante avec de gros enjeux se serait traduite par un épais nuage de fumée gris-bleu dans l'arrière-salle d'O'Malley. Hommes coriaces tirant nerveusement sur leur cigare pour le maintenir en vie, cravates dénouées, contrôle des flingues à l'entrée, rangée de tapineuses faisant claquer leur bubble-gum au bar en attendant de récompenser les gagnants ou de consoler les perdants.

Mais le bon vieux temps est révolu.

Les mises ne sont plus aussi élevées et la fumée me pique les yeux. Je ne contrôle peut-être pas grand-chose, mais j'ai au moins la mainmise sur la cage aux singes. Tu veux allumer une Lucky ? Sors fumer derrière dans la ruelle !

« Ça fait quarante dollars », a annoncé Bob Tate. Il a regardé Lou Morgan et Lou lui a rendu son regard comme si Bob venait tout juste de lui demander un de ses rognons.

« C'est raide. »

Bob a haussé les épaules. « Tu passes ou tu prends ? »

Lou m'a regardé. « Qu'est-ce que t'en penses, Charlie ? »

J'ai soupiré. Sans répondre.

« J'ai pas quarante dollars, mec, a dit Lou.

— Bon sang de bois, Lou ! a fait Bob. On a touché la paie hier. Qu'est-ce que tu fais de ton fric, bordel ?

— Tu veux emprunter ? » C'était Benny, toujours prêt à rendre service.

« Je commence à m'ennuyer, ai-je déclaré.

— Te casse pas le chou, a répondu Lou. Je passe la main. »

J'ai ramassé les dés au milieu de la piste, je les ai secoués dans ma pogne et je les ai balancés. Onze. J'ai fait passer le troisième grand virage à la voiture de course, doublé le policier dessiné avec son sifflet à la bouche, laissé derrière moi Parking et Taxe de luxe et garé ma caisse juste à côté du petit clébard en fer-blanc de Lou.

« Enfoiré ! » a gémi Lou.

J'ai compté quarante dollars et je les ai passés à Lou, qui avait tiré au sort le rôle de la banque. Un dixième du tarif normal. On avait un peu adapté les règles pour pouvoir jouer avec du vrai pognon. Tout était divisé par dix. Il m'a refilé le carré de carton blanc au sommet barré d'une bande bleue. Le titre de propriété de Broadway.

« Autant déclarer forfait, a laissé tomber Bob. Il possédait déjà les trucs jaunes et les verts, et maintenant il a les bleus. »

Pour Bob, rien n'a jamais de nom approprié. C'est toujours le machin bleu, le bidule vert, ou le truc cabossé, humide ou qui sent le fromage. Il était déjà marié depuis neuf ans quand sa femme l'a pris la main dans le sac avec sa propre frangine. Quand je lui ai demandé de quelle sœur exactement il s'agissait, il m'a répondu : « La facile ! »

La porte donnant sur la grande salle d'O'Malley s'est ouverte. Amber s'est faufilée à travers le brouhaha. Les clients regardaient une partie de basket et, à en juger par les commentaires aigres des spectateurs, les Magics d'Orlando devaient encore se faire ratatiner.

Amber tenait un sac en papier à la main. Il était bourré de billets, ce qui signifiait qu'une des mules de Stan venait de déposer son butin de la semaine. Amber s'est dirigée vers le coffre-fort installé derrière le bar, au ras du sol, et l'a laissé tomber dedans. Sur son trajet de retour, elle a bifurqué vers la table et s'est penchée pour me déposer un rapide bécot sur la joue.

« Dis à Danny que je l'appelle demain, d'accord, Charlie ?

— Pas de problème, trésor. » Je lui ai fait un grand sourire.

Elle a pivoté sur ses talons aiguilles et est retournée dans la grande salle. Toute la tablée l'a suivie des yeux.

Amber et mon petit frère Danny entretenaient une liaison durable. Ils se fréquentaient depuis près d'une année et j'étais persuadé que Danny était désormais disposé à lui poser d'un moment à l'autre la question qui tue. Mais on lisait dans les yeux d'Amber qu'il lui restait encore un tas de choses à vivre. Elle n'avait que vingt ans et préparait un diplôme d'art dramatique à l'université de Floride. Une jolie môme avec la tête dans les nuages.

Mais je ne pouvais blâmer Danny. Amber était belle à tomber à la renverse. Une épaisse crinière brune de la teinte du vieil acajou poli. Des yeux d'un noir profond. Et toujours ce petit air entendu, comme si elle savait quelque chose qu'on ignorait. Un petit sourire espiègle. Pendant que tu aspires désespérément à connaître le fin mot de l'histoire.

Je lui avais trouvé ce boulot bidon chez O'Malley. Officiellement, elle était « hôtesse ». Elle appelait les taxis pour les poivrots. Faisait des courses. Rapportait des sacs en papier pleins de fric dans l'arrière-salle. Et, surtout, nous adressait des clins d'œil à moi et aux autres gars, et nous rendait nos vingt ans. Ce qui déjà, en soi, méritait bien qu'on la payât ce qu'elle gagnait.

Mais n'allez pas croire qu'un seul des gars se faisait des idées mal placées à son sujet. Nous étions tous attablés là comme autant de tontons gâteau protecteurs. Qu'un seul type la regarde de travers et c'était le bain de sang assuré. Une fois, quelques matafs qui avaient à faire chez O'Malley se sont mis en tête qu'un zeste de pince-fesses pouvait leur attirer les grâces d'Amber. Cinq tontons flingueurs les ont brutalement alpagués par le colback de leur vareuse vanille. Ils se sont réveillés dans la ruelle.

« Il se fait tard, a déclaré Benny. Qui ferme ?

— Moi et le bleubite. » J'ai désigné Lou du pouce. Aussi con qu'un sac de poignées de porte, il n'était dans l'équipe que depuis un mois. Mais Stan l'avait embauché. Et on fait ce que dit Stan. C'est comme ça que ça marche, jusqu'à ce que Dieu ou Stan disent le contraire.

« Combien de temps encore allez-vous m'appeler le “bleubite” ?

— Jusqu'à ce qu'un nouveau gusse débarque », a répondu Bob.

Fermer la boutique était la partie la plus barbante du boulot. Les comptables de Stan totalisaient les rentrées de la nuit, soldaient les comptes et bouclaient tout dans le coffre. Le bar lui-même marchait très fort. O'Malley avait son public d'habitués, constitué pour la plupart de caves de la classe moyenne, qui maniaient le stylo de neuf heures du matin à cinq heures du soir et avaient besoin de décompresser quelques heures avant de retrouver femme et enfants au foyer. Mais ce qu'O'Malley ramassait en une semaine n'aurait même pas payé le salaire des hommes qui s'attablaient tous les soirs devant le Monopoly.

Lorsque j'étais encore le « bleubite », je n'arrêtais pas de me demander pourquoi Stan tenait tant à ce qu'une poignée de gros bras s'incrustent dans l'arrière-salle.

Je me souviens que ça s'est passé environ un an après que Stan m'eut envoyé « Thumbs » Hogan pour me proposer un job. À l'époque, j'étais encore le petit toutou en fer-blanc : rien qu'un gamin rapide à la détente, la main sûre et l'œil aiguisé. Je me rappelle cette nuit comme si c'était hier, comme on se souvient d'une séquence de film d'action au ralenti, passée et repassée en boucle. « Thumbs » n'était pas présent ce soir-là, de sorte que Tony Dale avait la voiture de course et Eddie Mex le haut-de-forme. Porky Mullins, lui, avait la chaussure. Bizarrement, c'est le souvenir le plus précis que je garde de la nuit du hold-up.

*

Porky tenait délicatement la chaussure entre pouce et index, son épais petit doigt dressé comme s'il prenait le thé avec la reine. Chaque fois qu'il déplaçait la pompe d'une case, il disait : « Marche ! » Je crois bien que c'est le type le plus balourd que j'aie jamais rencontré. Un mec gros comme un hippopotame dans une veste de sport écossaise.

Il a tiré un quatre. « Marche, marche, marche, marche. » L'auriculaire raide comme un bout de bois. « Eh, c'est Marvin Gardens. J'achète !

— Je l'ai déjà acheté, a rétorqué Eddie Mex. Bienvenue à la *Casa de Marvin.* » Il affectait un accent espagnol, bien qu'il soit américain de la quatrième génération et natif de l'Oregon. « Pas de supplément pour le petit-déjeuner au lit, les *huevos rancheros* et les Bloody Mary.

— J'me contrefiche que tu l'aies déjà acheté, a déclaré Porky. Il me le faut pour le monopole. J'ai déjà les deux autres.

— Lui donne surtout pas, l'ai-je prévenu. Il va les farcir d'hôtels.

— Eh, toi, le putain de bleubite, mets-y une sourdine. » Ses yeux m'ont poignardé de derrière d'épaisses valises charnues. « J'en suis de deux cents dollars et je possède toujours que dalle dans le secteur. J'ai la Compagnie des Eaux et Baltic Avenue, plus une putain de gare de merde. Et maintenant, il me faut Marvin Gardens, et pas plus tard que tout de suite. »

J'ai haussé les épaules, légèrement basculé ma chaise en arrière et admiré le spectacle.

« D'accord, a fait Eddie. Tu le veux ? Cent dollars.

— C'est quoi, ce boxon ? Braque-moi un flingue dessus, tant que tu y es. Foutu cahouète ! Cent dollars ! Tu te fais pas chier ! »

Eddie s'est fendu d'un grand sourire. « *Lo siento mucho, seeenyoooor,* mais si tu veux ce terrain, va falloir allonger un Franklin. »

Tony Dale ne mouftait pas, assis sur sa chaise comme un gros bloc d'Irlande.

Bzzzzzzzzzzzz.

On a tous consulté notre montre. Le parachutage de minuit. Avec cinq petites minutes d'avance, mais rien de grave.

Tony a appuyé sur l'interrupteur mural près de sa chaise. La sonnerie s'est tue et le loquet de la porte de derrière a cliqueté. Eddie a ouvert la bouche pour balancer une autre vanne à Porky.

La porte de derrière s'est ouverte à la volée et deux Blacks en jogging noir ont fait irruption dans la pièce. Chacun tenait deux revolvers de ses poings crispés. Ils ont ouvert le feu sans sommation et arrosé la pièce de plomb.

Si je n'avais pas été renversé en arrière sur ma chaise, je serais mort à l'heure actuelle. Dès le premier coup de feu, je me suis vautré à plat dos, tandis que les balles perdues fusaient au-dessus de moi. Eddie a morflé à la tempe, juste au-dessus de l'oreille, et s'est affalé sur le sol comme s'il se vidait de son air. Porky et Tony ont renversé la table de Monopoly, éparpillant billets, dés et hôtels. Tony a dégainé, mais n'a pas réussi à tirer une seule fois. Le premier Black l'a séché d'une balle en plein cœur. Mais Porky était rapide et se déplaçait avec agilité pour un type de sa corpulence. Son .45 plaqué d'argent est brusquement apparu dans sa pogne et il a vidé son chargeur sur les assaillants. Ils ont tressauté, ont lâché leurs armes et se sont répandus.

Le temps de me relever, tout était terminé. J'étais planté près de Porky, qui braquait encore son automatique vide sur le cadavre d'un des Noirs.

« Putain de merde ! C'est Léon ! »

J'ai reluqué le corps. « Qui ça ?

— Un des plongeurs, a-t-il expliqué. Ce fils de pute devait nous épier depuis un bon mois. Il savait qu'on recevait du liquide ici. »

J'ai regardé Porky. Une tache sombre s'élargissait sur sa chemise blanche et se répandait sur sa veste.

« Porky. » J'ai montré sa veste. « Ça va ? »

Il a baissé les yeux. « Oh, putain ! » Il a ouvert sa veste. Un vrai foutoir !

« Oh, merde, Bleubite ! J'suis foutu ! » Il s'est effondré.

« Seigneur ! Cramponne-toi, Porky. Je vais chercher du monde. »

J'ai cavalé jusqu'à l'entrée de chez O'Malley. Désert. Tout le monde avait joué des quilles en entendant la fusillade.

J'ai appelé une ambulance, mais, à leur arrivée, les ambulanciers ont trouvé Porky couché sur le flanc, les yeux grands ouverts, et baignant dans une mare de sang rappelant du sirop de cerise, tandis que les petites maisons vertes du Monopoly parsemaient la flaque comme autant de boules de gomme.

*

Depuis, les parachutages de cash se font par la porte de devant. On ne se sert de celle de derrière que pour déguerpir au pied levé.

« Charlie ? Eh, mec, tu m'écoutes ? »

J'ai cligné des paupières, regardé Lou. « Qu'est-ce qu'il y a, Bleubite ?

— Je t'ai demandé si t'avais vu Blade ?

— Ouais, a renchéri Benny. Où est passé notre surineur maison ?

— Pas là, ai-je répondu. On joue ou quoi ? »

Benny et Bob ont immédiatement saisi la coupure.

« Comment ça, "pas là" ? s'est enquis Lou. Je le vois bien, qu'il n'est pas là. Il est sur un coup, quelque chose comme ça ?

— Eh, Bleubite, la façon dont je réponds à tes questions te plaît pas ?

— C'est pas ça. C'est juste que…

— Je suis pas le bureau des Renseignements, pas vrai ? Je suis censé te tenir informé du moindre détail ?

— Désolé, Charlie. Te bile pas, vieux. Je retire ma question. »

Stan a franchi la porte de chez O'Malley et est entré dans la cage aux singes, traînant toute la smala dans son sillage : Larry Cartwright, son bras droit, arrivait juste derrière, avec un gros type du nom de Jimmy le Fix, chargé de veiller à ce que tout ce qui tombe du camion soit livré au receleur adéquat. Jimmy et Larry tenaient le rôle de déménageurs, chargés de l'intimidation, dans l'organisation de Stan. Je ne connaissais pas très bien Larry, mais Jimmy était un type sur qui l'on pouvait compter.

Beggar Johnson rappliquait derrière. Jeune, comparé à Stan. Peut-être quarante et quelques années. Blazer bleu, chemise rose ouverte au col, pas de cravate. Cheveux noirs lissés en arrière à la Pat Riley[1]. Il se tenait droit, la tête haute, comme si le monde lui appartenait. Les types comme lui gèrent leur business depuis une tour d'ivoire et n'en redescendent qu'à l'heure du carnage.

J'ai jaugé du regard les deux gars qui l'accompagnaient. Synonymes d'emmerdes dans les deux cas, mais pas pour les mêmes raisons. Je ne les connaissais pas, mais je voyais très bien le genre.

Le premier était court sur pattes et agité de tics. Visage moite, impénétrable, cheveu gras et lavasse. Ses yeux furetaient partout dans la pièce, sans vraiment enregistrer les détails, tandis que sa main se crispait et se décrispait tour à tour ; planté à côté de Beggar, il oscillait sur ses talons et portait son autre main à son nez toutes les quelques secondes, pour le pincer entre pouce et index. Accro à la coke. On les repérait à des kilomètres. Des types dangereux. Soit Beggar n'en savait rien, soit il se moquait éperdument d'avoir sous ses ordres un lascar qui risquait de déjanter à tout moment.

À la différence du cocaïnomane, l'autre était dangereux à dessein. Un grand Aryen blond et rigide. Jeune. Vêtu d'un complet noir coûteux, d'une chemise et d'une cravate violettes. Un type dur et froid, dont la veste formait des bosses aux bons endroits.

Stan a lâché ses invités pour me faire signe.

J'ai dit au gars de ranger le jeu pour cette nuit et je suis allé rejoindre Stan au milieu de la pièce.

1. Célèbre entraîneur de l'équipe de L.A.

« Dis à Amber de passer au bureau pour demander à tous ce qu'ils souhaitent boire », m'a-t-il dit en se tapotant la poitrine. Il m'a décoché un clin d'œil.

Il était branché. J'ai opiné du chef.

Il a conduit ses invités à l'étage, où il disposait d'une salle de conférences, avec une table et un nombre suffisant de chaises pour recevoir confortablement tout son monde. J'ai envoyé chercher Amber, je lui ai demandé de grimper là-haut en vitesse et de s'informer des consommations de ces messieurs.

J'ai conseillé à Bob et Benny de rentrer chez eux.

« C'est quoi, le problème ? » La tronche de Bob Tate affichait une expression passablement soucieuse.

« Repose-moi la question demain. »

Bob a hoché la tête et flanqué un coup de coude à Benny. « Filons. »

J'ai ordonné à Lou d'aller surveiller l'entrée.

J'ai attendu son départ pour coiffer l'oreillette.

« ... la jeune fille peut nous apporter à boire », disait Stan.

Je les imaginais tous, là-haut. Stan, Larry et Jimmy à un bout de la table, Beggar et ses gars à l'autre extrémité, tous arborant de grands sourires à manger de la tarte. La présence du gars à la cravate violette ne me plaisait guère. Son rôle était strictement coercitif. S'il était là, j'aurais dû m'y trouver aussi. Dommage. Ce n'était pas à moi d'en décider.

« Pas de boissons. » Beggar. « Si j'avais envie de boire un coup, j'irais boire un coup. Je suis là pour affaires. Je serai bref, alors tâchez de m'écouter attentivement. »

Stan a fait sortir Amber. J'ai réglé le volume.

« D'accord, Beggar. Qu'est-ce qui peut bien t'amener de Miami qu'un simple coup de fil ne suffirait pas à régler ? Tu nous as demandé d'éliminer Rollo. C'est chose faite. Quoi d'autre ?

— Quel âge as-tu, Stan ? »

Bref silence.

« Où veux-tu en venir, bordel ?

— Ne te méprends pas, poursuivit Beggar. J'ai le plus grand respect pour ce que tu as construit ici. Tu as fait un sacré boulot. Personne n'aurait pu tenir Orlando comme toi. Surtout à l'époque. Mais cette époque est révolue. Les temps changent. Maintenir le bizness au niveau qu'il a atteint jadis devient de plus en plus ardu.

— Tu l'as dit. » Stan. « Je mène durement ma barque. Tu as des plaintes à formuler ? Je t'écoute.

— Il ne s'agit pas uniquement de moi, Stan. Ça vient d'en haut. Du sommet. Tu es assis sur un gros gâteau crémeux, ici, à Orlando. Hôtels, bars, Disney juste à côté comme une grosse prune bien mûre. Chaque hôtel devrait recourir aux services de la teinturerie que tu lui assignes. Chaque bar devrait être sur ta liste. Tu t'es bien maintenu en selle jusque-là, Stan, mais la ville s'est développée au cours des dix dernières années. Pas toi. Le territoire est juteux, et tu ne lui presses pas assez le citron. »

Stan a émis un bruit de gorge écœuré. « Et qui saura en tirer tout le jus ? Toi, sans doute ?

— J'imagine.

— Donc, on me jette avec l'eau du bain ?

— Ce n'est pas ça. Personne ne tient à te saquer de ton pré carré. Permets-moi simplement d'installer ici quelques-uns de mes gars, qu'ils te montrent un peu comment t'y prendre pour secouer plus efficacement le cocotier.

— Conneries. Tu crois peut-être que je ne sais pas reconnaître un étranglement en douceur ?

— Je te l'ai dit, a repris Beggar. Personne ne cherche à t'évincer. » Il a baissé la voix. « Mais, si tu préfères, on peut la jouer plus brutale. »

Stan a marmonné quelques mots que je n'ai pas pu saisir. « D'accord. Qu'est-ce que je suis censé faire ?

— Très bien, a lâché Beggar. Tu fais le bon choix. En premier lieu, nous avons besoin que tu nous rendes un service.

— Lequel ?

— Il y a un type ici. Dans ta ville. Il a embarqué des trucs qui ne lui appartenaient pas. J'aimerais que tu ailles en personne lui faire des misères.

— À ce qu'on dirait, tous tes ennuis achèvent leur course à Orlando.

— Je peux compter sur toi, oui *ou non ?*

— Pourquoi moi ?

— Il fraye avec un de tes gars. Donovan.

— Menu fretin. Propriétaire d'un bar topless. Un moins que rien. Et alors ?

— On sait que c'est un moins que rien. C'est bien pour ça qu'on s'est dit que tu ne nous en voudrais pas de t'en débarrasser. »

Stan a poussé un soupir déchirant : le son d'une âme arrachée à sa gorge, d'un monde à jamais chamboulé.

4

Stan a regardé partir tout le monde, et Beggar s'évanouir *glissando* dans le lointain, tel l'ange de la destruction regagnant sa tour d'ivoire. J'ai dit à Lou de fermer puis d'aller faire un tour. Le chauffeur et garde du corps de Stan l'attendait dans sa Fleetwood, de sorte qu'il ne restait plus que nous deux dans la cage aux singes, à la table de Monopoly.

« Va chercher une bouteille, m'a-t-il ordonné.

— De quoi ?

— Ce que tu voudras. Et ramène deux verres. »

J'ai apporté une bouteille de Chivas et enfourché ma chaise à l'envers. Je me suis penché en avant et j'ai rempli chaque verre au tiers.

Il a bu une gorgée. Moi aussi. On est restés cois.

« Tu as tout entendu ? m'a-t-il finalement demandé.

— Ouais.

— Comment tu juges les choses ? La situation ?

— Ils te proposent une grosse tartine de merde », ai-je répondu.

Stan a hoché la tête. Souri. Pas vraiment un sourire joyeux. Plutôt le genre « autant se faire à l'idée qu'on va s'en prendre plein le cul ». « Tu sais choisir tes mots, Charlie. Charlie la Gaffe. Quelqu'un t'appelle encore comme ça ?

— Pas grand monde. »

Il s'est gratté la tête. « Qu'est-ce qui t'a valu ce surnom ? C'est si vieux que j'ai oublié.

— J'ai tué un type avec une gaffe, une fois. »

Il a ricané. « Ah, ouais. » Il oubliait beaucoup de choses, ces derniers temps.

Il a terminé son Chivas, toussé légèrement. « Je ne bois plus vraiment beaucoup. Quatre-vingt-un ans. T'y crois, à cette connerie ? Après tout ce que j'ai traversé, c'est la boisson, la cigarette, le cholestérol et toutes ces saletés qui devraient m'inquiéter. Bordel ! »

Ouais.

« Mais, ce soir... » Il a tapoté son verre. Je l'ai encore rempli au tiers. « ... ce soir, j'ai besoin de boire un coup.

— Naturellement, Stan. »

Il a bu. J'ai bu. On est encore restés cois un moment.

Je me suis gratté la gorge et je lui ai jeté un regard.

« Vas-y, a-t-il dit. Accouche.

— Qu'est-ce qu'on fait ?

— Rien pour l'instant. On tâte l'eau. Tu connais Kyle Donovan ? »

Pas personnellement, mais j'avais écouté aux portes. « Propriétaire d'un bar topless à l'enseigne de Toppers sur Orange Blossom. Il est à ta botte ?

— Au ras des pâquerettes dans la chaîne alimentaire, m'a-t-il répondu. Il est à la botte de lascars qui me paient pour avoir l'honneur de travailler dans mon secteur.

— Qui veux-tu que j'amène ?

— De qui as-tu besoin ? »

Je n'ai réfléchi qu'une seconde. « De Bob et Benny pour surveiller les portes. J'irai moi-même après la fermeture. Je laisserai Bleubite ici pour veiller au grain.

— Bleubite ? Qui c'est, celui-là ?

— Lou Morgan. Le géant. Le gros paquet de muscles.

— T'inquiète pas de ça. Tu vas rappeler Benny et Bob. Je veux que vous régliez ce problème cette nuit, avant que Beggar ne retourne à Miami.

— Cette nuit ?

— Pourquoi ? Ça te pose un problème ?

— Aucun problème, Stan.

— Parfait. Personne ne s'en sort. Pigé ? Tout ce qui bouge, c'est mort.

— Pigé.

— Maintenant, écoute-moi bien, Charlie. C'est la partie la plus importante. Il y a une mallette noire en galuchat avec les initiales A. A. dessus. Empare-t'en. Retourne la baraque s'il le faut, mais mets la main dessus. Priorité *number one, capiche* ? Beggar veut qu'on la remette ensuite à Alan Jeffers. »

Stan m'a expliqué que Jeffers était le cocaïnomane convulsé de tics qui bossait pour Beggar. Le *pistolero* blond était un gusse du nom de Lloyd Mercury.

« J'ai compris, ai-je fait. Qu'est-ce qu'il y a dans la valise ?

— Qu'est-ce que ça peut bien te foutre ? Contente-toi de l'alpaguer.

— D'accord, Stan.

— Merde ! Quelle nuit de chiotte ! Écoute, oublie ma gueulante. Je ne suis qu'un vieux ronchon, d'accord ?

— Pas de problème, Stan.

— Faut que j'y aille. Je te fais confiance pour régler ça. »

On s'est dit au revoir. Je l'ai regardé de la fenêtre replier sa vieille carcasse dans la Fleetwood.

Pendant que je composais le numéro de Benny, je me suis rendu compte que Stan ne m'avait toujours pas demandé où s'était envolé Blade Sanchez. Peut-être avait-il une bonne raison de s'abstenir. À trop poser de questions, on risque d'obtenir des réponses.

Benny a décroché à la quatrième sonnerie. « Ouais ? » Il n'avait pas l'air assoupi. Un oiseau de nuit.

« Enfile ton chapeau de clown, lui ai-je dit. On a du taf. »

*

À cinq heures moins le quart, Benny, Bob et moi patientions dans un minivan sur le parking du Toppers. Les filles étaient sorties en un flot régulier, nettement moins sexy qu'en string dans leurs vêtements de ville. Une fois le parking vide, j'ai ordonné à mes équipiers de vérifier si leur fusil était chargé. Le plan : j'entre et je nettoie la boîte ; ils attendent près des portes et déquillent tous ceux qui essaient de filer.

« T'es bien sûr de ton coup, Charlie ? » Benny se rongeait les ongles. Une autre de ses manies exaspérantes, dès qu'on passait à l'action. Mais il gardait la tête sur les épaules. Pas de problème.

« Dans le meilleur des cas, il devrait y avoir neuf types là-dedans, a-t-il poursuivi. On en saura plus quand tu auras parlé à la fille.

— Ouais, mais le décompte devrait suffire. On a un caissier comptant la recette de la nuit, deux barmans et deux videurs qui devraient être ou non sur le point de se faire la malle. Ça nous laisse probablement quatre lascars enfouraillés, et je m'en occuperai en premier.

— Écoute, j'ai entièrement confiance en toi, a fait Benny. Mais je devrais peut-être t'accompagner, non ?

— Entendu. Couvre mes arrières.

— D'accord. » Il m'a tendu une enveloppe. « Elle s'appelle Candy.

— Ben voyons ! »

Je me suis adossé au mur du fond, entre la sortie de secours et le conteneur. Deux minutes plus tard, une blonde éreintée aux gros seins refaits émergeait pour m'ouvrir la porte.

« Combien ? ai-je demandé.

— Neuf, a-t-elle répondu en faisant claquer son chewing-gum. Les quatre costards sont tous armés. Je me suis assise sur les genoux de Myron tout à l'heure, alors je peux te dire qu'il n'est pas près de partir.

— Myron ?

— Un cousin de Donovan. Du Sud. »

J'ai dressé l'oreille. « Loin dans le Sud ?

— Miami, je crois. Qu'est-ce que j'en sais ? Il avait la main baladeuse et pas trop envie de faire la conversation.

— D'accord. Qui d'autre ?

— Sal et Ron... les barmans... ne portent pas d'arme sur eux, mais il y a un petit revolver nickelé sous la caisse enregistreuse. Les videurs n'ont que leurs muscles. »

Elle a ouvert l'enveloppe, brièvement feuilleté les coupures du pouce, puis a fourré le fric dans son jean. « Te bile pas. Je ne refoutrai plus jamais les pieds dans cet égout. » Là-dessus, elle s'est tirée.

Je suis entré dans le couloir obscur et j'ai refermé la porte derrière moi. Quelques pas rapides m'ont conduit au vestiaire des filles. À gauche, un rideau s'ouvrait sur la scène et, à droite, la porte donnait sur un long corridor menant à la cuisine. Jusque-là, tout correspondait à ce que m'en avait dit Benny. J'ai pris quelques secondes pour vérifier mes calibres. Les deux .45 reposaient douillettement dans leur étui d'épaule et le .38 au canon de trois pouces était solidement accroché à ma ceinture, juste sous mon ventre. Je portais autrefois un petit .380 à la cheville, mais il ne m'avait jamais servi à rien et me gênait dans mes mouvements.

L'ultime touche était une paire de gants en latex. On peut en obtenir une boîte entière à l'œil à chaque consultation de son médecin de famille. Une petite compensation à l'obligation de s'appuyer la lecture de revues vieilles de deux ans dans sa salle d'attente. Quoi qu'il en soit, je ne tenais nullement à laisser mes empreintes.

J'ai dégainé les deux .45 et je me suis faufilé dans le corridor vers la cuisine.

Elle était entièrement plongée dans le noir, à l'exception de la clarté diffuse provenant du bar au-delà. Des voix d'hommes et les cliquetis de verres me parvenaient de la pièce voisine. J'ai remonté le couloir en tapinois jusqu'à la porte, en me cantonnant dans le noir, et j'ai jeté un cil à l'intérieur. L'un des grands videurs était encore assis sur son perchoir près de l'entrée. Il avait l'air de s'ennuyer à mourir et, crevé, les paupières tombantes, s'adossait pesamment au papier mural de velours rouge. Les deux barmans lavaient et essuyaient des verres derrière le comptoir, et un type qui devait être Myron était assis à l'une des grandes tables du centre de la salle avec deux des costards. Ces derniers semblaient aussi mortellement sérieux que propres sur eux.

J'ai encore observé la scène deux ou trois minutes depuis mon recoin de pénombre et ma patience a fini par payer. Les deux autres costards sont revenus et ont tiré des chaises jusqu'à la table de Myron. Celui-ci, penché sur des paperasses, les lisait rapidement, très concentré. Le second videur manquait toujours à l'appel, mais il me semblait contrôler suffisamment la situation pour faire mon entrée. Je me suis gravé dans la tête l'ordre que je comptais vociférer. De mon poste d'observation, je n'en tenais aucun dans ma ligne de mire, de sorte que je devais me déplacer.

J'ai commencé à appuyer sur les détentes dès mon irruption à la lumière.

Hurlements et chaos général ont immédiatement régné, comme à leur habitude. Les hommes ont repoussé les chaises loin de la table et plongé la main dans leur veste pour y chercher leur arme. Autre petit détail bien particulier, à propos des boîtes de strip-tease : la plupart sont entièrement tapissées de miroirs, de sorte que la mort semblait fondre sur eux de toutes parts, fulgurante. Le videur au cou massif est sorti du coma sur son tabouret, les yeux écarquillés de terreur.

J'ai fait décrire un arc délibéré à mes automatiques et arrosé de plomb les quatre costards. Ils ont pivoté sur eux-mêmes dans une averse de sang, l'arme à demi dégainée de l'étui. Myron a plongé sous la table et je l'ai laissé un instant en paix pour reporter toute mon attention sur le bar. Du coin de l'œil, j'ai entraperçu le dos du videur disparaissant par la porte d'entrée. J'ai eu vaguement conscience d'un coup de fusil provenant de l'extérieur.

Derrière le long comptoir lambrissé, les deux barmans s'activaient. Le premier a giclé vers la porte de la cuisine. L'autre a tendu la main vers l'automatique caché sous la caisse, et j'ai accompagné le mouvement d'une pluie de plomb. Les bouteilles de gnôle dansaient et se fracassaient dans son dos, mais j'ai dû laisser tomber pour m'occuper du second videur, qui venait d'émerger du vestiaire des girls armé d'un fusil à canon scié. Il s'est planté au centre du podium et a fait sauter une esquille de bois de la table que j'avais renversée pour m'abriter. Je me suis relevé, j'ai vidé mes deux chargeurs sur lui et il s'est effondré sur la scène comme une masse.

J'ai lâché les automatiques vides, jugeant préférable et plus rapide de dégainer le .38 de son holster ventral, plutôt que d'essayer d'engager un autre chargeur dans les .45. J'ai ramené le chien en arrière du pouce et j'ai roulé jusqu'au pied du bar.

Le barman devait être encore accroupi derrière la caisse enregistreuse, mais, s'il était suffisamment mariolle, il avait déjà dû ramper jusqu'à l'autre bout, sur les deux tiers au moins de sa longueur, dans l'espoir d'en jaillir inopinément pour m'expédier une rafale. Dans la mesure où j'ignorais s'il était ou non futé, j'ai préféré épier le bar dans le miroir d'en face.

Faut croire qu'il n'était pas une flèche, parce qu'il a surgi dix secondes plus tard, toujours à proximité de la caisse, en brandissant devant lui le petit revolver nickelé dont il serrait le kiki comme s'il voulait l'étrangler. Après le vacarme de la fusillade, le club semblait étrangement silencieux.

« Dave ? a-t-il appelé. Tu vas bien ? Tu l'as eu ? »

J'ai encore vérifié sa position dans le miroir puis je me suis levé et j'ai fait feu. Je l'ai cueilli de plein fouet, juste derrière l'oreille. Le sang a giclé, épais et visqueux. Il a basculé par-dessus le comptoir. Le pistolet est tombé de sa main et s'est écrasé sur le carrelage.

J'ai de nouveau ramené le chien en arrière et je me suis lentement approché de la table centrale. Je me suis accroupi en tenant le .38 devant moi et j'ai trouvé Myron à plat ventre, les mains sur la tête. Je m'apprêtais à lui couper le contact quand il a marmonné quelque chose d'intéressant.

« Qui êtes-vous ? Vous le voulez ? Prenez-le. D'accord ? Laissez-moi tranquille. » Il a pointé l'index au-dessus de son crâne. « Dans la mallette. » Myron était un homme corpulent, ruisselant de sueur, aux membres charnus, aux doigts boudinés et au tarin gros comme un poing d'enfant. Un bloc de gélatine tremblotante dans un joli complet. J'en avais vu des centaines comme lui, mais il a subitement éveillé ma curiosité.

« Bouge surtout pas. » Je continuais de le braquer. Je ne pouvais me permettre de me montrer *trop* curieux. Les coups de feu ne tarderaient pas à rameuter les sirènes, mais je sentais jusque dans mes tripes que ce qui se passait ici allait bien au-delà de la banale routine présidant d'ordinaire à la fermeture d'une boîte de strip. J'ai tenté d'ouvrir la mallette, mais la combinaison exigeait un code de trois chiffres. Les initiales A. A. étaient en or.

J'ai fait signe à Myron de sortir de sous la table. « Ouvre-la.

— Bien sûr, vieux. Tout de suite. Vous voyez, je coopère. » Il a composé la combinaison, déverrouillé le loquet et plongé la main à l'intérieur.

J'ai vu ses épaules se tendre et je me suis tortillé au moment précis où sa menotte potelée ressortait de la valise armée d'un revolver au museau camus. Il n'a tiré qu'une seule fois, visant l'endroit où se trouvait ma ceinture la seconde d'avant. J'ai senti le long d'une côte le baiser brûlant de la balle, quand elle a traversé ma veste et ma chemise.

Le .38 a toussé trois fois dans ma main. Les bastos ont teinté de rouge la poitrine de Myron. Il a tressailli et s'est vautré en travers de la table, en refermant la mallette dans un claquement. Les loquets ont cliqueté.

Je me suis inspecté. La blessure était salement cuisante, mais pas très sérieuse. J'ai dégagé Myron de la table d'un coup de pompe et empoigné la mallette. J'ai dû enjamber le cadavre d'un des costards pour gagner la sortie. Mon œil a capté au passage un éclat cuivré de métal saillant de sa veste. En vertu de toutes les règles de l'art, j'aurais dû depuis longtemps virer mon cul de là par la sortie de secours. Mais, tout au fond de mon crâne, un étrange prurit m'a incité à prendre le temps de fourrer mon nez dans ce qui ne me regardait pas. J'avais fait mon boulot. J'aurais dû me tirer. S'il n'y avait pas eu ce curieux chatouillis…

Je me suis penché pour repousser en arrière le revers de la veste du mort, dévoilant ainsi le morceau de métal brillant qui y était agrafé.

Un insigne.

Mon cœur a passé la quatrième et j'ai rudement dégluti. Une rapide inspection m'a permis de découvrir trois nouveaux badges sur les autres corps. Je venais de débrancher quatre flics. Ça n'était pas de jeu. Pas prévu. Loin s'en faut. J'ai empoché les quatre insignes et ramassé mes .45. Puis je suis ressorti du Toppers par la porte où j'étais entré. Benny et Bob avaient l'air agités.

« Bon Dieu ! a fait Bob. On a bien failli te larguer. Grimpe dans le fourgon qu'on se tire d'ici.

— Écoutez, les gars… Quelque chose a foiré…

— Il y a toujours un truc qui foire, m'a coupé Bob. On en discutera en chemin. »

Je lui ai montré l'insigne et ses yeux sont devenus grands comme des soucoupes. « Je l'ai trouvé sur une des cibles, là-dedans. Il y en a trois autres du même tonneau.

Quelqu'un ne nous a pas tout dit. La merde va pleuvoir. Je me suis dit qu'on devrait peut-être se préparer à rentrer la tête dans les épaules. »

Il n'avait pas l'air heureux. « Putaindebordeldemerde !

— À mon avis, on devrait se planquer quelque part. Mais où ?

— La cage aux singes. » Suggestion de Benny.

« Non, ai-je déclaré. Je sais où. Et on pourra même petit-déjeuner. »

Je suis monté dans le fourgon en comprimant d'un mouchoir mon flanc écorché. Le chant furieux des sirènes nous a expédiés dans la grisaille de l'aube.

5

Le soleil commençait tout juste à filtrer à travers les arbres quand Benny a garé le minivan devant la maison de deux étages de Winter Park. J'ai obligé les gars à s'essuyer les pieds avant d'entrer.

« C'est toi, Charlie ?

— C'est moi, M'man. J'ai amené Bob et Benny.

— Salut, les garçons. Je vous apporte quelque chose à manger dans une minute.

— Bonjour, Mrs. Swift. » Bob.

« J'espère qu'on ne vous dérange pas trop tôt. » Benny.

M'man a émis un petit bruit dans sa cuisine, comme si elle n'avait jamais rien entendu de plus ridicule.

Deux choses : M'man ne dort jamais, et il y a toujours quelque chose en train dans la cuisine.

J'ai humé l'air. Un bref reniflement m'a suffi : œufs, café, bacon canadien. M'man était probablement debout depuis une bonne heure, à préparer le petit-déj pour Danny et moi. Elle est petite, mal fagotée et maternelle, avec des touches de gris dans ses cheveux auburn.

« Laisse-moi le temps de prendre une douche, M'man, et je redescendrai manger un morceau après. Je vais aussi réveiller Danny.

— Il est déjà levé. Encore à cogner sur ce punching-ball derrière le garage. »

Danny avait regagné le domicile familial après avoir de nouveau laissé tomber la fac. Il était censément inscrit à la Clemson University pour ses études, mais s'imaginait faire meilleur usage de son temps en tapant dans un sac rembourré de sable et en persuadant Amber de se dépoiler tous les soirs. Cet état de fait faisait tourner M'man en bourrique, et l'on s'attendait plus ou moins à ce que j'aie avec mon petit frère une conversation à cœur ouvert, histoire de le remettre sur le droit chemin. Je n'avais même pas eu l'occasion d'évoquer avec lui cette perspective.

« Il est trop tôt pour boxer, ai-je fait remarquer.

— Laisse-le tranquille. Qu'il cogne. C'est un brave gosse. » Tout cela parce que Bob et Benny étaient présents. Quand nous étions entre nous, Danny la rendait « dingo ».

« Je vais me nettoyer.

— Parfait. Tu es dans un état épouvantable. Je vais nourrir ces garçons. » Elle a conduit Benny et Bob à la table de la cuisine.

Je me suis traîné dans l'escalier jusqu'à la salle de bains de l'entresol et je me suis laissé lourdement tomber sur le siège des toilettes. J'avais pris soin d'emporter la mallette. Ma besogne nocturne avait finalement réussi à gagner tous mes muscles durant le trajet en minivan et tout mon corps était endolori. Je me suis dépouillé de ma chemise tachée de sang et j'ai entrepris de soigner ma blessure. Elle était aussi moche que superficielle. J'ai pêché sous le lavabo la trousse de première urgence et rincé la plaie à l'eau courante avant de remettre ça à l'eau oxygénée.

J'ai réglé la douche sur chaleur maximale, à la limite du supportable, je me suis lavé, séché, et j'ai pansé ma plaie. Une ou deux agrafes n'auraient sans doute pas nui. Je me suis débrouillé en rajoutant quelques bandes de sparadrap. Puis j'ai enfilé un jean et un T-shirt Orlando Magic avant de rouler en boule mon linge de la nuit et de le fourrer au panier. Je suis retourné dans ma chambre en traînant les pieds et j'y ai trouvé Danny en train de m'attendre.

Il était assis dans le fauteuil devant la fenêtre qui donne sur la rue, son short et son débardeur trempés de sueur. Il avait dû salement travailler le punching-ball et portait encore les gants. Il est plutôt beau gosse, plus grand que moi, carré d'épaules et le ventre plat. Il est accro aux pompes depuis tout petit. À vingt-quatre piges, il est mon cadet de seize ans et avait été une heureuse surprise pour mes vieux. Alors que j'ai plutôt une bonne bouille carrée et un bloc de granit en guise de menton, Danny a les traits acérés et la mâchoire anguleuse. Il tient ça de M'man. Je ressemble beaucoup plus à P'pa.

Il a ôté ses gants et s'est servi du revers de son débardeur pour éponger son front moite. Ça n'a pas changé grand-chose. « Eh, Charlie !

— Danny.

— M'man a préparé le petit-déj.

— Ouais. J'ai senti ça. J'espère que Benny et Bob nous en laisseront quelques miettes.

— M'man t'a déjà demandé de me faire un sermon sur mon retour à la fac ?

— Vingt fois par jour. Au bas mot. »

Il a haussé les épaules. « Je crois que je ne suis pas fait pour les études. »

J'ai changé de tactique : « On ne trouve donc plus des filles sublimes à la pelle sur le campus ? Tu ne voudrais pas renoncer à ça, non ?

— Aucune n'est aussi belle qu'Amber. »

Difficile d'en disconvenir.

« En fait, je crois que je préférerais bosser.

— Ah ouais ?

— Ouais. Tu pourrais peut-être me faire entrer dans la cage aux singes. »

Je me suis forcé à lui rire au nez, quand bien même ce n'était pas franchement hilarant.

« Qu'est-ce que tu sais à ce sujet, bon sang ?

— Allons, Charlie. Je t'ai entendu parler avec ces types. Je sais de quoi il retourne. Je ne suis pas un rat de bibliothèque, tu comprends ? J'ai déjà quitté trois fois la fac. Je ne suis pas taillé pour ça.

— Et alors ? »

Il a repoussé la couverture au pied de mon lit. Mon petit pistolet-mitrailleur Mac-10, les chargeurs d'appoint et le cache-flamme étaient planqués dessous ; le percuteur était niqué et je n'avais pas eu le temps de le réparer. Ainsi qu'un automatique Browning 9 mm, trois poignards des Marines et un aiguillon électrique.

« On en reparlera plus tard, ai-je déclaré. J'ai les gars en bas. »

*

Autour de la table de la cuisine, trois hommes renfrognés mâchonnaient leurs œufs au bacon. J'étais l'un d'eux. Café. Biscottes. Nouveaux froncements de sourcils. M'man vaquait à ses affaires. Laissant les hommes parler entre eux.

Nous avions tous la même chose en tête. Nul besoin d'être télépathe. Des flics morts. Et maintenant ?

La mallette était appuyée à mes chevilles. Nous ne l'avions pas ouverte. Nous ne savions pas si nous en avions l'autorisation. Je ne leur ai pas rapporté ce que j'avais entendu de la conversation entre Stan et Beggar Johnson. Mais les instructions étaient claires : porter la mallette à Jeffers, le gars de Beggar. La cage aux singes n'est pas censée poser de questions.

Benny était parvenu avant moi à cette conclusion. « Écoute. Passe-moi la mallette et je la transmettrai à ce miroton. On a fait ce qu'on nous demandait. Point barre. On ne risque pas d'ennuis pour ça, pas vrai ? »

Bob guettait ma réaction.

J'ai réfléchi. Gratté ma tête. Bu du café. Frotté mon menton sous ma barbe naissante. Réfléchi encore un peu.

« D'accord, ai-je dit. La question, c'est : quel est exactement notre boulot, pas vrai ? » Je les ai regardés.

Ils m'ont rendu mon regard.

Ouais, on était censés faire ce qu'on nous demandait. Bien sûr. Mais on était aussi censés veiller au grain pour le patron. Si jamais il coulait, on plongeait avec lui. « Je vais appeler Stan. »

Je leur ai ordonné d'attendre et je suis remonté à l'étage pour utiliser le téléphone de la chambre à coucher. Aucun des gars ne connaissait le numéro personnel de Stan et je l'ai donc composé avec révérence. Il a décroché à la cinquième sonnerie. Chez lui, c'est toujours lui qui répond.

« J'ai du neuf.

— Raconte. »

Je lui ai tout dit.

« Je vois. » Il ne semblait pas franchement surpris et il a gardé le silence un certain temps.

« Stan ?

— J'essaie de prendre une décision. »

J'ai patienté, l'oreille collée au récepteur. Lorsqu'il est enfin revenu en ligne, le cœur m'est monté aux lèvres. D'angoisse.

« Ouvre la mallette.

— Elle est verrouillée.

— Force-la. »

Je n'ai pas hésité. J'ai empoigné mon Bowie Knife et fracturé les loquets en dix secondes. Elle contenait deux registres, reliés pleine peau. Des livres comptables. Je les ai compulsés. Des colonnes de chiffres. Du chinois pour moi.

Je l'ai dit à Stan.

« Apporte-la-moi. Dans une heure.

— Vous ne voulez plus qu'on la remette à Jeffers ?

— Qui est-ce qui mène le bal ? » Le ton était dur, mais la voix traînante.

J'ai sèchement dégluti. « D'accord.

— Charlie.

— Ouais ?

— Tu t'es bien débrouillé. » L'espace d'une seconde, sa vieille voix rocailleuse avait sonné presque paternelle.

On a raccroché.

Je suis redescendu.

« Je file chez Stan. »

Benny a secoué la tête, mais Bob a dit : « Impec.

— Écoutez, ai-je poursuivi. Va falloir étouffer cette affaire. Prenez le minivan et larguez-le. » De toute façon, il était volé. « Balancez les fusils. » Je leur ai tendu les .45 et le .38. « Ceux-là aussi. » J'avais des armes d'appoint.

« Et toi ? s'est enquis Benny.

— Je vais demander à Danny de me cracher près de chez moi. Je veux me changer avant de passer chez Stan. »

Ils se sont levés et je les ai reconduits à la porte. Ils avaient leur feuille de route, j'avais la mienne.

J'ai appelé Danny.

« Quoi ? » Du premier étage.

« Ramène ton bolide. Faut que tu me conduises quelque part. »

*

Lors de sa première tentative d'inscription à la fac, Danny avait surpris tout son monde en décrochant une bourse de base-ball. Nous lui avions donc remis les huit mille dollars mis à gauche pour ses études. Il en avait claqué trois mille sur une Chevy Impala rouge pompier de 1965, avec un gros moulin V-8. Il avait ensuite passé un bon mois à réparer sa transmission, couvert de cambouis, et l'avait convenablement retapée.

On remontait donc la 17-92 vers mon appartement, Danny au volant. On avait décapoté. Le vent soufflait. En temps normal, je nous aurais trouvés vachement cools, mais mon cerveau n'arrêtait pas de me tracasser, me ramenant sans cesse à ce que j'étais censé faire de la mallette posée sur mes genoux. La rapporter à Stan, sans doute. Et fermer ma gueule. Mais pourquoi diable est-ce que je ne m'en satisfaisais pas ?

« Tu as réfléchi à ce que je t'ai demandé ? »

J'ai cligné des paupières, cessé de gamberger à un meilleur moyen d'arranger les affaires de Stan. « Hein ?

— Travailler dans la cage aux singes. »

J'ai balayé sa question d'un geste. « Tu ignores ce que ça signifie.

— Ah ouais ? » Il portait une veste en denim. Il l'a repoussée en arrière d'une main tout en maintenant le volant de l'autre. Un énorme automatique à crosse nickelée était enfoncé dans la ceinture de son jean. Il était équipé d'une lunette.

« Qu'est-ce que c'est que ça ? »

Il l'a sorti et me l'a remis. « Jette un coup d'œil. »

Je l'ai pris et l'ai retourné entre mes mains. Il avait ajouté une extension au canon et un chargeur à grande capacité. Ce que j'avais pris pour une lunette était en réalité un viseur laser. « Je suis sérieux, ai-je fait. Qu'est-ce que c'est que ça ?

— Un très méchant et très sérieux calibre. Voilà ce que c'est.

— Pour qui tu te prends ? Pour ce connard de Buck Rogers ?

— Où est le mal ?

— Aucun, j'imagine. À condition de vouloir faire sauter l'Étoile Noire.

— Écoute, mec, je suis très doué avec ce truc. Je vais m'entraîner deux fois par semaine.

— Permets-moi de te poser une question. Où as-tu déniché cet engin ?

— Dans une armurerie. Le Shoot Straight Gun Emporium.

— Comment l'as-tu payé ?

— Visa.

— D'accord. Admettons que tu descendes un type. Les flics auront le rapport de la balistique et remonteront sans peine la piste de ce flingue jusqu'à toi. Une belle piste légale, bien proprette. Et tu écoperas de vingt-cinq ans de placard, voire de perpète. Me suis-je bien fait comprendre ?

— Parfaitement. J'ai pigé. Je n'ai pas la science infuse. Toi non plus, au début. Il t'a fallu apprendre.

— En effet. Il m'a *fallu* apprendre. Ce n'est pas ton cas.

— Mais...

— Danny, c'est une façon atroce, pourrie, merdique de gagner sa vie. » Je n'y pouvais rien si j'étais doué dans ma branche. « Et, franchement, ce n'est pas le moment. Ça prend plutôt vilaine tournure ces temps-ci et je dois réfléchir à ce que je vais faire.

— Je peux peut-être t'aider ? »

J'ai expiré. Mon souffle est sorti de ma bouche dans un râle, comme si je jetais l'éponge. « Je te le ferai savoir. »

Danny m'a déposé devant le garage de mon immeuble et a redémarré en rugissant, avec son Impala, sa pétoire géante et une moue dépitée. Je suis monté chez moi.

J'ai ôté jean et T-shirt puis enfilé un complet noir croisé, une chemise à boutons de manchette et une cravate rouge au motif discret. Des chevrons.

Je suis passé dans la salle de bains et j'ai ouvert l'armoire à pharmacie. J'en ai sorti un flacon d'aspirine, plus divers antiseptiques et pansements. J'ai tout installé sur la chasse d'eau des toilettes. J'ai ouvert le faux fond avec un canif, dévoilant la cache où mes calibres d'appoint étaient accrochés à des cintres. J'ai ignoré les deux Colt .45 et décroché le .38 Special police avec son canon de quatre pouces. J'ai vérifié qu'il était chargé puis je l'ai enfilé dans mon holster ventral. Une fois la veste boutonnée, il était quasiment invisible et je le dégainais trois fois plus vite que de mon étui d'épaule.

J'ai remis le fond de l'armoire à pharmacie en place et rangé son contenu puis je me suis regardé dans la glace. Parfait. J'avais retrouvé la dégaine d'un professionnel.

Je me suis ensuite battu avec la mallette en galuchat, sur la table de la cuisine. Suite à mon numéro improvisé de serrurerie au Bowie Knife, je n'arrivais plus à enclencher qu'un seul de ses deux loquets. Je ne tenais pas à ce que les bouquins s'en déversent en pleine rue, et j'ai déniché un vieux sac de gym vert bouteille sous mon lit et je les y ai fourrés. Puis j'ai tiré la fermeture Éclair jusqu'en haut.

J'ai fait un premier pas vers la porte avec mon sac de gym puis j'ai pilé net pour jeter un coup d'œil à la mallette encore posée sur la table. Stan m'avait demandé de l'apporter. Il ne voulait que son contenu, bien entendu, mais pourquoi prendre le risque d'être obligé de revenir ? C'est précisément ce qui distingue les vrais pros du connard moyen. Les détails.

J'ai agrippé mallette et clefs de voiture. Puis j'ai dévalé l'escalier.

Une fois derrière ma Buick, j'ai laissé tomber le sac de gym à mes pieds, la mallette toujours sous l'aileron. J'ai glissé la clef dans la serrure du coffre, mais je n'ai pas eu le temps de la tourner.

Le coup m'a frappé durement à la base du crâne. L'obscurité a englouti mes yeux ; un grand feu d'artifice a explosé dans mon crâne. J'ai basculé en avant et je me suis vautré sur le coffre, tandis que les ténèbres m'aspiraient dans un profond entonnoir, une vertigineuse spirale de bruit blanc.

6

Mon costume était sale.

Tout comme le côté gauche de mon visage.

Ce sont des choses qui arrivent, il faut croire, lorsqu'on est allongé dans une ruelle et qu'on mord la poussière. J'ai palpé l'arrière de mon crâne avant d'essayer de me relever. Pas de croûte sanglante. Dieu soit remercié pour toutes ces menues faveurs. Je me suis redressé sur un genou, un tantinet chancelant, puis je me suis remis poussivement debout en m'appuyant des deux mains au coffre de la Buick.

Je me suis épousseté.

J'ai jeté un regard au soleil, un second sur ma montre. J'avais passé toute la matinée le nez dans la gadoue.

J'allais être très en retard au rendez-vous avec Stan.

Stan. Je me suis redressé et j'ai scruté la venelle de tous les côtés. La mallette — la mallette en galuchat avec les initiales A. A., la mallette que j'avais forcée avec un couteau, la mallette pour laquelle j'avais fait un massacre dans un bar topless —, la mallette avait disparu.

Merde !

Je me suis baissé et j'ai regardé sous la Buick. Le sac de gym. Je l'ai ouvert. Les livres comptables.

Un gloussement nerveux, empreint d'un soulagement ineffable, s'est frayé un chemin dans ma gorge pour venir éclore dans la douce brise hivernale. J'ai refermé le sac de gym et escaladé les marches quatre à quatre jusqu'à mon appartement.

J'ai appelé Stan à son numéro personnel. Vingt et une sonneries. Pas de réponse.

J'ai composé le numéro de Bob Tate. Trois sonneries puis un répondeur. « Eh, ici Bob. Je ne suis pas là pour le moment… »

J'ai raccroché.

Benny. Quinze sonneries. Pas de réponse.

Où diable étaient-ils donc tous passés ?

J'ai appelé chez O'Malley. Douze sonneries sans réponse. J'ai encore laissé sonner cinq fois. Toujours rien.

C'était pas normal.

J'ai regardé par la fenêtre. Scruté la cour. Pas de problèmes en perspective. Visibles, tout du moins.

D'accord, mon vieux Charlie. Et maintenant, quoi ?

J'ai appelé M'man. Elle a décroché à la quatrième sonnerie.

« Passe-moi Danny, M'man.

— Il est sorti cogner sur son sac.

— Va le chercher.

— Tu as des ennuis ?

— Je veux juste parler à Danny. »

Elle est allée le chercher. Il haletait au bout du fil. « Charlie ?

— Va regarder par la fenêtre qui donne sur la rue. J'attends.

— Quoi ?

— Fais-le, c'est tout.

— Je cherche quoi ?

— Une voiture inconnue garée de l'autre côté de la rue. Avec peut-être quelqu'un dedans. Regarde bien. Un pâté de maisons plus haut, si ça se trouve.

— Qu'est-ce qui se passe ?

— Fais-le !

— Ne quitte pas. »

J'ai patienté en regardant par ma fenêtre.

Danny est revenu en ligne. « C'est dégagé.

— Parfait. Tu veux toujours me donner un coup de main ?

— Ça signifie que je suis embauché ?

— Appelons ça une première entrevue. Tu as toujours ta pétoire à la Buck Rogers ?

— Ouais.

— Garde-la à portée de main. Ne laisse rien voir à M'man. À quoi bon la retourner ? Reste à l'intérieur et tâche de la dissuader de sortir.

— Tu la connais. Où voudrais-tu qu'elle aille ?

— Ne quitte pas la fenêtre des yeux. Et ne laisse aucun inconnu s'approcher. Je te recontacte.

— Que se passe-t-il, Charlie ?

— Pas grand-chose, sans doute. Simple mesure de précaution.

— C'est tout ce que tu veux que je fasse ? Garder M'man ?

— Ça prouve que tu n'y connais rien, ai-je répliqué. La première chose qu'on apprend dans la cage aux singes, c'est à veiller sur les siens.

— D'accord, d'accord. Calme-toi.

— Je te rappelle. »

J'ai raccroché et démonté de nouveau le fond de l'armoire à pharmacie. J'en ai retiré les Colt et je les ai glissés dans les étuis d'aisselle, mais, au lieu d'enfiler ces derniers, je les ai fourrés dans le sac de gym avec les registres.

Je suis sorti et j'ai fermé la porte à clef. Je n'avais pas dévalé la moitié des marches que le téléphone se mettait à sonner. Je suis remonté au trot et j'ai maladroitement extrait les clefs de ma poche. J'ai déverrouillé la porte et décroché à la huitième sonnerie.

« Ouais.

— Charlie ? »

Lou Morgan. Le bleubite. « Où t'es, bordel ?

— Chez O'Malley. Où sont-ils tous passés ? La boîte est bouclée. Plus hermétiquement que le trou du cul de Bob Tate après une fondue savoyarde.

— Épargne-moi ton humour, Bleubite. C'est foutrement sérieux. Depuis quand es-tu là ?

— Environ une heure.

— J'ai essayé d'appeler.

— J'étais de l'autre côté de la rue, a fait Lou. Je me suis dit qu'on était peut-être un jour férié, quelque chose comme ça, et je suis allé voir si c'était ouvert chez Jan. » Le traiteur en vis-à-vis. « C'est complètement mort ici, mec. Pas âme qui vive dans le bar. Personne n'est revenu dans la cage aux singes. Le désert. »

Les rouages se sont enclenchés dans ma tête et ont commencé à tourner. « Tu as pu parler à Bob ou Benny ?

— Non. J'ai d'abord essayé de joindre Bob.

— Lou, ai-je fait, tandis que mes pensées culbutaient paresseusement l'une par-dessus l'autre, tu ferais peut-être mieux de te barrer.

— Minute. On frappe à la porte.

— N'ouvre pas, Lou.

— C'est peut-être Bob. J'en ai pour une seconde. » Je l'ai entendu reposer le combiné sur le comptoir.

« Bob a une clef ! ai-je beuglé dans le téléphone. Lou ! »

La scène que m'a retransmise le téléphone s'est déroulée comme une dramatique radiophonique. Porte s'ouvrant en grinçant. Bruits de pas précipités d'individus se ruant dans la salle. Cris. Voix de Lou : *Fumiers !* Coups de feu. Hurlements. Autres coups de feu. Fracas de verre brisé. Du mouvement. Une bousculade ? Une autre voix : *Par ici. Vite !*

« Lou ! » D'une voix angoissée.

Le silence est rapidement retombé. Bruits de pas. Puis un cliquetis suivi d'un bourdonnement à l'autre bout du fil. Déconnexion.

*

Je roulais aussi vite que je le pouvais sans risquer un PV, sachant que, le temps de faire le trajet de mon appartement au bar, la fête serait finie. Mais que faire d'autre ? J'ai caressé de l'index le .38 dans son étui ventral. Le sac de gym était posé sur le siège du passager.

Il n'était plus question d'un « lent étranglement ». Ça puait méchant.

Mais en arrivant devant chez O'Malley, j'ai découvert que c'était encore pire que prévu.

Je me suis cantonné à une prudente distance d'un pâté de maisons. Un flic en uniforme retenait la foule. Des voitures de patrouille partout.

Et, derrière, des camions de pompiers.

Une fumée noire se déversait en bouillonnant des fenêtres du bar. Une équipe de pompiers braquait diligemment les lances dessus, inondant l'immeuble en flammes.

Je ne me suis pas attardé ; j'ai passé la première et redémarré. Derrière moi, un univers s'écroulait, en même temps que le petit nid douillet que je m'y étais construit, balayé par le feu, s'éparpillait en fumée dans le vaste ciel.

*

La maison de Bob Tate ne se trouvait qu'à dix minutes de là. J'ai freiné en catastrophe dans son allée, sauté de la Buick et laissé la portière ouverte côté conducteur. J'ai frappé à la porte de Bob. Patienté. Personne.

J'ai encore frappé. Plus fort. Avec insistance.

J'ai pesé sur la poignée et découvert que la porte n'était pas fermée à clef. Je l'ai poussée et j'ai franchi le seuil.

« Bob ? »

Pas de réponse.

J'ai incliné la tête, tendu l'oreille. La maison était morte, à la seule exception des fenêtres ouvertes, dont un vent frais froissait les minces rideaux. Où, maintenant ? Le salon ? À l'étage ?

« Bob ? » Plus fort ce coup-ci.

J'ai opté pour le salon. Trouvé son répondeur. Qui m'a narré toute son histoire en clignotant. Deux appels. J'ai passé les messages. D'abord Lou puis moi. Variations sur le même thème : où diable êtes-vous ?

Dans la salle à manger — rien — puis dans la cuisine.

Des débris de verre scintillaient sur le carrelage. Mes yeux ont balayé la pièce jusqu'à la porte de service, dont un carreau avait été brisé de l'extérieur, juste au-dessus de la poignée. Effraction.

« Bob ! »

Parcouru tout le rez-de-chaussée. Escaladé l'escalier quatre à quatre et ouvert la première porte qui me tombait sous les yeux. Une chambre à coucher. Celle de Bob.

Il s'y trouvait.

Il gisait sur son lit, étendu sur le dos, vêtu d'un caleçon et d'un tricot de corps. Les vêtements qu'il portait au Toppers la veille au soir s'échelonnaient de la salle de bains au pied de son lit. Un trou de balle bien net ornait le centre exact de son front. Un filet de sang s'en écoulait entre ses yeux écarquillés, le long de l'arête de son nez, pour venir mourir sur ses lèvres.

Bob avait été un tueur de sang-froid, sans une once de pitié. Une brute armée d'une matraque, d'un manche de pioche ou d'un jeu de coups de poing américains. Sa femme l'avait quitté et avait embarqué les jumeaux dans son Jersey natal. Il bâfrait la bouche ouverte. Pétait pour rigoler. Personne sur cette planète ne regretterait Bob Tate.

Sauf moi.

J'ai tiré une chaise et je me suis assis pour contempler son corps sans vie. Après avoir fixé quelques minutes ses yeux vitreux, je me suis levé et j'ai balancé une couverture sur lui. Je me suis rassis sur la chaise et j'ai pris ma tête entre mes mains.

Allais-je découvrir le même spectacle chez Benny ? Chez Stan ? J'avais déjà entendu ce qui était arrivé à Lou. Que faire, maintenant, Charlie ? Que faire, pauvre crétin de babouin borné ? J'avais passé le plus clair de mon existence à obéir aux ordres. À présent, je devais réfléchir par moi-même.

Je me suis soudain senti crevé. Moulu. Depuis combien de temps n'avais-je pas dormi ? Entre le Toppers, chez M'man et mon appart ? Certes, j'étais resté un bon moment étendu dans mon allée, à mordre la poussière. Pouvait-on considérer cela comme du sommeil ? Je ne me sentais nullement reposé.

Et pourquoi n'étais-je pas mort ? On m'avait salement sonné, d'accord, mais on m'avait laissé la vie. Ceux qui avaient fait ça ne cherchaient que les registres.

Je me suis relevé, j'ai descendu l'escalier et regagné ma voiture.

J'ai roulé.

Où aller ? Pas chez moi. Mon cul ! Trop risqué ! Pas envie de finir comme Bob. Retourner chez M'man ? Jamais de la vie. Ils ne manqueraient pas d'aller m'y chercher. Ça ne servirait qu'à faire tuer M'man en même temps que Danny et moi. Il valait mieux m'éloigner d'eux, pour leur petite santé. Je me suis garé devant un bazar, j'ai trouvé une cabine téléphonique et composé un numéro.

Elle a décroché à la quatrième sonnerie. « Allô ?

— Marcie ?

— Ouaip.

— C'est Charlie.
— Je sais.
— Je cherche un endroit où dormir. »
Pas une seconde d'hésitation. « Qu'est-ce que tu attends pour venir ? »

*

Marcie m'a ouvert et m'a pris ma veste. « Tu vas bien ?
— J'en sais rien encore. » Je lui ai tendu le sac de gym. « Planque ça. S'il te plaît.
— D'accord. » Elle a disparu dans le garage puis en est revenue. J'étais encore dans son vestibule obscur. « Où l'as-tu mis ?
— Dans le congélo, sous le ragondin.
— D'accord.
— Viens. Tu as une mine d'enfer. »
Elle m'a pris par la main et conduit dans le salon. Je suis resté planté là comme si je ne savais pas quoi faire. Je me sentais engourdi, vacant, indifférent à tout. Elle m'a forcé à m'asseoir dans le grand fauteuil de cuir, devant la télé, et a posé la télécommande sur le bras du fauteuil, mais sans allumer le poste. Je me suis laissé aller en arrière et j'ai relevé le repose-pied du fauteuil. Mes muscles imploraient, aspirant à un soulagement.
Je n'ai remarqué l'absence de Marcie qu'à son retour. Elle m'a tendu un verre. Chivas. Ma marque préférée. Elle avait fait des courses. Je l'ai remerciée d'un hochement de tête.
« Qu'est-il arrivé ?
— C'est une longue histoire.
— Je peux peut-être t'aider.
— Sûrement pas.
— Tu n'en sais rien. Mets-moi à l'épreuve. »
J'y ai réfléchi, les yeux fermés. « Mon patron est en train de se faire évincer par un gros caïd de Miami. Tous mes

potes sont morts et l'endroit où je bosse a été rasé par un incendie. On m'a assommé et j'ai dormi dans la poussière. Il ne me reste plus qu'un sac de gym bourré de questions. Tu crois toujours pouvoir m'aider ? » J'ai englouti le Chivas d'un trait.

Elle m'a repris le verre des mains. « Bon, en tout cas, je peux au moins te servir un autre verre. » Elle est ressortie dans un frou-frou de vêtements.

Je ne l'ai pas entendue revenir et je n'ai pas non plus bu le verre suivant. Je me suis assoupi dans mon fauteuil douillet, immédiatement plongé dans des rêves en Technicolor criants de réalisme.

Le premier était une redif. Je contemplais à nouveau le canon du Luger de Blade Sanchez. Il n'arrêtait pas de parler, mais, de tout ce qu'il disait, je ne comprenais que cette phrase : *Beggar a dit que je pouvais travailler pour lui quand je voulais.*

Pourquoi Beggar aurait-il envie de t'embaucher, pauv' nase ?

Dans le rêve suivant, je traversais l'établissement d'O'Malley. Des flammes léchaient les murs et se répandaient sur la moquette. Je n'arrêtais pas de me dire qu'il fallait évacuer la salle. Mais Lou Morgan était présent et agitait son gros bras musclé. « Sors de là, mec. C'est désert. »

Ouais. Désert. Où donc étaient passés les clients ? Le rade aurait dû être bourré de poivrots. Les barmans. Amber. Pourquoi n'étaient-ils pas là ? J'étais tout seul dans une maison en flammes, sans personne à sauver.

Quelqu'un avait dû les tuyauter. C'était la seule réponse et je me suis rendu compte que je ne rêvais plus. Je réfléchissais, je cherchais la solution. Mais je ne tenais pas non plus à réfléchir trop sérieusement. Un peu comme de demander à un mille-pattes de quel pied il est parti. Réfléchis et t'es foutu ! J'ai donc laissé mes pensées vagabonder. Quelqu'un avait averti les barmans. Ils n'avaient pas ouvert. Les clients n'avaient pas pu entrer. Ne vous pointez pas ce soir. Incendie. Tout le monde était prévenu.

Sauf la cage aux singes. On ne nous avait pas passé le mot. Quelqu'un nous avait piégés.

Vendus.

J'ai ouvert les yeux dans le noir.

7

Je me suis redressé et j'ai réglé l'inclinaison du fauteuil en position assise. Ma nuque palpitait d'une douleur sourde. Une lueur faiblarde s'insinuait dans la pièce, en provenance de la cuisine, et je me suis relevé pour la remonter vers sa source. Marcie était assise à la table de cuisine, penchée sur les registres qu'elle déchiffrait à la lumière de l'ampoule de faible ampérage d'une lampe de chevet apportée de son lit. Elle portait des lunettes de grand-mère en demi-lune.

J'ai reniflé une odeur de café.

Elle m'a vu et a lu dans mes pensées.

« Je viens de le faire, a-t-elle déclaré. Tu veux que je t'en serve une tasse ?

— Je m'en occupe. » J'ai pris une banale tasse blanche dans le placard et je l'ai remplie. J'ai bu. J'ai apporté la cafetière sur la table et j'ai rempli la tasse de Marcie.

« Merci. »

Elle avait disposé les registres côte à côte sur la table et suivait de l'index une colonne de chiffres. Ses lèvres bougeaient rapidement pendant qu'elle lisait et son doigt descendait vers le bas de la page.

« Je croyais que tu les avais planqués ? »

Elle a haussé les épaules. « Tu avais besoin de dormir et il n'y avait rien de bien à la télé.

— La lecture est distrayante ?

— J'ai été chef comptable pendant deux semestres.

— Pourquoi aurais-tu voulu devenir chef comptable ?

— C'est la question que je me suis moi-même posée, a-t-elle répondu. Pourquoi voudrais-je devenir chef comptable ? Moi ou n'importe qui ? J'ai donc changé de filière et je me suis inscrite aux Beaux-Arts.

— Alors, que disent-ils, ces registres ? »

Elle a posé la main à plat sur un des deux livres comptables. « Ce sont les comptes de plusieurs commerces de Floride du Sud. Presque tous installés à Miami. Tout est là. Prenons chez Geno, par exemple.

— Chez Geno ?

— Un restaurant.

— Pigé.

— Donc, selon ce registre-ci... » Elle l'a encore tapoté. « ... Geno a fait soixante-sept mille dollars de bénéfices. » Elle m'a reluqué par-dessus ses lunettes de grand-mère, histoire de vérifier qu'elle avait bien toute mon attention. « Mais, selon celui-là... » Elle a administré une claque à l'autre. « ... Geno aurait engrangé vingt-quatre millions de dollars la même année.

— Quoi ? Fais-moi voir ça. » J'ai harponné le registre. Mes yeux dansaient le long des colonnes de chiffres. Je n'avais aucune idée de ce que j'avais sous les yeux, mais je n'avais nullement besoin du bouquin. Je connaissais déjà la suite de l'histoire.

Je tenais entre les mains toute l'organisation de Beggar Johnson. Deux registres. Deux comptabilités de toutes les affaires de Floride du Sud qui étaient sous sa coupe. Le premier — celui qu'il montrait au fisc — était destiné à l'usage public tandis que le second contenait les chiffres réels. Blanchiment d'argent. Tout le *cash-flow* de son organisation s'y inscrivait. Ces registres auraient dû se trouver sous clef. Pas étonnant que Beggar ait souhaité l'élimination de toutes les personnes présentes au Toppers.

Si jamais ils tombaient entre de mauvaises mains, ces livres pouvaient signifier sa fin.

Mais ils étaient tombés dans les miennes et, pour ce qui me concernait, le sujet était brûlant.

« Il faut absolument que je consulte quelqu'un à ce sujet. »

Marcie a ôté ses bésicles et les a posées sur la table.

« C'est vraiment moche, Charlie ?

— Très moche.

— Charlie…

— Vraiment très moche. Autant que ça peut l'être. Faut que je file.

— En pleine nuit ?

— Pas de temps à perdre. Je ne peux pas rester ici. » J'ai englouti le café. Un sachet de petits pains était posé sur la table de la cuisine. Je l'ai ouvert, j'en ai pris deux et je les ai fourrés dans ma poche de veste.

« Tu peux rester autant que tu le voudras. Tu le sais. »

J'ai secoué la tête. « Pas bon. S'ils me trouvent, ils te trouvent aussi. Et on est morts tous les deux. »

J'ai pris les bouquins et foncé vers la porte. Marcie m'a emboîté le pas.

« Charlie. »

J'ai fait halte pour la regarder.

« Quand tu veux, de nuit comme de jour », a-t-elle dit.

J'ai hoché la tête, réfléchi à elle, aux registres, à nous. Je ne la connaissais pas depuis très longtemps, mais il faut bien se fier à quelqu'un, se reposer sur lui. Autant que ce soit quelqu'un de joli.

Je l'ai embrassée. « Je te recontacte. »

*

J'ai essayé de réfléchir à ce dont j'avais le plus besoin : amis ou réponses ?

Mes amis étaient tous morts. Du moins ceux qui auraient pu m'aider. Je savais pouvoir compter sur Marcie, Danny et M'man ; ils se feraient tuer pour moi. Mais je voyais mal comment ils auraient pu m'aider et, pour tout potage, je les entraînerais dans ma chute.

J'ai décidé d'obtenir des réponses et je me suis dit qu'Alan Jeffers, le mannequin de Beggar, pourrait peut-être me les fournir.

J'ai roulé jusqu'à un magasin d'articles de première nécessité et cherché un téléphone public.

Les Renseignements m'ont donné un numéro de téléphone à Heathrow pour Alan Jeffers. Je l'ai composé. Neuf sonneries. Il était presque quatre heures du mat et je n'ai pas été surpris de tomber sur son répondeur. « Vous êtes bien chez Alan Jeffers. Je ne suis pas disponible pour le moment… » J'ai raccroché, de nouveau glissé trente-cinq cents dans la fente et réitéré l'opération. « Vous êtes bien chez… » J'ai encore raccroché, re-trente-cinq cents et re-numérotation.

« Vous savez l'heure qu'il est, nom de Dieu ? » Jeffers semblait tout à la fois vaseux et agacé.

« Ici Charlie Swift, Mr. Jeffers.

— Swift. » Mon patronyme a réussi à percer le brouillard de sa conscience et je l'ai entendu inspirer une longue goulée d'air. « Sainte merde, mon vieux ! Où étiez-vous passé ?

— J'ai été retenu. Quand puis-je vous apporter ce que vous attendez ?

— Maintenant. Amenez-les-moi ici tout de suite.

— Impossible. Que diriez-vous de midi ?

— Pour l'amour de Dieu, Swift ! Beggar nous fait un caca nerveux.

— Navré. Midi ?

— D'accord. Ouais. Midi. Vous savez où j'habite ?

— Oui. » J'ai raccroché avant qu'il ait trouvé le moyen de me causer des problèmes.

J'ai roulé jusqu'à Heathrow et je me suis garé à un demi-pâté de maisons de chez Jeffers, suffisamment près pour voir ce qui se passait. Personne n'est entré ni sorti. Parfait. Jeffers ne m'attendant pas avant midi, j'étais quasiment assuré de le surprendre le pantalon sur les chevilles pendant son petit-déjeuner. Je ne tenais pas à lui laisser le temps de m'organiser un comité d'accueil.

Les vagues prémisses d'un plan se bousculaient dans ma tête. J'allais m'emparer de Jeffers et lui extorquer ce qu'il savait de ces registres, de Beggar, Stan, Jimmy Hoffa, le Yéti et tout le pataquès. M'emparer de lui, c'était faisable. Mais je n'avais pas le temps de faire preuve de subtilité et je n'étais d'ailleurs pas d'humeur.

J'ai palpé précautionneusement mon flanc. Il était sensible, mais je ne le croyais pas infecté. J'allais devoir changer le pansement à la première occasion. J'ai vérifié mon .38 et l'ai glissé dans mon étui de ceinture. Et je disposais encore de l'équipement audio que Stan m'avait refilé pour écouter sa conversation avec Beggar.

Ne me restait plus qu'à attendre le lever du soleil.

*

Je me suis réveillé en sursaut. Les premières lueurs de l'aube teignaient Heathrow d'orangé et se reflétaient en scintillant sur les carreaux des fenêtres alentour. Le café me flanquait des aigreurs d'estomac et j'ai donc pêché dans ma poche, pour le manger, un des petits pains de Marcie.

Je suis descendu de voiture, je me suis frotté les yeux et je me suis dirigé vers l'entrée de Jeffers. Je me suis soudain rendu compte, juste avant de frapper à sa porte, que je n'étais nullement nerveux. Peut-être étais-je trop fatigué pour ça, trop moulu après ce somme dans la bagnole, trop foutrement vidé.

Une femme m'a ouvert. Mince, les cheveux noirs rebiquant au-dessus des oreilles, d'épaisses lèvres sombres et un nez pointu de prédateur. Elle retenait un peignoir en coton d'une main et m'a regardé comme si j'avais un certain toupet de venir la réveiller aux aurores.

« Oui ?

— Je viens voir Jeffers. » Je suis presque entré de force.

« Attendez. Vous ne pouvez pas... » Elle trottinait derrière moi en faisant claquer ses nu-pieds sur le carrelage. « Alan ! »

Elle s'était tournée vers la cuisine pour crier et je me suis donc dirigé de ce côté.

Jeffers était assis à la table de la cuisine, un toast à demi dévoré à la main. « Il est trop tôt pour faire tout ce chambard, Tina... Tu vas réveiller... Oh, merde ! »

Il s'est pétrifié à ma vue.

« Je suis Charlie Swift.

— Vous ne manquez pas d'air de faire irruption comme ça chez moi. J'ai bien envie de...

— Ta gueule ! Faut qu'on cause. »

Il est resté légèrement pantelant. Tina se tenait derrière moi dans l'embrasure de la porte, attendant la suite.

« Vous n'étiez pas censé arriver avant midi, a protesté Jeffers. Je ne suis pas prêt à vous recevoir.

— C'était le but de la manip.

— Vous avez les registres ?

— Non. »

Il a froncé les sourcils puis affiché une expression interdite. « Où voulez-vous en venir, dans ce cas ?

— Y a-t-il un endroit où nous pourrions bavarder ? » J'ai pointé la bonne femme du pouce par-dessus mon épaule. « Sans que votre épouse nous entende ?

— Ce n'est pas mon épouse. Ma femme vit à Boca. » Il a jeté un coup d'œil sur elle derrière mon dos. « Pourquoi n'irais-tu pas t'habiller, Tina ? » Il s'est levé et m'a fait signe de le suivre. « On peut discuter dans mon bureau, Swift. »

C'était une vaste pièce moderne avec tout l'équipement électronique voulu, des vitres et des miroirs partout et donnant sur sa piscine à l'arrière de la maison. Celle-ci scintillait d'un bleu cristallin dans l'air frisquet du matin. Il s'est assis derrière le bunker d'acier qu'il appelait son bureau, a joint les mains en clocher comme s'il étudiait mon dossier de demande d'emprunt et attendu que je prenne la parole.

« J'ai besoin de réponses à quelques questions, Jeffers. Et épargnez-moi la langue de bois et le double langage. »

Il a arqué un sourcil. « Il me semble que vous inversez les rôles, l'ami. C'est plutôt à vous de vous expliquer. »

J'ai senti le sang me monter au visage.

« Beggar n'est pas heureux, a-t-il poursuivi. Il aimerait savoir où sont passés ses registres et pourquoi on ne les a pas livrés à l'heure prévue. La patience n'est pas son fort.

— Je commence à perdre la mienne, moi aussi.

— Allons, allons, Swift. J'ai l'impression que vous ne savez pas réellement à qui vous avez affaire. »

Je me suis penché par-dessus son bureau sans crier gare et je l'ai empoigné par le colback pour le hisser hors de sa chaise. Les yeux lui sont sortis de la tête. Un petit glapissement de frayeur s'est coincé dans sa gorge. Je l'ai pratiquement couché sur la table de travail. Stylos et crayons ont volé. Une calculatrice s'est écrasée au sol. Mes dents et mes mâchoires étaient crispées. Je m'efforçais d'afficher un masque traduisant fidèlement ce que j'éprouvais. De la rage.

« Vous êtes cinglé ? » a fait Jeffers. Il a faiblement tenté d'écarter mes doigts et de se dégager pour se réfugier derrière son bureau, hors de portée.

« Ça se peut.

— Vous creusez votre tombe, espèce d'imbécile. Je travaille pour Beggar Johnson.

— Je commence à en avoir ras le bol d'entendre tout le monde prononcer son nom comme s'il s'agissait de Jéhovah. Je veux savoir où se trouve actuellement mon patron. Que lui est-il arrivé ?

— À qui ?

— À Stan, espèce de putain d'enfariné ! Où est-il ?

— Comment est-ce que je le saurais, bordel ? » Il crevait trop de trouille pour mentir. « Je n'ai pris aucune part dans cette opération de Beggar.

— Te voilà mouillé, maintenant. Tu te retrouves dans la même merde que tout le monde.

— Je vous en prie, a-t-il geint. Vous voulez bien me lâcher ? Lâchez-moi et je vous expliquerai tout. »

Je l'ai durement fixé pendant un bref moment. Cloué à son bureau. Puis je l'ai relâché, mais je suis resté debout, tout près.

Il tremblait légèrement. Il a ouvert un classeur derrière le bureau et ma main s'est glissée sous ma veste pour s'attarder sur mon revolver au cas où il aurait sorti un objet menaçant. Il en a tiré un verre à whisky et une bouteille de Ballantine's. Il a brandi le verre en arquant un sourcil.

J'ai secoué la tête.

Il a versé trois doigts de whisky dans le verre, l'a englouti et l'a de nouveau rempli. Ses lèvres chevrotaient, mais il semblait un tantinet s'apaiser. Il a contemplé le fond de son verre comme s'il risquait d'y trouver des réponses.

« Vous avez promis de tout m'expliquer, ai-je fait. Accouchez !

— Très bien. D'accord. » Il a hoché la tête. « Bien sûr. » Il a jeté un coup d'œil à sa bouteille de gnôle, ruminé un instant puis secoué la tête.

« Comme je viens de vous le dire, je ne sais rien des agissements illicites de cette affaire. Je ne gère que l'argent. Il se trouve que je suis directeur de l'Exchange Bank de Longwood. Je suis chargé de veiller à ce que nul n'examine de trop près les dépôts effectués par Beggar, ainsi que de superviser le transfert discret de ses capitaux vers divers comptes bancaires extraterritoriaux. J'imagine que vous avez désormais compris que Beggar envisage d'accaparer le territoire de Stan.

— Tout juste. »

Il a haussé les épaules. « Alors, vous devez certainement comprendre. Beggar a besoin d'un type dans mon genre, qui présente une image respectable et entretient des liens officiels avec le monde des affaires. Stan continue de gérer les siennes comme en 1955. Il est incapable de se moderniser et se retrouve donc sur la touche.

— Rien de tout cela ne répond à ma question.

— Vous ne m'écoutez pas. Je ne sais pas où est Stan. Ce n'est pas de mon ressort. Je n'efface personne, je ne leste personne de bottes en ciment, je ne fais strictement rien de toutes ces choses sublimes auxquelles vous vous livrez, vous autres personnages de films noirs. Beggar confie cette besogne à un certain Lloyd Mercury.

— En ce cas, où puis-je le trouver ? »

Jeffers a ricané et m'a regardé comme si j'essayais de hisser un camion en haut d'une côte à l'aide d'une nouille humide. « J'espère pour vous que vous n'imaginez pas pouvoir faire irruption chez Lloyd Mercury comme vous l'avez fait chez moi. Il vous abattrait. Tout simplement. Je ne l'ai jamais vu en action, mais j'en ai suffisamment entendu à son sujet pour n'avoir pas envie d'en savoir davantage. C'est un tueur de sang-froid, un professionnel pur et dur.

— Je vais prendre congé, à présent, Jeffers.

— Et les registres ? »

Je me suis penché en avant et j'ai abattu une paume à plat sur le bureau. « Vous aurez que dalle tant que je n'aurai pas eu de nouvelles de Stan. Décrochez votre téléphone, appelez qui vous voudrez, mais, à mon retour, vous avez tout intérêt à me fournir des renseignements utiles.

— Vous vous conduisez comme un imbécile, Swift. » Son ton ne cessait de s'altérer. Il n'arrivait pas à décider s'il devait me supplier ou me foutre à la porte. « Le bateau de Stan est en train de sombrer. Pourquoi vous obstiner à enfourner du charbon dans la chaudière ?

— Je vais vous le dire. » Les mots avaient jailli âprement de ma bouche et Jeffers a tiqué. « Parce que quand on plonge avec un homme, on lui reste fidèle. Sinon, on ne vaut pas mieux qu'une bête. »

Je martelais son bureau du poing tout en parlant, mais mon autre main a ripé sous le rebord. Le micro n'était guère plus gros qu'un bouton de culotte et son dos était enduit d'une espèce de gomme adhésive. J'ai pressé fortement pour m'assurer qu'il resterait bien collé au métal.

Jeffers a secoué la tête. Il n'arrivait pas à croire que je puisse être stupide à ce point. « Seuls les chiens sont aussi fidèles, Swift. » Il a ouvert le tiroir du haut de son bureau et y a plongé nonchalamment la main. Lorsqu'elle en est ressortie armée d'un petit automatique, je suis resté interloqué. Je n'aurais jamais imaginé qu'il en trouverait le courage.

« Si tu ne ranges pas immédiatement cet objet, je te l'arrache des mains et je te l'enfonce dans le cul », lui ai-je déclaré.

Il a redressé le menton, et tenté de faire bonne figure. « Je ne peux pas me permettre de vous laisser filer pour semer votre merde. On va rester bien sagement assis ici, le temps que j'appelle Beggar et qu'il m'apprenne ce qu'il compte faire de vous. »

Mon bras s'est détendu comme un serpent et a arraché le petit pistolet. Ses yeux se sont écarquillés et il a fixé sa main vide comme s'il essayait de comprendre un tour de magie. Lorsqu'il a relevé les yeux vers moi, mon poing l'a cueilli au menton. Ses yeux ont affiché l'écriteau FERMÉ et il s'est affalé derrière son bureau.

Je suis sorti de la pièce et j'ai pris le chemin de la sortie.

Tina s'est interposée entre la porte et moi. Son peignoir s'était ouvert et elle était nue dessous. Son peignoir était ouvert parce qu'elle n'en retenait plus les pans, ayant besoin de ses deux mains pour tenir l'énorme revolver qu'elle braquait sur moi. Il ressemblait à un .44 Magnum et donnait l'impression, si jamais elle en pressait la détente, de pouvoir me réduire à l'état de total cadavre.

« Coucou. »

Je me suis éclairci la voix. « Coucou. »

Elle tenait fermement le calibre, comme si elle avait subi un véritable entraînement. Elle a jeté un coup d'œil derrière moi pour essayer de voir dans le bureau. « Qu'est-ce que vous avez fait d'Alan ?

— Il s'octroie juste une petite sieste. J'ai dû l'endormir.

— Pourquoi ?

— Il braquait un flingue sur moi. »

Nous avons échangé un long coup de sonde, nous mesurant du regard, et j'imagine que ce que nous avons vu nous a autant surpris l'un que l'autre. Manifestement, elle avait compris que ce n'était pas la première fois qu'on me tenait en joue. Tout comme il me semblait flagrant qu'elle presserait sur la détente s'il le fallait. S'agissant de braquer un revolver, de le tenir ou de faire feu, la moyenne des gens ne touchent pas une bille. Lorsqu'ils lorgnent le canon d'un revolver armé, ils ont plutôt tendance à chier dans leur froc. Nous ne faisions, ni l'un ni l'autre, partie de la moyenne des gens.

Là-dessus, elle a fait un truc tellement mariolle que j'ai pris pleinement conscience de sa dangerosité.

Elle a reculé d'un pas et, d'un coup de menton, m'a signifié que je pouvais partir.

« Comme ça, sans plus ?

— Je dois parler à Alan avant de décider de votre sort. »

Je lui ai adressé un salut contrit. « À la prochaine, alors. »

Elle m'a souri froidement, un peu pincée. « Je vous ai à l'œil, Mr. Swift. »

J'ai regagné ma voiture, j'ai tripoté les oreillettes, je les ai coiffées et j'ai réglé le volume. J'ai entendu Tina aider

Jeffers à se relever puis s'asseoir sur sa chaise. Il a grogné et elle a déclaré qu'elle allait lui chercher de la glace pour son menton.

« Qu'est-ce qu'on fait ? a-t-il demandé. Ça se présente mal. »

J'ai jeté un coup d'œil dans le rétro. Une voiture s'est approchée et garée derrière moi. Elle était à ce point banalisée que ça schlinguait la flicaille à plein nez. J'ai branché promptement le récepteur au petit magnétophone et planqué le tout sous le siège. J'ai dégrafé mon étui ventral et le calibre a pris le même chemin que le magnétophone.

Un grand type est descendu de la voiture banalisée. Je le connaissais. Il était voûté, avec une épaisse tignasse blanche, et portait un minable costume de flic, marron et lustré, et des chaussures à l'avenant. Il est remonté jusqu'à ma hauteur et a cogné à la vitre côté conducteur.

Je l'ai baissée. « Bonjour, Burt.

— Salut, Charlie. » Il s'est mordillé l'ongle du pouce, presque comme s'il était gêné de me déranger. « Tu ferais mieux de monter faire un tour avec moi, d'accord ? J'ai un gars à l'arrière qui aimerait te toucher deux mots. »

8

Nous n'avions pas pris, semblait-il, de direction précise. Je connaissais l'inspecteur Burt Remington depuis près de cinq ans et il me connaissait aussi. J'étais celui qui lui apportait une grosse enveloppe bourrée de billets chaque fois que Stan avait besoin que les flics lui fassent une fleur. C'est donc légèrement à contrecœur que Burt m'a ouvert la portière arrière, en m'exhortant d'un geste à m'asseoir auprès de l'agent du FBI.

Rien qu'à le regarder, je l'avais reniflé : complet gris trois-pièces, coupe de cheveux, lunettes noires de la dotation, tout le trahissait. Il puait l'université, Yale, Harvard, ou tout du moins une de ces facs que fréquentent nos sémillants G-men. Mais, par-dessus le marché, il a ouvert d'un geste sec le petit étui contenant son écusson et précisé : « Je suis l'agent fédéral Dunn, Mr. Swift. Bavardons un peu, tous les deux. »

Il fumait une Pall Mall. Burt conduisait.

« Ça ne vous dérange pas que je descende une vitre ? lui ai-je demandé.

— Si. Ça me dérange. »

Un dur à cuire.

« Permettez-moi quelques précisions, Mr. Swift. Êtes-vous tout ouïe ?

— Je suis tout ouïe.

— Parfait. Je ne le dirai qu'une seule fois. Rien ne m'y oblige. Je le fais par pure gentillesse. Nous pourrions vous ratiboiser si nous le voulions. Me suis-je bien fait comprendre ?

— Totalement.

— Parfait. » Dunn a baissé sa vitre une seconde, le temps de balancer d'une pichenette son mégot par la fenêtre. Il en a aussitôt allumé une autre. Je m'efforçais de respirer le moins possible.

Burt a tourné la tête pour nous parler, tout en conduisant : « J'ai dit à l'agent Dunn que tu étais un type raisonnable, Charlie. Un brave gars.

— Je t'en suis reconnaissant, Burt.

— Mr. Swift, votre présence met en péril une enquête en cours. Vous n'avez pas besoin d'en savoir plus. » Dunn a tiré sèchement sur sa cigarette et craché un nuage de fumée, pas exactement dans mes yeux mais pas loin. « Je vous suggère donc de partir très loin pendant qu'il en est encore temps. Nous nous intéressons pour l'instant à de plus gros poissons, mais, ultérieurement, quand nous ferons le ménage, qui sait ce que nous ramènerons dans nos filets ? »

Si Jeffers se servait effectivement de sa banque pour transférer des fonds hors du territoire pour le compte de Beggar, il ne fallait pas s'étonner que les Feds le surveillent. J'imagine qu'ils ne tenaient pas à ce qu'un *pistolero* à deux ronds leur sabote le boulot. Je tire certes hors de ma catégorie, mais je n'ai jamais été du genre à partir en brioche dès qu'un col blanc fait *bouh !*

« J'apprécie votre sollicitude, agent Dunn. » Ça me semblait la bonne façon de m'adresser à ce type. « Mais j'ai des responsabilités. Je ne peux pas tout bonnement quitter la ville. »

Burt m'a fait les gros yeux dans le rétro. Il voulait qu'on soit tous potes.

Dunn a secoué la tête comme s'il était sincèrement déçu. « Votre loyauté envers Stan est certainement admirable, mais hors de propos. Il est pratiquement lessivé. Orlando en a terminé avec lui. Tout comme avec vous, d'ailleurs. »

C'était probablement vrai, mais il fallait que je sache. « Où se trouve Stan actuellement ? »

Dunn a arqué un sourcil. « Eh bien, si vous ne le savez pas, moi non plus, assurément. À sa place, je serais déjà à bord du premier vol pour le Costa Rica. »

Possible, ai-je admis intérieurement. À moins qu'il ne se trouvât quelque part sous le macadam d'un parking. Éventualité parfaitement envisageable si Beggar s'était emparé de lui. Mais le principal fait notable, c'était que les Feds eux-mêmes ne s'intéressaient pas à Stan. Il était lessivé, comme l'avait affirmé Dunn. Et moi avec.

En ce cas, bordel, qu'est-ce que je fabriquais ? À chercher un lascar qui peut-être était mort, mais qui assurément, en tout cas, n'était plus mon patron. La cage aux singes avait brûlé. Le royaume s'était effondré et le roi en avait été banni. Autant vider mon coffre et mettre les bouts.

Burt m'a raccompagné à ma bagnole sans mot dire.

« Je pense que nous nous sommes compris », avait laissé tomber Dunn au moment où je descendais du siège arrière.

J'avais hoché la tête puis Burt m'avait escorté jusqu'à ma voiture.

« Navré pour tout ça, Charlie, mais avec les Feds, tu comprends... » Il a haussé les épaules. « J'ai les mains liées.

— Laisse tomber, ai-je répondu. Mais je risque de te rappeler un peu plus tard. J'ai quelques questions à te poser.

— Seigneur, Charlie, tu ne l'as donc pas entendu ? D'accord, Stan s'est montré généreux envers moi, mais c'est terminé. La partie est jouée.

— La partie n'est jamais jouée, Burt. On a peut-être deux gars sortis à la neuvième manche et je ne dispose peut-être que d'un cure-dent au lieu d'une Louisville Slugger[1], mais tu ferais bien de te rappeler comment tu as pu inscrire Burt junior à Stanford. »

J'ai soutenu son regard assez longtemps pour lui faire comprendre que j'étais mortellement sérieux. Puis je lui ai broyé l'épaule, en radoucissant un peu le ton. « J'ai juste besoin de certains éclaircissements. Réponds à quelques questions et tu ne m'auras plus dans les pattes. »

Il a mâchonné ses lèvres, mais il a opiné. « Bien sûr, Charlie. Je ne te fais aucune promesse, mais appelle-moi. Je te dirai ce que je sais, ce qui revient à pas grand-chose.

— Merci. »

J'ai regagné ma caisse et regardé Burt et l'agent Dunn s'éloigner avant de récupérer le magnétophone

J'ai appuyé sur PLAY.

Tina : « Qu'est-ce que tu fais ? »

Grognements.

Tina : « Je préférerais que tu ne le fasses pas. C'est mauvais pour toi. »

Jeffers : « Pas maintenant, Tina. »

Froissements ou bruits de déplacement.

Jeffers : « Si tu t'inquiètes tant pour ma santé, tu ferais mieux d'empêcher les gens de faire irruption chez moi pour me tabasser. »

Tina : « Qu'est-ce que tu comptes faire ? »

Jeffers : « Je dois appeler Beggar. »

Tina : « Pourquoi ? »

Jeffers : « Un truc à lui dire. Tu sais ce qu'il va faire ? Lâcher son copain le tueur à mes trousses. Mercury. »

Tina : « Ces registres seraient ton meilleur bouclier. »

1. Batte de base-ball particulièrement robuste et réputée pour son fréquent usage dans les tabassages en règle.

Jeffers (hurlant) : « Eh bien, qu'attends-tu, pour l'amour du ciel ? Retrouve Swift. Il détient ces foutus registres. C'est bien pour ça que je l'ai braqué. Tu t'imagines sans doute que je ne tiens pas à les récupérer ? »

Tina : « Calme-toi, Alan. Ne te bile pas pour Swift. Je dirai à Styles de... »

Le son s'est gauchi et la bande s'est arrêtée de tourner en broutant. Ces foutues piles étaient à plat. J'ai giflé le magnétophone de la paume, mais pas moyen de le remettre en marche. Ben voyons ! Justement quand j'en avais besoin.

Chaque chose en son temps ! Je ne pouvais pas me permettre de continuer à conduire cette bagnole avec les registres de Beggar dans le coffre. C'était chercher les emmerdes ! J'ai envisagé un instant de les confier à M'man, Marcie ou Danny, mais tous ceux qui les détiendraient se transformeraient inéluctablement, et immédiatement, en cibles.

J'ai roulé jusqu'à l'aéroport et garé la voiture dans le parking de courte durée.

J'ai trouvé une batterie de casiers de consigne dans un des terminaux, j'en ai choisi un au hasard et j'ai glissé quelques pièces dans la fente puis j'y ai fourré le sac de gym contenant les registres et je l'ai refermé à double tour. J'ai accroché la clef du casier à mon trousseau, en espérant qu'il passerait inaperçu. Mais ça donnait exactement l'impression que j'essayais de planquer la clef d'un casier de consigne de l'aéroport dans mon trousseau.

J'ai quitté l'aéroport et je suis rentré en ville sans trop savoir où j'allais me rendre. J'avais déjà décidé que j'aurais besoin d'un coup de main, mais je ne savais pas trop qui appeler à l'aide. Bob était mort, Benny porté disparu, et j'avais entendu Lou Morgan avaler son bulletin de naissance en direct. J'allais devoir chercher un soutien hors de la cage aux singes.

J'ai quitté le périphérique et cherché une épicerie avec un téléphone public. J'ai pris une tasse de café à l'intérieur pour faire de la monnaie puis appelé Jimmy le Fix. Il a décroché à la deuxième sonnerie.

« Qu'est-ce que c'est ?

— C'est Charlie Swift, Jimmy. »

Le silence n'a duré qu'une seconde, mais, compte tenu des circonstances présentes, il m'a fait l'effet d'une éternité. J'en ai profité pour passer en revue l'état actuel de mes relations avec Jimmy le Fix. Nous avions toujours été en bons termes et avions même quelquefois travaillé ensemble. Considéré par Stan comme l'un de ses gars les plus fiables, Jimmy était d'ordinaire dans le secret des dieux. Je savais que c'était un brave type, et j'étais persuadé qu'il avait la même opinion de moi. Mais tout en étant du même bord, nous n'étions pas exactement des pairs. Lui était un cadre supérieur participant aux décisions importantes et gérant nombre d'affaires pour Stan, alors que je n'étais qu'un pauvre connard de macaque armé d'un calibre qui jouait au Monopoly et saignait tous ceux qui refusaient de marcher au pas. J'en étais donc au beau milieu de cet interminable silence radio, tandis que Jimmy le Fix s'efforçait de décider si, oui ou non, je méritais qu'on me réponde à cette heure indue.

Lorsqu'il a enfin pris la parole à contrecœur, Jimmy a laissé tomber : « Je ne sais pas où est Stan, Charlie.

— Navré de l'apprendre.

— Ç'a été sévère, a-t-il poursuivi. Je m'étonne d'avoir de tes nouvelles. Tu m'as l'air en bonne santé. Tant mieux. »

Ce qu'il voulait dire, c'est qu'on sentait bien, au son de ma voix, que je n'avais pas été abattu par des tueurs à gages.

« J'ai besoin d'un coup de main », ai-je déclaré

Il a fait entendre un *tsst !* au bout du fil. « Je suis moi-même en situation précaire. Jusque-là, Beggar me croit encore utile. Il me fiche la paix.

— Il te l'a dit ?
— C'est implicite.
— Vraiment ?
— Ouais.
— Pourquoi ?
— Parce que je suis encore vivant, a-t-il fébrilement répondu. Comme je te l'ai dit, je suis surpris d'avoir de tes nouvelles. Barre-toi d'Orlando. Beggar ne te traquera ni dans le nord ni dans l'ouest. Il souhaite simplement mettre hors circuit la vieille équipe de Stan.
— Mais pas toi, hein ?
— Un homme se doit de préserver son existence, Charlie. Mûris un peu. Si Stan est toujours en vie, il a dû virer son cul. Tu devrais l'imiter. »

Je me suis cramponné au téléphone ; c'est à peine si je parvenais à maîtriser ma voix. J'ai pris une profonde inspiration puis je me suis jeté à l'eau : « Je veux que tu m'écoutes attentivement, Jimmy. Je n'ai pas fait grand-chose dont je puisse m'enorgueillir. Je suis doué pour la bagarre, aux poings ou au revolver, mais rien de tout cela ne ferait la fierté de ma vieille maman, n'impressionnerait une femme de bien ni ne me vaudrait une plaque de rue à mon nom dans mon propre patelin. D'accord, je ne suis pas un citoyen modèle, mais toi non plus. Nous ne faisons strictement rien pour le devenir et, d'ailleurs, ça ne nous rapporterait rigoureusement rien. Mais j'ai une règle d'or, une seule, à laquelle je suis toujours resté fidèle, quoi qu'il arrive. J'ai toujours fait preuve de reconnaissance envers ceux qui se sont montrés bons à mon égard. S'il n'y avait pas des gens comme ça… Si on en était tout simplement incapable… Bref… alors, on ne se ferait jamais d'amis, on n'aurait jamais un moment de répit et on ne dormirait jamais bien la nuit. »

C'était sans doute le discours le plus éloquent dont je fusse capable à brûle-pourpoint, mais il exprimait une kyrielle de sentiments confus et biscornus, qui me turlupinaient depuis que cette sanglante affaire avait commencé. Cette fois, le silence de Jimmy a duré plus longtemps et il transpirait la mauvaise conscience et l'indécision. J'espérais avoir poussé les bons boutons, qu'il se souviendrait de toutes les occasions où Stan avait pris sa défense alors que tout jouait contre lui.

« Dieu te maudisse, Charlie. »

J'ai souri.

« D'accord, a-t-il repris. En tout premier lieu, je vais m'enquérir du reste de cette équipe de gros bras avec qui tu joues au Monopoly.

— À quel sujet ?

— Sait-on où ils se trouvent ?

— Ils sont morts, si c'est bien de ça que tu veux parler.

— Pas tous.

— Non, ai-je admis. Je n'arrive pas retrouver Benny.

— Cherche-le mieux.

— Où veux-tu en venir ?

— Je te laisse une seconde pour y réfléchir. »

C'était une seconde de trop. Je savais déjà ce qu'il voulait dire, et les paroles de Blade Sanchez me sont revenues. Blade avait dit qu'il pouvait aller travailler pour Beggar. Ça faisait sens. Si Beggar accaparait le territoire de Stan, il aurait besoin d'embaucher quelques gars connaissant les dessous de ses affaires.

« Je te rappelle dès que j'aurai trouvé Benny, ai-je affirmé.

— Charlie ?

— Ouais ?

— Merci de m'avoir remémoré certaines choses.

— À ton service. »

J'ai raccroché le téléphone et regagné ma voiture.

Stan avait disparu ; il était peut-être mort. Tous mes potes de la cage aux singes étaient morts, sauf peut-être Benny, qui était probablement une balance. Tout le monde me soufflait de déguerpir, mais je n'avais nulle part où aller. Je disposais d'un jeu de registres planqués dans un casier de consigne de l'aéroport et qui, s'ils tombaient entre de mauvaises mains, pouvaient mettre définitivement Beggar sur la touche. À perpète. Ce qui expliquait sans doute pourquoi les Feds surveillaient de près Jeffers, lequel Jeffers n'aspirait qu'à se poudrer le nez et à vivre au jour le jour, sans faire de vagues.

De mon côté. Un gros lard du nom de Jimmy le Fix. Mon petit frère et son désintégrateur. Marcie et une baraque farcie d'œuvres d'art mortifères. Burt le flic, qui risquait de répondre à quelques-unes de mes questions, du moins s'il était d'accord et n'était pas trop talonné par les Feds. Tu parles d'une armée !

Quoi d'autre ?

Oh, ouais ! J'avais faim. Je suis entré chez Wendy, j'ai commandé un hamburger copieux, *king-size*. Je l'ai mangé trop vite et l'ai mal digéré. J'étais fumace et j'avais des aigreurs d'estomac.

Je suis retourné au magasin de produits de première nécessité et j'ai refait de la monnaie. J'avais quelques coups de fil à passer.

9

Il se trouve que je n'étais pas le seul gars en ville pourvu d'un petit frère. Lors de ma traque de Benny, j'ai appelé une serveuse de bar à cocktails topless du nom de Ruth, qu'il lui arrivait parfois de tringler. Je l'ai réveillée et elle m'a passé un savon. Je lui ai dit que je cherchais Benny et elle m'a encore plus copieusement enguirlandé.

« Il s'est tiré d'ici comme s'il avait le feu au cul, m'a-t-elle annoncé de sa voix de rogomme. Il a pris la route avec son frangin.

— Comment s'appelle-t-il ?

— Shane, je crois.

— La route pour où ?

— Gainesville.

— Pourquoi ?

— T'es qui, toi, d'abord ? Un putain de flic ?

— Si jamais je dois passer chez toi pour te claquer le baigneur, tu regretteras que je n'en sois pas un.

— Un petit dur, hein ? Décidément, j'ai droit à tous les grands charmeurs de la planète !

— Accouche.

— Ce môme, Shane, appartient à une espèce de groupe. Qui se produit du nord au sud de l'État.

— Le nom du groupe ?

— Oh, pour l'amour du ciel ! » Je l'ai entendue tripatouiller à l'autre bout du fil, froisser des paperasses. « Les Fessailleurs. Ils se produisent au Handlebar Saloon. Benny m'a dit qu'il me rappellerait plus tard, mais il ne le fera certainement pas. Il devrait rentrer dans deux jours, selon lui, mais j'y crois pas trop non plus. C'est tout ce que je sais. Sur la tête du petit Jésus. Je peux aller me recoucher ?

— Bien sûr. T'as un message pour Benny si jamais je le retrouve ?

— Dis-lui qu'il peut crever la gueule ouverte. »

Je lui ai promis que je n'aurais aucun mal à transmettre son message.

*

Gainesville est une ville universitaire située à soixante-dix bornes au nord d'Ocala et, dès mon arrivée, j'ai cherché un téléphone public, téléphoné à Marcie et laissé un message sur son répondeur pour lui dire que je serais occupé un jour ou deux. Puis j'ai empoigné l'annuaire et cherché le numéro du Handlebar.

Je m'y suis pointé vers vingt-deux heures, heure à laquelle, selon le gamin qui m'a répondu au téléphone, le groupe commençait sérieusement à mettre la gouache. Le rade se trouvait dans une section délabrée des faubourgs, près de la voie ferrée et de quelques immeubles qui m'ont vaguement rappelé certaines photos de Dresde après le bombardement. Le parking en terre battue, devant le saloon, hébergeait à peu près autant de pick-up que de motos. Pas la moindre musique à mon entrée, de sorte que j'arrivais pour la pause, à moins que le groupe n'ait pas encore commencé.

À voir l'intérieur du Handlebar, on aurait pu croire qu'il avait souffert du même bombardement. Les murs étaient en majeure partie de brique nue, tandis que les sempiternels bombages et graffiti recouvraient les rares plaques de ciment jauni. Tables et chaises de bois branlantes et dépareillées. Clientèle principalement constituée de prolos aux mines patibulaires, si bien que j'ai louvoyé le plus discrètement possible entre les groupes. J'ai déniché le comptoir et fait signe qu'on me serve une bière. Le type d'une cinquantaine d'années qui me l'a apportée avait la gueule comme un jambon et les manches retroussées de sa chemise en flanelle dévoilaient des tatouages particulièrement méchants. Un crâne des Forces spéciales sur l'avant-bras droit, une fille à poil chevauchant une bombe A sur le gauche — un peu à la Slim Pickens[1], sauf qu'on lui voyait les nibards.

« Je cherche les gars du groupe, ai-je dit en posant un billet de cinq dollars sur le comptoir pour régler ma pression à un dollar. C'est la pause ? »

Il a désigné d'un coup de menton un point dans mon dos. « C'est eux, là. »

Je me suis retourné. Trois types mûrissants venaient de grimper sur ce qui passait ici pour le podium et empoignaient leur guitare. Un quatrième s'est installé derrière la batterie. Je n'ai pas eu franchement l'impression qu'il pouvait s'agir du groupe de Shane et je ne voyais pas non plus Benny. Le barman m'a apporté ma monnaie et j'ai encore tenté le coup.

« Ce sont bien les Fessailleurs ? » ai-je demandé. Je ne me sentais pas la moitié d'un con.

« Le Dan Riley Band. Les Fessailleurs sont passés en première partie. Ils se sont tirés il y a près d'une heure. »

Merde !

« Ils passent demain à la même heure ? me suis-je enquis.

— Ils auraient dû, normalement, mais on les a jetés. »

J'ai arqué un sourcil.

« Faisaient un raffut d'enfer. Vous voulez une autre bière ?

1. Comédien spécialisé dans le rôle de cow-boy à fort accent texan.

— Bien sûr.

— Tout ce bordel, ces hurlements et ces piétinements, c'est peut-être bon pour les étudiants, mais tous les gars d'ici travaillent pour gagner leur croûte. Ils sont suffisamment stressés comme ça, croyez-moi.

— Sauriez-vous où je peux les trouver ? À quel hôtel ils crèchent, peut-être ?

— C'est Maureen qui engage les groupes. Elle sera là demain matin.

— C'est très important, ai-je insisté. Essayez juste de me mettre sur la bonne voie.

— Je suis seul derrière ce bar, mon gars, et les clients veulent leur bière. Repassez demain. »

J'ai terminé ma bière et je suis sorti au moment où le groupe entamait une version passablement pâteuse de *Brown-Eyed Girl*.

J'ai trouvé le Ramada Inn et pris une chambre.

Je me suis dépoilé et j'ai allumé la télé. J'avais besoin d'une activité qui ne m'occupât point trop l'esprit et j'ai donc sorti mes flingues de leur sac et entrepris de les nettoyer. Ça ne m'a pas pris longtemps. J'ai zappé de chaîne en chaîne. Que de la merde ! J'ai remis ça. Encore des conneries.

D'accord. Plus qu'à se remettre au turf.

J'ai appelé Burt. Il a décroché au milieu de la première sonnerie. Il était encore éveillé, inquiet et imbibé de café.

« Donne-moi ton numéro sur place. »

Je me suis exécuté.

« Laisse-moi dix minutes. » Il a raccroché.

Quand il a rappelé, j'ai entendu un brouhaha de circulation à l'arrière-plan.

« Parler sur ma ligne privée risque d'être malsain, m'a-t-il expliqué.

— Tu sais que je cherche Stan, Burt. Commençons par là.

— Écoute, je n'ai pas la moindre idée de l'endroit où il se trouve. Je te l'aurais dit. Sincèrement.

— Que peux-tu me dire ?

— Ils font surveiller Jeffers vingt-quatre heures sur vingt-quatre.

— Pourquoi ?

— C'est simple. Le FBI constitue un dossier sur Beggar Johnson depuis trois ans. Ils sont maintenant à même de le boucler pour un bon moment. Jeffers était censé récupérer des livres comptables qui dévoilent au grand jour toute l'organisation de Beggar, de Miami à Jacksonville. Les Feds ont mis Jeffers au pied du mur : soit il crache les registres et témoigne contre Beggar, soit ils le foutent à l'ombre. »

Ça n'avait aucun sens. C'était *moi* qui devais transmettre les livres. Jeffers le savait. J'ai commencé à nourrir quelques soupçons. *Davantage,* je veux dire. Je me suis dirigé vers la fenêtre et j'ai scruté le parking par l'entrebâillement des rideaux. Une Ford Tempo noire garée à dix créneaux de là ; peut-être des gens à l'intérieur. Difficile de s'en assurer dans cette obscurité. J'avais peut-être quelques Feds aux basques. Sans doute s'imaginaient-ils que j'allais les conduire aux registres.

À moins qu'il ne s'agisse de Lloyd Mercury, l'homme de main de Beggar, le tueur qui semblait tant inquiéter Jeffers. Je me suis efforcé de me rappeler à quoi il ressemblait, la seule fois où je l'avais vu. Ce n'était pas difficile. Un type comme lui ne s'oublie pas. Il avait l'air d'un calibre armé, prêt à faire feu. Dur, méchant et rapide à la détente.

J'ai pris mentalement note de regarder de temps en temps par-dessus mon épaule.

« Comment Jeffers devait-il se procurer ces registres ? ai-je demandé.

— J'en sais rien. Le FBI ne me dit strictement rien. »

Ceci expliquait cela. Ils laissaient Burt dans le vague sur certains détails. Peut-être doutaient-ils de sa loyauté. À moins qu'il ne fût pas assez important pour qu'on le tienne au courant de tout. À la place des Feds, je me serais moi aussi montré méfiant. J'ai repensé à ces types du Toppers et à leurs insignes. C'étaient des Feds. Sans moi, ils tenaient quasiment les registres. J'avais rappliqué et je les avais tous massacrés.

« Merci, Burt. Autre chose ?

— Ouais. Navré de devoir te l'apprendre, mais le FBI a gelé un tas de comptes en banque, dont celui de Jeffers. » Il s'est gratté la gorge en guise d'excuse. « Le tien aussi. Et, à ta place, je n'essaierais pas de trop m'approcher de mon coffre. »

C'était prévisible, putain de Dieu. « Merci du tuyau.

— Si Stan et toi réussissez à démêler ce micmac, tâchez de vous souvenir de ceux qui vous ont donné un coup de pouce.

— Je me le rappellerai. »

*

Le Handlebar a levé le rideau assez tôt le lendemain matin, de sorte que les nuiteux n'ont pas eu à attendre l'heure normale d'ouverture des bars pour se poivrer la gueule. On m'a appris que Maureen arriverait dans une heure, si bien que je me suis retiré dans un secteur moins décrépit de la ville pour y prendre mon café. J'ai appelé Marcie et laissé un autre message, puis je suis retourné au Handlebar.

Maureen était une virago fatiguée et affaissée, qui semblait n'avoir rien à foutre de rien, et encore moins de moi. Je lui ai posé quelques questions et elle y a répondu, non par pure bonté d'âme, mais sans doute parce qu'elle estimait que s'en abstenir lui créerait davantage de problèmes. Futée, la dame !

« La pire erreur que j'aie jamais faite, m'a-t-elle expliqué. Ce foutu hard rock punk, ou quel que soit le nom qu'on lui donne ! Je m'étais dit qu'on attirerait peut-être un public plus jeune, vous voyez ? En augmentant un peu notre potentiel d'attraction.

— Mais les habitués s'en foutaient ?

— Les habitués les auraient volontiers massacrés. Vous savez ce qu'ils ont fait quand le public les a hués ? Ils ont craché dessus. Sur tout le monde.

— Et vous les avez saqués ? »

Son hochement de tête a fait ondoyer ses fanons. « Ils ne seraient pas restés une seconde de plus, et encore moins une soirée.

— Je ne suis pas à proprement parler un fan, mais je dois absolument mettre la main dessus. J'ai pensé que vous sauriez peut-être où ils demeurent.

— Je vais vous répondre la même chose qu'à l'autre gars. Voyez Parker. Il tient le bar pour nous et c'est lui qui a eu l'idée d'engager ce groupe. J'aurais dû le virer avec, ce freluquet.

— Quel autre gars ?

— Il est dehors en ce moment. » Maureen a désigné la sortie de secours d'un coup sec de son pouce épais. « Il m'a posé la même question et je lui ai répondu que Parker fumait une pipe dans la ruelle.

— Merci. Je ferais pas mal d'aller jeter un œil. » J'ai filé vers le fond de la salle.

« À votre place, j'irais doucement, mon gars. L'autre type était taillé comme une montagne.

— Je ferai gaffe. »

Dans l'allée, un gigantesque personnage de bande dessinée plaquait un gamin aux cheveux gras contre le mur. Il s'y prenait à merveille. Les pieds du gosse gigotaient à trente centimètres du sol et le géant, pour le maintenir à cette hauteur, devait continuer de presser sur son sternum du plat de sa paume charnue. Le géant était Lou Morgan.

Sainte merde !

« Bleubite ! »

La tête de Lou a brusquement pivoté sur son axe. « Charlie ? »

Il a plié le gamin en deux et l'a enfoncé dans l'une de ces grosses poubelles de restaurant. « Bouge pas, Parker. Faut que je cause à ce mec. » En guise de ponctuation, il a balancé un grand coup de pompe dans la poubelle.

Parker a émis un bruit étranglé exprimant son intense désir de coopérer et Lou m'a enlacé de ses bras, en une assez inconfortable étreinte de plantigrade. « Putain de merde, Charlie ! J'étais sûr de ne plus jamais te revoir.

— Moi ? » Bizarre, mais cette étreinte ne me gênait pas outre mesure. « Il me semblait t'avoir entendu crever au bout du fil. Comment t'es-tu débrouillé pour t'en sortir en un seul morceau ? »

Il a adopté la pose du culturiste faisant valoir ses biceps. « C'est du mec Lou que tu parles, là. Je me suis battu comme un putain de champion. C'est comme ça que je m'en suis tiré. »

On a échangé nos infos. Je lui ai dit que je cherchais Benny. Et pourquoi.

Son visage s'est affaissé et il a secoué la tête. « Merde ! J'espérais que quelqu'un pourrait m'expliquer ce qui se passe. Benny travaillerait pour Beggar, tu veux dire ?

— Ça y ressemble.

— Ça fait chier. J'aimais bien ce petit mec. Il était petit, mais méchant et coriace, tu sais ? Je le croyais réglo. Ça fout les boules de penser qu'un mec aussi cool peut te trahir. »

Je comprenais parfaitement ce qu'il voulait dire. J'ai repensé aux mousses qu'on avait bues ensemble, aux parties de Monopoly de la cage aux singes. Et j'ai de nouveau senti mon visage s'empourprer. Il m'arrive parfois de piquer de telles rages à propos de détails de ce genre que je me mets à trembler comme une feuille, avant de faire une connerie sans même réfléchir. Mes poings se sont serrés et, sachant ce que j'allais lui faire, j'ai commencé à éprouver de la pitié pour Benny.

Lou a écarté les mains. « Alors ça s'arrête là, mec. Autant rentrer chez nous.

— On rentrera quand je le dirai. On va d'abord trouver Stan, ce qui veut dire qu'on doit chercher Benny.

— Tu n'es plus responsable de moi, mec. O'Malley est réduit en cendres. Le patron a mis les voiles.

— T'as le choix : soit t'es plus personne et tu vas nulle part, soit t'es un des gars de Stan et on se remet au turf. »

Il a posé les mains sur les hanches et soupiré. « D'accord, mec. C'est toi le patron. Mais, bordel, cesse de m'appeler Bleubite !

— Comme tu voudras, Bleubite !

— Le môme de la poubelle s'appelle Parker. Il va nous fournir des informations utiles. Pas vrai, Parker ? »

J'ai contourné Lou pour aller trouver Parker dans son conteneur. « Comment ça va ?

— Un peu à l'étroit.

— Je cherche les Fessailleurs.

— Je connais leur baraque. Faites-moi sortir, d'accord ? Et je vous dirai où c'est.

— Confonds pas, Parker. Je ne suis pas venu te sauver. Tu vas d'abord me dire ce que je veux savoir.

— Et vous me ferez sortir après ?

— Ouais.

— 902, Texar. Une maison blanche d'un étage. Mon coloc connaît leur batteur et c'est nous qui les y avons installés.

— Ils y sont en ce moment ?

— Peut-être. Je crois. J'en sais rien. Sortez-moi de là, vieux.

— D'accord, a fait Lou. Allons les chercher. Et retrouvons Benny. »

J'ai montré la poubelle du doigt. « Et lui ?

— On n'en a pas besoin.

— Il ne sera pas sitôt sorti de cet égout qu'il les appellera pour les prévenir de notre arrivée.

— Ouais. D'accord. » Il a soulevé le couvercle de la poubelle et l'a laissé lourdement retomber sur Parker. Le gosse a émis des protestations étouffées ; du coup, Lou s'est mis à marteler le couvercle du poing. « La ferme, là-dedans ! On te fera sortir à notre retour. » Il a soulevé la poubelle par les poignées. Ses biceps frémissaient à peine. « Parfait, je le tiens, a-t-il dit. Allons-y. »

Lou Morgan était un gros tas de barbaque sans cervelle, uniquement bon à prendre des coups et à en donner. Normalement, je ne l'aurais pas compté au nombre de mes amis, et nous n'avions confié un boulot à cette bûche que parce que nous ne tenions pas à nous salir les mains en virant les poivrots de chez O'Malley. Un titanesque gaspillage d'espace !

N'empêche, nom de Dieu, que j'étais content de le voir !

10

J'ai dit à Lou de laisser sa Harley Davidson devant le Handlebar et on a pris ma caisse. Nous avions fourré la poubelle dans le coffre. Il refusait de fermer, mais nous l'avions arrimé avec une rallonge que j'avais trouvée sur le siège arrière.

Nous avons garé la voiture devant la maison de Parker et nous en sommes descendus. Lou a sorti la poubelle du coffre et l'a emportée sous son énorme bras. J'ai préféré m'abstenir de commentaire. J'ai frappé, mais j'imagine que Lou a dû se dire que quatre secondes à patienter sans qu'on vienne nous ouvrir était un laps de temps amplement suffisant, parce qu'il a défoncé la porte d'un grand coup de pompe. L'encadrement de bois a explosé et la porte s'est abattue dans l'entrée du salon avec un grand fracas.

Deux gamins à poil se sont décollés l'un de l'autre et éparpillés dans la pièce. Elle a filé dans la chambre à coucher et claqué la porte. Lui a giclé vers la cuisine, T-shirt et jean à la main, uniquement vêtu de ses chaussettes.

« Je m'en charge », a fait Lou. Il a lâché la poubelle et s'est lourdement élancé à ses trousses.

J'ai essayé d'ouvrir la porte de la chambre. Elle était verrouillée mais moins solide que celle de l'entrée. Je me suis contenté d'un coup d'épaule un peu appuyé et elle a cédé. Je l'ai trouvée recroquevillée de l'autre côté du lit, enveloppée d'un drap. Elle a écarquillé des yeux terrifiés et poussé un petit cri plaintif lorsque je l'ai relevée par son poignet osseux

Je l'ai laissée retomber sur le lit. « Me violez pas », m'a-t-elle supplié d'une petite voix pleurnicharde de gamine.

Elle devait avoir dix-sept ans, menue, pâle, des cheveux rouge bordeaux, presque bourgogne, un anneau d'or dans le nez et de petits seins pointus, genre œufs sur le plat coiffés d'une framboise en guise de téton. « Je ne vais pas te violer, alors calme-toi. Te coller une balle dans le crâne ou te tabasser un peu, peut-être, mais pas te violer. »

Ça n'a guère eu le don de la rassurer. Ses yeux se sont lentement emplis de larmes.

« Oh, merde ! Écoute, calme-toi, d'accord ? » Une bouteille à demi vide de bourbon de troisième catégorie trônait sur la commode. Je la lui ai fourrée dans les mains et je lui ai suggéré d'en siffler une rasade.

« J-je ne bois pas d'alcool. » Elle a repoussé la bouteille.

« Moi si, bordel ! » J'ai bu d'un trait. Il était de médiocre qualité, mais son âpre chaleur a envahi mes membres. Exactement ce que m'avait prescrit la faculté.

« Dans le tiroir du haut, a-t-elle dit, d'une voix légèrement plus ferme. Une petite boîte en bois avec un papillon gravé sur le couvercle. »

J'ai trouvé la boîte et la lui ai passée.

Elle l'a ouverte, en a sorti un sachet plastique fermé par une fermeture Éclair et du papier à cigarettes. Elle a tenté de rouler un joint, mais elle sucrait trop les fraises et le papier lui a échappé. Elle m'a regardé.

« Prends ton temps.

— Je vais me servir d'une pipe. C'est plus facile. » La pipe semblait avoir été sculptée à l'effigie d'une petite figurine de bois, dinosaure, peut-être, ou dragon. Elle a tiré dessus pour l'allumer, a inspiré profondément et l'a ôtée de sa bouche. Son regard s'est légèrement brouillé lorsqu'elle a exhalé. J'ai vu la peur s'en retirer en partie et elle s'est vautrée sur le lit.

J'ai ouvert une fenêtre.

« Thomas a des ennuis ? a-t-elle demandé.

— C'est ton petit ami ? »

Elle a haussé les épaules et détourné les yeux. « On traîne juste ensemble. Il a fait quelque chose ? Parce que si c'est le cas, je ne suis au courant de rien.

— Détends-toi. Je veux seulement te poser quelques questions. Comment tu t'appelles ?

— Lizzy.

— Où étais-tu la nuit dernière, Lizzy ?

— J'arrête pas d'aller et venir.

— Quand le groupe était là…

— Les Fessailleurs ? Les gars pétaient une sacrée teuf. Les keufs ont fait irruption après la bagarre.

— Raconte-moi ça.

— La bagarre ?

— Ouais.

— Le frère de Shane était complètement givré. »

Benny. « Continue.

— Il n'arrêtait pas de tarabuster Shane à propos d'un truc qu'il était censé faire pour lui, mais Shane ne voulait pas en entendre parler. Il répétait qu'il était un artiste et Benny insistait en lui reprochant son ingratitude et ainsi de suite…

— Hon-hon. » J'ai bu une autre gorgée de bourbon. « Réfléchis une seconde, tu veux bien ? Tu n'aurais pas d'autres détails ? »

Elle a tiré une taffe. « Je n'en connais aucun. Sincèrement. » Elle ne me regardait pas et tirait sur sa pipe comme si elle gonflait un canot pneumatique.

J'ai empoigné la pipe et la lui ai arrachée. Elle s'est renfrognée et a émis un petit jappement, comme un chiot à qui l'on vient de donner un coup de pied.

« Je ne te crois pas, Lizzy. »

Ses épaules se sont affaissées et elle s'est mise à tortiller les draps entre ses doigts. Ses yeux se sont lentement relevés pour affronter mon regard. « T'es pas un keuf, pas vrai ?

— Je me comporte comme un keuf ? »

Elle a secoué la tête.

« Poursuivons. À quel propos Benny et Shane se bagarraient-ils ?

— Qui ça ?

— Le frère de Shane se prénomme Benny. Un chauve. »

Ses yeux se sont reportés sur la pipe. « Euh... »

Je la lui ai rendue. Elle a inspiré un grand coup et l'a ôtée lentement de sa bouche, en même temps qu'elle riboulait des yeux. « À propos de came. Mais pas celle-là. » Elle a tapoté la pipe d'un index osseux. « Un truc de première bourre. Le grand frère de Shane... Benny... en avait apporté tout un stock pour la fête. Il n'arrêtait pas de dire qu'il en donnait des échantillons. Il a expliqué à Shane qu'il venait de se faire un gros paquet de thunes et qu'ils allaient se mettre à leur compte. Il voulait que Shane fourgue la came à l'arrière de son fourgon.

— Pourquoi ?

— Parce que Shane tourne dans tout un tas de clubs avec son groupe et qu'il n'a aucun mal à repérer les clients et écouler la camelote.

— Comment sais-tu tout ça ?

— Shane et moi, on a comme qui dirait accroché hier soir, alors je l'accompagnais. Ça ne les gênait pas de parler devant moi, apparemment.

— Où sont-ils actuellement ?

— Aucune idée. Le groupe s'est fait virer du Handlebar, tu vois.

— Je sais.

— Ils ont dû se rendre à leur concert suivant.

— Où passent-ils ? »

Elle a haussé les épaules et tiré une autre taffe de la pipe. J'ai sifflé une nouvelle rasade de bourbon. Les deux derniers jours avaient été éprouvants. Je suis resté un moment sans dire un mot, assis à côté de Lizzy ; elle fuyant la réalité dans son vice et moi dans le mien.

« Parker est au courant ?

— Ça se peut. »

Je l'ai saisie par le poignet. « Suis-moi. »

Elle a clopiné derrière moi en tenant le drap devant elle. Nous nous sommes arrêtés près de la poubelle et j'ai forcé le couvercle.

« Merde, mec, j'ai vraiment envie de pisser ! » s'est écrié Parker. Lou l'avait roulé en boule dans le conteneur, façon bretzel.

« Parker ? Oh, mon Dieu ! » Lizzy a lâché son drap et s'est penchée sur la poubelle. « Tu vas bien ?

— J'sens plus mes jambes.

— Il s'en remettra, ai-je affirmé.

— Qu'est-ce qu'il fiche là-dedans ?

— C'est un genre de biosphère.

— Hein ? »

Lou est revenu vers nous en traversant la cuisine. Il était pantelant et luisait de sueur. « Ce petit salopard à loilpé cavale comme un cabri. Je l'ai coursé sur quatre pâtés de maisons avant de renoncer. » Il a reluqué Lizzy, s'est copieusement rincé l'œil puis a ajouté : « J'espère qu'il a eu le temps de te finir, sinon grimpe à bord du Lou Morgan Express et il te ramènera au bercail.

— De quoi il parle ? s'est enquis Parker.

— Aucune importance ! » Lizzy a décoché un regard noir à Lou.

Celui-ci a jeté un coup d'œil dans la poubelle, en souriant d'une oreille à l'autre. « Quand on a fait irruption, on a surpris la rouquine ici présente en train de s'envoyer en l'air avec un lascar.

— J'en étais sûr ! » Parker beuglait du fond de sa poubelle. « Sale petite traînée ! C'était Thomas hein ? T'as baisé avec lui !

— Le prends pas comme ça, Parker ! C'est pas ce que tu crois. » Lizzy a explosé en sanglots adolescents.

« Tu ferais mieux de vérifier son cul, voir s'il n'y a pas de traces de brûlures, a laissé tomber Lou.

— Le sale enfoiré de fils de pute… Je vais le crever ! » Parker a piqué sa crise de son mieux dans cet espace restreint ; il secouait si fort la poubelle qu'il a failli la renverser.

Lizzy, larmoyante, a couru théâtralement se réfugier dans la chambre à coucher dont elle a claqué la porte. De profonds sanglots lui échappaient entre deux hoquets. Le tout des plus poignants !

J'ai posé la main sur le bras de Lou et l'ai doucement repoussé en arrière. « Fais-moi un peu de place. »

Il s'est raidi, a résisté l'espace d'une seconde puis reculé d'un pas. Il apprendrait. J'étais toujours aux commandes. Et il restait le bleubite, en dépit de ce que j'avais promis à Danny.

J'ai jeté un regard sur Parker. Ses petits poings étaient crispés et il en martelait faiblement la paroi de la poubelle. Sa copine était une salope ! Tout son univers s'écroulait !

« Parker.

— Vous vous rendez compte un peu ? Quelle merde ! Mon propre coloc !

— Parker.

— Sale pute ! » Il avait haussé le ton pour se faire entendre de Lizzy dans la pièce voisine. « Sale pétasse de merdeuse ! »

Elle s'est remise à sangloter avec une vigueur renouvelée.

« Salope ! »

J'ai empoigné un trophée de base-ball posé sur la table voisine et l'ai abattu violemment sur la poubelle, à trois reprises.

« Putain de Dieu, quel boucan !
— Tu veux sortir de cette poubelle, oui ou non ?
— Oui.
— Où se produit ensuite le groupe de Shane ?
— Chez Mudhog[1] Sammy.
— Quand ?
— Mercredi soir. »

Le surlendemain.

« Et ce soir ?
— Quelque part à Ocala. Je connais pas le nom de la boîte. J'ai juste entendu Shane parler d'Ocala. Parole d'homme !
— Tu sais où ils vont jouer. Réfléchis bien.
— Je raconte pas de conneries, mec. J'en sais rien.
— De quoi t'as peur ? De balancer ton pote ? T'inquiète pas de ça. Ton nom ne sera pas cité. » J'ai brandi trois doigts. « Parole de scout ! » J'ai refilé un coup de coude à Lou.

« Hein ? Oh ! » Il a levé lui aussi trois doigts.

« Je sais vraiment pas. Sincèrement, a répété Parker.
— Si jamais tu mens, Lou t'arrachera les jambes à coups de dents et te les enfoncera dans le cul.
— Je ne mens pas. » Un zeste de désespoir s'était glissé dans sa voix. « J'en sais pas plus. Promis juré. »

J'ai revissé le couvercle. Serré.

« Viens, ai-je dit à Lou. Allons-y. »

*

Pendant le trajet de retour sur la moto de Lou, j'ai de nouveau remarqué la Ford Tempo ; dans le rétroviseur, ce coup-ci. Je ne crois pas aux coïncidences. J'en ai fait part à Lou.

« Qui c'est ?

1. Littéralement *cochon de lisier*.

— Peut-être les Feds. » Ou Mercury.

« Tu peux les semer ? » m'a-t-il demandé. Il s'est tordu le cou pour mieux voir.

« Arrête ça, crâne de piaf ! Leur montre pas qu'on les a repérés.

— D'accord, d'accord. » Il s'est tenu tranquille et ne s'est plus retourné.

J'ai mis les gaz, zigzagué entre deux voitures et fait une queue-de-poisson à une Jeep pleine d'étudiants, qui m'ont fait un doigt. J'ai brusquement viré à gauche sur la mauvaise voie, laissant dans mon sillage un concert de coups de klaxon et de crissements de pneus. Puis je me suis livré à l'habituelle routine de louvoiements au travers d'une banlieue résidentielle et, lorsque j'ai enfin récupéré la route principale, j'ai constaté avec satisfaction que nous avions largué nos poursuivants.

J'ai déclaré que nous ferions mieux d'abandonner ma caisse pendant quelque temps. Ils la connaissaient. Lou en est convenu et a suggéré que je mette le cap sur l'aéroport régional pour dénicher un loueur de voitures. Excellente idée. On trouverait notre bonheur chez Avis.

Je me suis servi de ma MasterCard volée et d'un permis de conduire bidonné de l'Arkansas et j'ai loué la voiture sous le nom de Boris Freeman. Je voulais une LTD ou du moins quelque chose de confortable, mais Lou avait sa petite idée sur la question.

« Tu peux pas rôdailler dans le marais au volant d'un gros paquebot de maquereau.

— Je ne compte pas "rôdailler", ai-je répondu. Mais emprunter l'Interstate.

— En 4 x 4, mec. Dominons le sujet depuis cette Suburban. » Lou désignait un véhicule de sport utilitaire ridiculement surdimensionné, garé dans le parking clôturé de l'agence de location.

« Mon cul !

— Je suis volumineux. Il me faut de la place.

— Ce monstre bouffe dix litres aux cent.

— Tu loues la caisse, mec. Pour l'essence, je peux régler sans problème. »

J'ai cédé. « D'accord.

— Je veux ! »

Débile.

Il semblait beaucoup moins heureux en faisant le plein à Ocala. Quarante-quatre dollars et cinquante cents pour de l'essence ordinaire sans plomb. Nous avions quitté l'Interstate et roulions à présent sur la SR 200. Lou s'est carré un cigare dans la bouche, l'a allumé et a saturé la cabine d'un épais nuage de fumée gris-bleu.

« Tu veux bien baisser cette putain de vitre ? Je n'ai que deux poumons. »

Il s'est marré. « Tu supportes mal, hein ? » Mais il a descendu la vitre.

Il a cherché une station de country sur l'autoradio et monté le son un cran trop fort.

J'ai légèrement baissé le volume. « Allons-y mollo, tu veux bien ?

— T'aimes pas quand ça nasille ?

— Quand ça quoi ?

— Quand ça nasille ? La country nasille.

— Tu pourrais pas la boucler cinq minutes ? J'essaie de réfléchir à la suite. »

Il s'est recroquevillé sur son cigare, dont il tirait de lentes bouffées maussades.

11

On a tourné en rond sans but vraiment précis, pendant que la Suburban tétait de l'essence comme un gosse de la limonade. Nous sommes entrés dans une douzaine de clubs annonçant de la musique *live*. J'en ai eu vite marre et, au sixième, j'ai commencé à envoyer Lou enquêter à l'intérieur pendant que je patientais dans la Chevy. On a fait une pause pour le dîner et on a mangé tranquillement. Puis on a repris la route, guère plus avancés qu'avant.

Finalement, j'ai enquillé dans le parking d'un magasin de produits de première nécessité et Lou a arraché un annuaire d'une cabine téléphonique. Nous en avons feuilleté les pages assis dans le 4 x 4.

« Chez Dewey, Piste de danse, Réceptions. » Lou m'a montré l'encadré. « Ça dit musique *live*.

— Appelle-les.

— Voilà l'adresse. C'est tout près. Un peu en retrait de la 200.

— Le téléphone est plus près.

— La journée a été longue, mec. Je te paie une bière. »

Bonne idée.

Chez Dewey était coincé entre un Pizza Hut et une supérette sur une petite place morose. Le gravier du parking débordait. Nous nous sommes garés sur le gazon et nous avons dû débourser cinq dollars chacun pour entrer. La majoration correspondait au passage du groupe, dont nous avons vite découvert qu'il ne s'agissait pas des Fessailleurs.

Déjà, la musique m'a plu. Je n'ai jamais entendu les Fessailleurs, mais je ne les crois pas capables de reprendre un morceau d'Ella Fitzgerald. La nana sur le podium portait une longue robe noire et des gants de velours jusqu'aux coudes. Sa voix était somptueusement sombre et rauque. Les quatre lascars qui jouaient derrière connaissaient leur métier : sax, basse, guitare et piano droit.

« C'est pas eux, a fait Lou. Tu veux qu'on se tire ?

— Écoutons au moins un morceau. Et buvons un coup. »

L'orchestre a enchaîné sur un morceau hot, et des étudiants attifés de fringues d'époque, costumes rayés et larges cravates, ont envahi la piste de danse affaissée devant le podium. Le public sonnait bidon. Trop mélangé. Les mômes costumés n'étaient là que pour la musique. Les gars des fraternités étudiantes semblaient déplacés ici ; nombre d'entre eux portaient des casquettes de base-ball blanches et des T-shirts ornés de lettres grecques. Ils voulaient juste se poivrer la gueule et s'y prenaient foutrement bien.

Lou s'est frayé un chemin jusqu'au bar à grands coups d'épaule. Il s'est glissé entre deux minots d'une confrérie, en les bousculant au passage. Ils se sont retournés pour l'engueuler, l'ont jaugé du regard et ont préféré se concentrer sur leur consommation.

Lou m'a tendu un gobelet en plastique et je l'ai pris. J'en ai siroté le contenu. Il a glissé dans ma gorge, bon marché, glacé, parfait. La journée avait effectivement été longue. Deux longs jours, durs et harassants. J'ai pris mentalement note de rappeler M'man un peu plus tard. Et Marcie.

Les étudiants laissaient pas mal d'air à Lou. Le géant était adossé au comptoir de bois brut, les deux coudes écartés, comme si l'établissement lui appartenait, et, compte tenu de la densité de la foule, occupait un espace vital nettement supérieur à la moyenne. Ça poserait nécessairement des problèmes à court terme. Je connais le genre de Lou. Il ne chercherait pas la bagarre, mais agiterait sa viande jusqu'à ce qu'un gosse suffisamment pété le prenne à partie. Il avait besoin d'assommer quelques gamins pour se sentir mieux, comme s'il maîtrisait quoi que ce fût, comme si son existence entière ne venait pas de couler à pic. C'était ça, son genre.

« Je vais me renseigner dans le coin, lui ai-je dit avant de me faufiler à travers la foule.

— Sur quoi ? » m'a-t-il crié un instant plus tard ; mais j'ai hoché la tête, feignant d'avoir compris de travers.

J'avais terminé ma bière avant d'atteindre l'autre bout du bar. J'ai mis une bonne minute à attirer l'attention du barman, mais il a fini par me repérer, au moment où l'orchestre achevait un morceau que je n'ai pas reconnu et où prédominaient les cuivres.

« Vous connaissez un groupe qui se fait appeler les Fessailleurs ?

— Ça, c'est Smoke Up, coco. » Il désignait le podium et hurlait pour couvrir le vacarme.

« Un autre groupe, je veux dire.

— Non. Vous en voulez une autre ?

— Ouais. »

Il ne m'a pas demandé ce que je buvais, ce qui me convenait parfaitement vu que je n'en savais rien moi-même. Il m'a rapporté un gobelet trop mousseux et j'ai retenté le coup.

« Y a-t-il d'autres établissements dans le secteur où un orchestre pourrait passer ce soir ?

— J'en sais foutre rien. »

J'ai bu mon verre, j'en ai commandé un troisième, je l'ai séché et j'en ai commandé un autre.

Je songeais à gagner les toilettes quand la fille, sur scène, a annoncé que le groupe s'accordait une courte pause. J'ai contourné la piste de danse en me frayant un chemin dans la foule et trouvé les toilettes messieurs. Le seul urinoir disponible était heureusement libre et j'ai donc descendu ma fermeture Éclair et restitué une partie de ma bière.

Quelqu'un a tiré la chaîne dans l'un des habitacles. La chanteuse en est sortie, a pêché un tube de rouge dans son sac et posé ce dernier sur l'étroite étagère de porcelaine, sous le miroir. « T'occupe pas de moi, *poussin.* »

D'ordinaire, je ne permets qu'aux vieilles serveuses de soixante piges des restaurants pour routiers et aux vraiment grosses entraîneuses de m'appeler « poussin », mais la chanteuse était jolie et j'aimais beaucoup sa voix, de sorte que j'ai répondu : « Aucun problème, *poupée.* »

Elle m'a jeté un regard en biais. Ses lèvres se sont retroussées en un léger sourire, juste avant qu'elle n'y applique son rouge à lèvres noir. « La queue aux toilettes des fillettes est monstrueuse. J'ai dû contenir ma vessie pendant tout le solo de saxo de Tommy. » Elle a secoué la tête comme s'il n'y avait rien de plus triste au monde. « Un putain de solo de sax de neuf minutes. »

Elle est sortie au moment où des gars des fraternités entraient, et ils ont pilé net et examiné le linteau de la porte des toilettes pour vérifier qu'ils ne s'étaient pas trompés. Le temps qu'ils comprennent, elle avait déguerpi.

J'ai rectifié mon nœud de cravate dans le miroir, décidé que ça n'impressionnait personne et opté pour le dénouer de nouveau. J'ai examiné mes yeux. Rouges. Trop de bière, pas assez de sommeil.

Le sac de la chanteuse était resté sur l'étagère. Je l'ai empoigné et je suis sorti des toilettes.

En chemin, j'ai repéré Lou, qui gardait toujours son territoire devant le bar. Il bavardait avec une étudiante à forte poitrine et dont le T-shirt s'ornait des caractères désignant une sororité. Les gars des fraternités lui jetaient toujours des regards noirs par-dessus l'épaule. Ça n'allait plus tarder à se déclencher.

J'ai bu une autre bière, je me suis rappelé que j'avais un sac à la main et j'ai repéré la chanteuse sur les marches conduisant au podium. Elle s'apprêtait à remonter en scène et je lui ai demandé d'attendre une seconde.

« Je ne peux pas parler maintenant, m'a-t-elle sèchement répondu. On reprend.

— Vous avez oublié ça dans les toilettes. » Je lui ai tendu son sac.

Son regard s'est radouci. Elle est descendue d'une marche. « Merci. C'est sympa. » Elle a agrippé le sac, mais je me suis cramponné à l'autre bout.

« Vous ne connaîtriez pas un groupe se faisant appeler les Fessailleurs ?

— Ouais. Ils refont surface tous les quelques mois. À les entendre, tu croirais qu'un type balance des bouteilles vides dans une tronçonneuse. Pourquoi tenez-vous tant à les écouter ?

— Je ne suis pas un fan. Simple curiosité.

— Ils se produisent d'ordinaire au Café Blitzkrieg. C'est un boui-boui sur la Quatrième. C'était, plutôt. Il a brûlé, il y a... merde... huit, dix jours. Ils ont toujours passé des groupes merdiques. M'étonnerait qu'on veuille d'eux ailleurs en ville. »

J'ai lâché le sac. « Navré de vous avoir importunée. »

Elle m'a jeté un regard bizarre, intrigué. « Pas de problème. » Elle est montée sur scène et le groupe a entonné *Hit that Jive, Jack.*

Lorsque j'ai retrouvé Lou, il échangeait des paroles peu amènes avec un des gosses des confréries. Un autre s'est pointé derrière lui et lui a brisé une bouteille de bière sur le crâne. Lou a titubé et les gamins ont sauté sur l'occasion. Huit au bas mot lui sont tombés dessus. Le type derrière le bar s'est mis à beugler. Le groupe a joué plus fort et enchaîné sur *Sing, Sing, Sing.*

Lou a balancé un grand coup de botte et il en a cueilli un à l'estomac. Le môme s'est plié en deux et s'est rudement ramassé. Lou en a empoigné un autre par le colback et l'a balancé par-dessus le comptoir. Les autres lui flanquaient de méchants directs dans les abdominaux. Autant cogner sur une benne à ordures. Je suis allé lui donner un coup de main, mais sans trop me presser.

Un des plus costauds a balancé une chaise en bois. Lou a esquivé et la chaise est passée par-dessus la rampe et a atterri sur la piste de danse. Elle a effacé un couple qui, jusque-là, swinguait avec brio. L'enfer s'est déchaîné. Hurlements. De frayeur, parfois. De colère pour la plupart. Une minette minuscule, couverte de strass comme un sapin de Noël, a ramassé la chaise et l'a renvoyée. Elle a atterri sur une table encombrée et la bière a giclé dans toutes les directions. Les gars assis à la table ont sauté la rampe et culbuté les danseurs.

Les videurs ont rappliqué : deux gros lards qui ne savaient pas par où commencer. Ils ont regardé Lou. Puis la mêlée sur la piste de danse. M'est avis qu'ils n'étaient pas suffisamment ambitieux pour plaquer Lou, parce qu'ils ont foncé droit sur les danseurs. Le groupe avait laissé tomber le répertoire de leurs standards et entamé une version primesautière de *Tie a Yellow Ribbon Around the Old Oak Tree.*

Lou semblait aux anges. Un très pittoresque filet de sang coulait d'une de ses commissures et il allongeait un bourre-pif à tous ceux qui osaient l'approcher de trop près. J'ai choisi un gamin au hasard et je lui ai fourré mon poing dans la gueule, histoire de participer.

Son copain visait mon nez du poing. Je me suis détourné et je l'ai reçu sur la joue. Puis j'ai placé un uppercut qui a dû lui ébranler les dents et faire voleter autour de sa tête les petits zoziaux des dessins animés. Il s'est effondré.

« Ça suffit, Lou ! ai-je hurlé pour couvrir le raffut. Filons. Voilà les flics ! » Je n'en voyais aucun, en réalité, mais ça le ferait activer.

« Je te suis, mec ! »

Il a assommé un dernier gamin de son poing massif, en plein sur l'occiput, dépêché d'un grand coup de pied son corps inanimé sous une table puis m'a emboîté le pas vers la sortie. Le portier semblait nerveux ; il a levé la main, se demandant sans doute comment il devait s'y prendre pour nous arrêter, s'est rendu compte qu'il n'y parviendrait pas et a plongé derrière sa caisse enregistreuse.

Dans le parking et dans ma hâte à mettre les voiles avant l'arrivée des flics, j'ai tamponné une Mazda par inadvertance en faisant marche arrière. Je n'entendais pas encore les sirènes, mais ça n'allait plus tarder.

« Merde, mec ! a fait Lou. Regarde où tu vas !

— Cette caisse est aussi grosse qu'un cuirassier. »

Nous nous sommes éloignés vers l'Interstate.

« Bordel ! s'est exclamé Lou, qui se fendait la pipe comme s'il venait de gagner le prix Nobel du cassage de gueules. J'ai comme l'impression qu'on leur a donné une leçon ! »

*

On s'est engagés dans un dédale de restaurants et d'hôtels, là où la 75 coupe la 200. Je nous ai pris deux chambres au Best Western.

Sitôt dans ma chambre, j'ai allumé la rampe au-dessus des lavabos jumeaux et palpé la zone tuméfiée sous mon œil gauche, là où le gamin m'avait cueilli. J'avais bu trop de bière et perdu ma concentration. Un direct faiblard assené par un petit connard d'étudiant. J'aurais dû le voir venir.

Je me suis affalé sur le lit, j'ai empoigné le téléphone et composé le numéro de Marcie. Elle a répondu à la onzième sonnerie. « Oui ? Allô ?

— Tu m'as l'air essoufflée.

— J'ai couru depuis le garage.

— Qu'est-ce que tu fabriques ?

— Je travaille. J'ai trois singes hurleurs dans la glace.

— T'as trois… Qu'est-ce que tu fabriques ?

— Je les tiens du zoo de Sanford, a-t-elle répondu. Gratuit. T'imagines ?

— Des singes morts. Tu parles d'une aubaine.

— Ha ha ! Tu crois peut-être à un canular, mais un ami à moi tient une galerie d'art alternatif à Jacksonville. Tu connais Minnie Schwartz ?

— Elle tient la galerie ?

— Minnie ? Non. Minnie tient que dalle. Mais elle connaît Naomi. Et Naomi tient la galerie.

— Naomi qui ?

— Naomi rien. C'est un de ces noms en un seul mot. Comme Cher.

— Ou Zorro.

— Désopilant. » Bref silence. « Tu vas bien ?

— Je me maintiens.

— Pourquoi appelles-tu ?

— Juste pour entendre le son d'une voix amie.

— Moi ou une autre ? » La question n'était qu'à moitié badine.

« Tu sais bien que c'est faux.

— C'est donc moi que tu préfères, hein ?

— C'est toi que je préfère. Que comptes-tu faire de tes macaques ?

— Je n'en sais rien encore, mais je ferais bien de me mettre au boulot avant qu'ils commencent à schlinguer.

— Tu pourrais peut-être composer un diorama, avec le singe qui n'entend pas, celui qui ne voit pas et celui qui se tait », ai-je suggéré.

Elle a éclaté de rire. « Tu es aussi merveilleusement cinglé que cliché. Il faut que j'y aille.

— Sois prudente. Les cadavres d'animaux ne transmettent-ils pas des parasites, l'Ébola ou quelque chose comme ça ?

— Mes singes sont en train de décongeler.

— Salut, chérie.

— Salut. »

On a raccroché.

Je m'apprêtais à appeler M'man, mais il commençait à se faire tard. Je suis retourné me planter devant la glace pour contempler mon ecchymose. Imbécile !

J'avais acheté une brosse à dents, du dentifrice et du déodorant au 7-Eleven voisin de l'hôtel. Je me suis brossé les dents. J'avais oublié d'acheter un rasoir. Mes joues étaient couvertes d'un chaume bleu et dru.

On a frappé sèchement à la porte. Je suis allé ouvrir et j'ai trouvé Lou derrière, torse nu, une petite seringue plantée dans le biceps comme une fléchette de pub irlandais. Son visage était aussi crispé que celui d'un comédien dans une pub pour laxatif.

« Faudrait que t'appuies dessus, mec. Envoie la purée.

— T'es accro à la merde ?

— Je crois que je me la suis plantée dans le nerf, ou je ne sais quoi. Pas moyen d'obtenir de l'autre bras qu'il pousse sur le piston. » C'était vrai. Il a tenté de lever le bras droit, mais il s'est figé à mi-hauteur, genre Frankenstein jouant du violon.

« Si jamais tu te fixes, je te jure que je te colle sur-le-champ un pruneau dans la tête.

— C'est pas de la came, mec… Ça fait partie de mon régime de musculation.

— Des stéroïdes.

— Ça fait mal, mec.

— Paraît que cette saloperie te recroqueville les gonades.

— Tu veux bien te contenter d'appuyer ? »

Je me suis emparé délicatement de la seringue et j'ai vidé son contenu du pouce.

« Retire-la. »

J'ai arraché la shooteuse de son bras et l'ai laissé tomber sur le poste de télé.

Son bras lui revenait. Il l'a massé, fléchi. « Ouais, mec. Ouais ! » Il a giflé ses biceps, les a encore fléchis et s'est allongé à plat ventre pour faire des pompes. « Sentir la brûlure. Chevaucher la brûlure. Oh, ouais ! » À ce qu'il semblait, il n'était nullement disposé à déblayer le plancher dans l'immédiat.

« Tu veux bien aller transpirer et gueuler tes slogans dans ta piaule ?

— Il n'est même pas minuit. Faut qu'on trouve les Fessailleurs. » Il continuait allègrement de faire des pompes.

« Pas la peine de se prendre la tête. J'ai causé avec la fille du groupe.

— Trop maigre. Pas de roberts.

— Elle m'a appris que le rade où ils passaient avait brûlé.

— *Burnbabyburnbabyburn*... On fait quoi, maintenant ?

— On sait déjà où ils seront. Demain soir.

— Ils rentrent à Gainesville ?

— Chez Mudhog Sammy. »

12

Ce coup-ci, l'annuaire s'est révélé un plantage et les Renseignements m'ont pompé deux pièces de vingt-cinq cents pour m'apprendre qu'il n'existait aucun établissement à l'enseigne de Mudhog Sammy. J'ai garé la Suburban dans un parking payant du centre-ville, près des clubs, et Lou et moi avons poursuivi nos recherches à pied. J'étais persuadé qu'aucune boîte respectable n'infligerait à ses clients le pensum des Fessailleurs, mais il fallait bien commencer quelque part. Dans la mesure où c'était un jour de congé, nul ne voyait d'inconvénient à nous accorder quelques secondes de son temps pour bavarder, mais personne ne nous a beaucoup avancés.

En fin de compte, un vieux Black aux joues de trompettiste nous a orientés dans la bonne direction. « Un rade sur Main Street. L'Underground. Plein d'ados. Ils passent cette nouvelle musique électronique fracassante. C'est peut-être là. Mais peut-être pas. Pas moyen de vous dire. Tous ces groupes se ressemblent. Et jouent pareil. Renseignez-vous dans le coin.

— Merci. » J'ai tiré de ma poche une liasse de biffetons. « Pour le dérangement.

— Merci, mais non. Contentez-vous de vous souvenir de nous quand vous voudrez entendre de la bonne musique. On a Diesel Joe Jarvis au piano ce soir.

— On y pensera. »

On a trouvé l'Underground un peu en retrait de Main Street, tout au bout, dans un secteur de bars homos. Mais la boîte était fermée. Un panneau prévenait qu'elle n'ouvrirait qu'à vingt-deux heures et annonçait un groupe nommé les Broyeurs d'Os. On est restés plantés sur le trottoir, les mains dans les poches.

« Très bien, Bleubite. Comment on va retrouver ces lascars ?

— J'en sais rien, mais je commence à avoir la dalle.

— Plus tard.

— Crois-moi, mec... J'ai tendance à être à cran quand je ne bouffe pas à des horaires réguliers. Je dois maintenir mon carburateur à un certain niv... »

Je lui ai fait fermer sa gueule. De l'autre côté de la rue, trois ados cradingues faisaient la manche, assis sur le trottoir. Les deux filles donnaient l'impression d'être assez jolies sous leur couche de crasse. Le type avait la moitié du crâne rasé, tandis que l'autre portait une moumoute verte ; des tatouages couvraient ses bras. Il était assis en appui sur ses coudes et laissait les nanas faire tout le boulot.

« Oublie la graille, ai-je dit à Lou. Suis-moi. »

Je me suis dirigé vers les gamins, tout en pêchant de nouveau la liasse de billets dans ma fouille. J'en ai retiré une coupure et je l'ai tendue à la première fille. Lou a émis un bruit dédaigneux derrière moi, laissant entendre que j'étais le dernier des poireaux.

« Dieu vous bénisse, monsieur. » Sans doute se figurait-elle que c'était le remerciement que souhaitaient entendre les généreux donateurs. Elle a fait disparaître le billet d'un dollar dans son sweater sans cesser de me fixer, dans l'expectative. Elle savait qu'il avait des petits frères. Futée, la gosse !

J'ai sorti un billet de cinq et je l'ai montré. L'autre fille a commencé à s'intéresser à moi. Le garçon se comportait toujours comme si ça ne le regardait pas.

« Un groupe appelé les Fessailleurs, ai-je dit. Vous connaissez ? »

Les filles se sont regardées. Puis le garçon a dit : « Ils ne passent pas à l'Underground. » Il a de nouveau détourné les yeux, comme si je n'avais pas besoin d'en savoir plus.

Une des filles était toute ratatinée dans son sweater. L'autre, un peu plus âgée, avait ramassé ses cheveux blonds sous une casquette de base-ball des Gators. Elle avait un anneau dans le nez et un autre au sourcil gauche. Elle lorgnait mon billet de cinq et s'efforça de transformer le bref commentaire du type en un renseignement utile. « Ils ne passeraient pas au centre-ville. Pas dans le coin.

— Où ? »

Haussement d'épaules.

« Tu connais ce rade... Chez Mudhog Sammy ?

— Non. »

Je lui ai donné les cinq dollars et je l'ai remerciée. Lou s'est mis à me tarabuster dès qu'on s'est éloignés.

« T'aurais aussi bien pu tirer la chasse sur tes six dollars.

— Je ne me souviens pas t'avoir entendu émettre une idée de génie », ai-je rétorqué.

Une voix nous a hélés au moment où nous tournions le coin. « Eh ! M'sieur ! »

Nous nous sommes retournés. C'était la fille au sweater trop grand pour elle. Elle nous a rejoints en trottinant et jaugés du regard une seconde. « Vous êtes pas des flics ?

— Non.

— Si je vous demande si vous êtes des flics, vous devez répondre par oui ou par non, sinon il y a incitation, pas vrai ?

— Vrai.

— Je sais encore autre chose sur le Mudhog et ce groupe.

— Raconte.

— Je veux du fric. Plus que cinq dollars. »

J'ai ressorti le rouleau de billets et je lui ai montré un portrait d'Andrew Jackson.

« Davantage.

— Et si je lui faisais cracher le morceau ? » a proposé Lou.

Ça ne l'a pas effrayée. Elle s'est contentée de me regarder.

« Écoutons déjà ce que tu as à dire, ai-je fait. Je verrai ensuite ce que ça vaut.

— Le Mudhog se trouve sur la Prairie, dans les bois, juste avant que ça ne devienne trop marécageux. Ce n'est pas vraiment une boîte officiellement déclarée, vous comprenez ? C'était juste une vieille baraque, puis des ados ont commencé de s'y incruster. Ensuite, des gens y ont tenu boutique et on pouvait y acheter de la bière sans avoir à présenter ses papiers, et même de l'herbe, tout ce qu'on voulait. Le samedi soir, deux cents jeunes en moyenne s'y retrouvent.

— Continue. Et le groupe ?

— Il sera là ce soir, mais ils ne font pas que jouer. Ils dealent à l'arrière de leur bus. Je leur ai acheté plusieurs fois de la came.

— Comment être sûrs que tu ne nous montes pas un souk pour te faire quelques dollars ? s'est enquis Lou avant de s'adresser à moi. Elle a vu ton paquet de pognon, mec. Elle te prend peut-être pour une poire. »

Elle a remonté la manche de son T-shirt et montré son avant-bras pour nous faire voir les rails. Certaines marques de piqûre semblaient passablement anciennes. « Je vais me défoncer là-bas dès que je peux m'y faire conduire en voiture. C'est pour ça que je vous ai demandé si vous n'étiez pas des flics. Je pourrais me foutre dans une sacrée merde en parlant à des flics.

— À quoi ressemble le fourgon ?

— Ça fait un bail.

— Réfléchis.

— Pas à un de ces minivans neufs. Plus grand. Bleu. Bleu foncé. Mais vous ne pouvez pas le rater. Le flanc est décoré d'un panorama vraiment merdique à l'aérographe, genre pleine lune sur fond de ciel étoilé.

— Sûrement des plaques de l'Orange County, a fait Lou.

— Ford ? Chevy ? ai-je demandé.

— J'en sais rien. Je peux avoir mon fric ?

— Non. Je veux des indications plus précises.

— Je vous ai dit que c'était dans la Paynes Prairie.

— Il me faut un plan. Dessine-le. » Lou avait un stylo et j'ai arraché d'un poteau téléphonique une affichette signalant un chien perdu. Elle a tracé une carte au dos.

« La pire carte que j'aie jamais vue, a déclaré Lou.

— Indique le nom des routes.

— C'est fait.

— Celle-là.

— Elle n'a pas de nom, bordel de merde ! C'est un chemin de terre.

— Alors marque-le. Qu'y a-t-il à proximité ?

— Une cabane qui vend des appâts, huit bornes en amont.

— Écris. »

Elle m'a tendu la carte et je lui ai refilé vingt dollars.

« Une petite minute ! » s'est interposé Lou. Il l'a agrippée par un bras et l'a attirée à lui.

« Ouille ! ça fait vachement mal, espèce de crétin de...

— Ta gueule ! »

Elle l'a fermée.

« Je ne voudrais pas que tu nous aies fourgué des salades contre du bon pognon, a-t-il poursuivi.

— Je vous ai dit la vérité.

— Ouais, mais garde-la pour toi. Je n'aimerais pas apprendre que tu les as prévenus de notre arrivée.

— Vous bilez pas. » Elle a retiré son bras d'un coup sec. « C'est sûrement pas en me vantant de vous avoir parlé que je vais me faire des amis. »

*

Nous avons trouvé la Paynes Prairie le soir même ; la carte de la fille s'est révélée étonnamment exacte. Il faisait déjà noir depuis près d'une heure quand nous avons laissé la boutique d'appâts derrière nous, et j'ai allumé les feux de route de la Suburban pour ne pas manquer le chemin de terre.

« Commence pas à bousculer les gens avant que je t'aie fait signe, ai-je prévenu Lou.

— Ça gaze, mec. » Il a embrassé les coups de poing américains qui habillaient ses deux mains. « Les petites dames sont prêtes... elles n'attendent que ton signal. »

Nous avons emprunté le chemin de terre, lequel serpentait profondément à travers bois. Étroit, il était tracé dans du sable meuble, de sorte que nous lambinions à quarante à l'heure. J'ai bientôt aperçu des lumières bleues à travers les arbres. Plein de lumières, qui se reflétaient sur les nuages bas.

« Oh, merde, mec ! » Lou les avait vues aussi. « On ferait peut-être mieux de faire demi-tour. »

J'ai négocié le virage suivant mais une voiture de patrouille bloquait le passage. D'autres lumières bleues se sont allumées et des policiers ont fait irruption des broussailles, de part et d'autre du chemin, un fusil au creux du coude. L'un d'eux a levé la main et j'ai pilé net.

« Laisse-moi parler », ai-je fait à Lou.

J'ai descendu la vitre dès que l'agent s'est présenté de mon côté.

« Papiers. »

Je lui ai passé mon permis bidon. Il l'a reluqué une seconde puis me l'a rendu.

« Que faites-vous par ici ?

— Ma gosse, ai-je répondu. Elle traîne dans le secteur avec des voyous. Ma bourgeoise va me tanner le cul si je ne la ramène pas. »

Il a hoché la tête d'un air entendu. « Les gosses qui traînent dans le secteur, c'est pas ça qui manque. Vous devrez appeler le poste de police ultérieurement, quand on les aura tous fichés. Je ne peux pas vous laisser passer maintenant.

— Elle devrait se trouver avec des copains dans un grand fourgon bleu peint de lunes et d'étoiles. Un groupe, il me semble. Les Fessailleurs ou une connerie de ce genre. Je suis vraiment inquiet. »

Il a soupiré. « Une minute. »

Il est allé consulter un de ses collègues et est revenu en secouant la tête. « On a un tas de bagnoles, de motos et de camions. Au choix. Personne n'a signalé un fourgon comme celui-là. Écoutez, mon vieux, je sais que vous vous faites du mouron, mais nous avons passé les menottes à quatre-vingts jeunots, là-bas, et les chiens sont déjà en train de flairer la came.

— D'accord. Merci. »

Nous avons regagné la baraque d'appâts et nous nous sommes garés. Elle était fermée et je suis donc allé pisser derrière puis j'ai laissé le volant à Lou. Je ne savais plus trop quoi faire.

« Les flics ont dû arriver avant le groupe, a fait observer Lou.

— Ça se peut.

— Tu sais ce que je crois, mec ? Je vais te dire le fond de ma pensée. Je pense qu'ils arrivent au bout de leur minitournée. Tu crois pas ?

— Si.

— Alors, ils ont dû rentrer à Orlando. Non ? »

Je n'en savais rien. Je ne savais plus où diriger mes pas ni ce qu'on devait faire ensuite. Et je ne me fiais que modérément aux dons de détective de Lou. « Allons casser la graine. On va y réfléchir. »

Toute l'équipée commençait à salement ressembler à une chasse au dahu. Marcie me manquait. Je m'inquiétais pour M'man et Danny. Que se passait-il à Orlando pendant que je piétinais dans les bois ?

Retour à la civilisation, Lou a repéré une pizzeria dans une galerie marchande. Il s'y est engouffré, a dépassé une librairie liturgique et un coiffeur puis a écrasé le frein devant une laverie ouverte vingt-quatre heures sur vingt-quatre.

« Merde ! » J'ai porté le bras à mon front pour lui éviter le choc avec le pare-brise. « Pourquoi t'as fait ça, bordel ?

— Regarde, mec ! Là ! Juste devant ! » Il désignait de l'index et mon regard a suivi la direction qu'indiquait son doigt. Un gros fourgon Chevy bleu trônait au bout de la rangée de voitures, entre la laverie et la pizzeria ; son flanc s'ornait d'un panorama merdique à l'aérographe, représentant un ciel nocturne et un croissant de lune.

Lou a fait mine de descendre de voiture. « Allons les choper. »

Je l'ai retenu. « Qui ça, crétin ? On ne voit que le fourgon. » J'ai regardé autour de moi, mais je n'ai pas aperçu Benny. « D'accord. Range-toi dans ce créneau en marche arrière. » J'ai désigné du pouce une place derrière mon dos. « On va les attendre. »

Nous avons patienté pendant vingt bonnes minutes, vu des gens entrer et sortir du restaurant et de la laverie, mais aucun ne s'est approché du fourgon. Puis trois jeunes sont sortis de la pizzeria. Le plus gros s'imaginait qu'il se laissait pousser la barbe, et la blondinette aux cheveux courts était plutôt mignonne, façon cradingue et sortie du ruisseau.

Le troisième devait être Shane. J'avais eu droit à son signalement, mais je n'en avais nul besoin. Un grand frimeur, assez beau gosse à la manière débraillée des mômes d'aujourd'hui. Ses cheveux noirs étaient lissés en arrière en une queue-de-cheval serrée et luisante. Ses boucles d'oreilles ressemblaient à des hameçons de pêcheur. Blouson de cuir. Ouais. Un de ces petits loubards à la redresse !

Ils ont sorti de l'arrière du fourgon un paquet enveloppé de papier brun, consulté leur montre et échangé quelques mots, puis Shane s'est carré le colis sous le bras et a levé les deux pouces à l'intention de ses potes. Ceux-ci sont rentrés dans la pizzeria, tandis qu'il se dirigeait vers la laverie.

« On peut l'agrafer, maintenant ?

— Minute. Qu'est-ce qu'il fabrique ?

— Il lave peut-être ses caleçons. Qu'est-ce qu'on en a à cirer ? »

Il est entré dans la laverie et s'est assis entre deux rangées de machines à laver. Pas difficile de le garder à l'œil. La laverie était bien éclairée ; une de ces boutiques avec de grandes baies vitrées en devanture. Du sol au plafond. On l'a épié un moment. Il se contentait de rester assis là. Les autres clients remplissaient les machines, s'activaient aux essoreuses, pliaient des vêtements. Shane a allumé une cigarette.

« Écoute, a fait Lou. Laisse-moi sortir ce petit fumier de là et lui sonner les cloches jusqu'à ce qu'il nous dise où on peut trouver Benny.

— Permets-moi d'abord d'essayer de lui poser quelques questions. Je peux me montrer très persuasif. Reste là. Tu viendras à mon secours si j'ai des problèmes.

— Comment je le saurai ?

— Tu le sauras. »

J'ai envisagé d'enfiler mes étuis d'aisselle puis j'ai décidé que je pouvais maîtriser Shane à mains nues, sans l'aide de mes automatiques. Je suis descendu de la Suburban et j'ai jeté à Lou, par-dessus mon épaule, un dernier regard péremptoire. Je tenais à ce qu'il se tînt tranquille, sans provoquer d'autre esclandre. Si besoin était, je pouvais me charger moi-même de déclencher un scandale.

Je suis entré dans la laverie et je me suis planté là, les mains dans les poches, pour inspecter la scène des yeux. Une petite dame rabougrie était assise devant une essoreuse, son tricot sur les genoux, et regardait tournoyer son linge dans le hublot. Un type portant un maillot des Saints de La Nouvelle-Orléans lisait le journal. D'autres chalands étaient éparpillés dans la pièce. Le linge sale se lavait. Le linge mouillé séchait. Et, au beau milieu de tout ça, un petit étron du nom de Shane, assis sur un tabouret, fumait sa clope comme s'il lui rendait un immense service, en attendant une occasion de faire chier le monde.

Je me suis assis à côté de lui.

Il m'a regardé. Je lui ai rendu son regard.

« Qu'est-ce qu'il y a ? m'a-t-il demandé.

— Y a rien, Shane. Je me suis juste dit que je devais te rendre une petite visite de politesse. Tu m'as vraiment l'air d'un sale con. On te l'a déjà dit ?

— Eh, va te faire mettre, mec ! J'ai pas à supporter ces conneries. » Il a tapoté son paquet posé sur la chaise voisine. « Si tu veux parler bizness, parlons bizness. Je suis pas là pour me faire insulter.

— Je vois. » J'ai laissé une seconde à mon cerveau, le temps qu'il s'imprègne de ses déclarations. « Qu'est-ce que t'as là-dedans ? De la came ? Les Fessailleurs ne vendent pas assez d'albums, je parie, alors tu deales de l'héro pour mettre du beurre dans les épinards, hein ?

— Ferme ta gueule, mec, putain ! » Ses yeux ont balayé la pièce avant de se reporter sur moi. « Baisse le ton d'un cran. C'est une transaction strictement privée.

— Je ne suis pas ce que tu crois, Shane, et je ne suis pas non plus venu t'acheter de la poudre. Je cherche Benny…

— J'connais aucun Benny…

— … et je vais te tomber sur le poil, gros comme une maison, si tu ne craches pas immédiatement quelques putain de réponses.

— Qui t'es, bordel ?

— Je suis celui qui pourchasse ton groupe à la con à travers toute la Floride. Tu n'as pas le moindre fan, pas vrai ? Ton groupe n'est qu'une couverture à ton trafic de came.

— Va te faire voir, connard ! On a vendu seize CD la semaine dernière et j'en ai ras le cul de discuter avec toi. » Il a ouvert son blouson de cuir et m'a montré la crosse d'un calibre enfoncé dans sa ceinture. « Casse-toi, maintenant ! »

Ma main a plongé dans son blouson avant même qu'il ait terminé de dévider ses rodomontades et j'ai agrippé le calibre et l'en ai extirpé. Je l'ai fait tournoyer sous ses yeux écarquillés, jusqu'à ce que je le tienne par le canon. Je l'ai levé bien haut et j'ai abattu la crosse de toutes mes forces sur sa rotule. Elle a changé de place avec un craquement écœurant.

Il s'est plié en deux en poussant un cri bestial, et ses mains se sont portées à son genou. « Oh, putain de Dieu ! Oh, merde ! Oh, merde ! » Il se balançait d'avant en arrière, les yeux mouillés de larmes. « Oh, mon Dieu, je vous en prie ! Je vous en prie ! »

Je me suis levé, j'ai empoigné son blouson de cuir par le col et je l'ai remis debout. Il sautillait à cloche-pied. « Ce n'est que le début, petit. On va avoir une longue et douloureuse conversation, tous les deux. »

Autour de moi, la laverie s'est brusquement animée. Piétinements. Déclics mornes, consternants, signalant des chiens qu'on relevait du pouce, des barillets qui tournoyaient, des balles qui montaient dans la chambre.

« Bouge plus, enfoiré ! Police ! Balance immédiatement ce putain de pétard ! » C'était le type au maillot des Saints. « Tout de suite. Obéis ! Lâche ce flingue ! »

Je me suis pétrifié, mais je n'ai pas lâché mon arme. La vieille dame aux aiguilles à tricoter braquait sur moi un Magnum de la taille d'un obusier. Quatre, au bas mot, des autres clients de la laverie me couchaient en joue de leur automatique, prêts à me farcir de plomb. La tournure des événements commençait à me déplaire.

« Lâche ton flingue, j'ai dit !

— Fais pas le con, l'ami, m'a conseillé un autre. T'es cerné de toute part.

— Je connais pas ce connard, a lâché Shane.

— Personne te cause, raclure. » Puis, à moi : « Lâche ça tout de suite ! »

Crétin, crétin, crétin ! « Une seconde. Une petite seconde. Il y a sûrement erreur.

— Tu es en train de la commettre, a fait la vieille dame. Lâche ce feu ou je t'explose les balloches !

— Ce paquet ne m'appartient pas », a repris Shane en secouant le sac. Il sautillait toujours sur un pied. « Je suis musicien, pauvres cons. »

Quelle brêle je faisais ! Pauvre enfoiré de connard ! Planté là comme un piquet, à tenir mon calibre par le mauvais bout.

« Descendez-les tous les deux ! » a gueulé une voix.

La vitrine de la laverie s'est soudain embrasée, illuminée par des feux de route. Un moulin V-8 a rugi derrière. Les têtes ont pivoté. La Suburban a enfoncé la baie vitrée dans un fracas cristallin. Les énormes pneus du 4 × 4 ont broyé le muret de brique, saturant l'air de poussière et décrochant des plaques de plâtre du plafond. Lou, au volant, souriait comme un détraqué.

Hurlements. Ordres. Un fusil a tiré, lâchant une balle perdue.

Le pare-chocs avant a enfoncé une batterie de machines à laver. Elles se sont renversées et une vague d'eau bouillante et écumante a inondé le parquet jusqu'aux chevilles. Les conduites d'eau ont explosé, recouvrant tout d'épaisse mousse savonneuse. Le type en maillot des Saints a plongé pour tenter de nous empoigner, et s'est affalé dans la soupe la tête la première.

J'ai bondi vers Lou par-dessus la rangée de machines à laver renversées. Je tenais toujours Shane par le colback, mais il n'a pas franchi les machines. Ses côtes ont heurté une arête et il a poussé un grognement de douleur. Je l'ai halé à moi. La vieille dame a pressé trois fois sur sa détente et une machine s'est percée de trois trous à l'endroit où Shane se tenait l'instant d'avant, en même temps que les bastos faisaient entendre un *clong !* métallique.

La portière arrière de la Suburban s'est ouverte à la volée. « Magne-toi ! » a hurlé Lou.

Coups de feu. Nouveau fracas de verre brisé. Le pare-brise de la Suburban ressemblait à un cri en braille. La tête de Lou s'est brusquement relevée. Il a brandi un de mes automatiques, visé assez haut et vidé un chargeur dans une rangée d'essoreuses. Les coups de feu ont contraint les flics à se jeter à plat ventre. J'ai hissé Shane dans le 4 × 4. « Fonce ! Fonce ! Fonce ! »

Lou a fait marche arrière aussi vite que possible, mais je n'avais pas encore refermé la portière. Elle s'est démantelée contre un mur. Les coups de feu nous ont poursuivis.

« Est-ce que ça ne t'évoque pas une voiture de police banalisée ? » m'a demandé Lou en désignant du menton une berline beige garée derrière nous.

Je me suis retourné pour regarder. « Ça se peut. »

Il est repassé en marche arrière et a appuyé sur le champignon. Le 4×4 a brutalement télescopé la berline, l'envoyant s'écraser contre les trois voitures voisines. J'ai agrippé Shane pour l'empêcher de passer par-dessus bord.

« Laissez-moi sortir. Vous êtes complètement timbrés.

— Ta gueule ! » Je l'ai projeté au sol et je lui ai ordonné d'y rester. Lou a passé la première, braqué sec et jailli du parking. J'ai dû me cramponner à une ceinture de sécurité pour ne pas me faire vider.

« Il faut qu'on quitte la route », ai-je suggéré.

Lou a hoché la tête. « Je veux ! »

Il a bifurqué, louvoyé à travers un quartier résidentiel plongé dans les ténèbres. Sirènes en bruit de fond.

« Faut aussi qu'on balance ce tank. » Je scrutais la rue en quête d'un lieu adéquat.

« Je sais. Je sais.

— Attends. Reviens en arrière. »

Il a freiné puis reculé avant de s'arrêter devant une maison portant un panneau À VENDRE. J'ai sauté du 4×4, cavalé jusqu'aux fenêtres de façade et regardé à l'intérieur. Pas de meubles. Vide. Je suis revenu vers Lou en courant.

« Contourne-la. Il y a une palissade métallique avec un portail. Adosse-toi à l'arrière de la baraque. » Je suis remonté à bord. Les sirènes se rapprochaient.

Le portail était fermé par un cadenas. Lou l'a défoncé en marche arrière. Je suis redescendu du 4 × 4, j'ai balancé le cadenas dans les buissons et refermé le portail. Un des gonds était déglingué, mais il n'y paraîtrait pas de la rue.

Lou avait rangé le 4 × 4 et en était descendu. Il tenait Shane par le col de son blouson de cuir. J'ai brisé du coude un carreau de la porte de service, passé le bras à l'intérieur et tiré le loquet. Nous sommes entrés. Il faisait noir et chaud et ça sentait le renfermé. Personne n'avait mis les pieds ici depuis longtemps.

« Garde-le bien au chaud, ai-je dit à Lou.

— Je le tiens bien. »

Shane n'a pas moufté. Il avait dû gamberger. Il était aussi mou qu'une chiffe.

J'ai traversé le salon désert puis jeté un coup d'œil par l'entrebâillement des lourdes tentures. Des gyrophares ont clignoté au bas de la rue, se sont rapprochés lentement et nous ont dépassés. J'ai patienté cinq minutes et ils sont revenus en sens inverse. Deux voitures de patrouille, ce coup-ci, l'une derrière l'autre et lancées à toute allure. J'ai encore attendu un quart d'heure, mais rien ne semblait indiquer qu'ils fouillaient toujours le secteur.

J'avais enfoncé le calibre de Shane dans ma ceinture ; je l'ai sorti et examiné à la faveur du rai de lumière qui s'infiltrait des rideaux. Il n'avait jamais dû servir. Le rayon scindait la pièce en deux et éclairait le visage de Shane. Il faisait soudain très jeune. Deux mastards l'avaient embarqué et mystérieusement séquestré dans les ténèbres. Il avait l'air de crever de trouille.

13

Shane a ouvert la bouche pour protester, mais l'a refermée sur un dur et bref coup d'œil de ma part. J'ai ordonné à Lou de le fouiller et il a trouvé un portable dans la poche de son blouson. Un de ces appareils minuscules qu'il a ouvert d'une chiquenaude en disant : « Kirk à *Enterprise !* »

Je lui ai repris le téléphone et l'ai tendu à Shane. « Appelle Benny.

— Quoi ?

— Appelle ton frère.

— Je ne... »

Je l'ai sèchement giflé. Ses yeux se sont emplis de larmes.

« Me raconte pas de conneries. Compose immédiatement son numéro. Je te soufflerai.

— D'accord, d'accord. » Il s'est exécuté.

« Donne-lui l'adresse, ai-je poursuivi. Dis-lui de venir ici, compris ? Quelque chose a foiré pendant que tu fourguais ta came et tu as besoin de sa présence. Dis-moi que tu as bien compris.

— J'ai bien compris. »

On a attendu.

« Allô, Benny ? »

J'ai relevé son calibre et l'ai collé contre sa tempe.

« Ouais, c'est moi, a repris Shane. J'ai besoin de toi. J'ai eu des soucis avec la livraison. »

La voix de Benny a piaillé au bout du fil et Shane a écarté le portable de son oreille.

« Du calme, Benny. Non, je ne peux pas y aller maintenant. » Il m'a jeté un regard et j'ai hoché la tête. Il a transmis l'adresse à Benny. « Presse-toi », a-t-il ajouté.

*

Benny a rappliqué vingt minutes plus tard. J'avais installé Lou derrière la porte, à charge pour lui de l'ouvrir, et je m'étais planqué de l'autre côté. Nous avions posté Shane à trois mètres de l'entrée, debout là où Benny le verrait à son entrée. Il cajolait toujours son genou endolori.

La porte s'est entrebâillée en grinçant et Benny a franchi le seuil. L'idée qu'il allait tomber dans une souricière ne lui a pas effleuré l'esprit une seule seconde.

« Qu'est-ce que c'est que ce binz ? a-t-il demandé à Shane. Vous avez oublié de régler la note d'électricité ou quoi ? »

Il a encore fait trois pas à l'intérieur puis j'ai pris la parole : « On t'a cherché partout, Benny. »

Il a sursauté en entendant ma voix et s'est retourné pour regarder. Il a mis une bonne seconde à accommoder avant de me distinguer. « Oh, putain ! »

Il a foncé vers la porte, mais une des grosses pognes de Lou s'est abattue sur son épaule.

« Laisse-moi t'expliquer, Charlie. Ça la fiche mal que j'aie quitté la ville au moment où ça tournait au vinaigre, je m'en doute, mais, crois-moi, je peux tout t'expliquer.

— On en aura l'occasion, lui ai-je affirmé. Commençons par le commencement. Tu sais comment ça se passe.

— Charlie… Je t'en prie. »

J'ai plaqué une bande de chatterton sur ses lèvres.

On a utilisé le reste du rouleau pour ficeler Shane à un escalier.

J'ai songé à ligoter Benny à une chaise, mais la baraque ne contenait aucun meuble. On l'a donc transporté dans la salle de bains, vu que la tringle du rideau de douche était d'une surprenante robustesse. On lui a attaché les mains à la tringle, les bras au-dessus de la tête, avec des lambeaux de torchons trouvés sous l'évier. Il avait l'air terrifié ; le sang s'était retiré de son visage.

Il a remué les lèvres sous le chatterton comme pour nous dire quelque chose, mais j'ai fait non de la tête. On parlerait plus tard. Dès qu'on l'aurait un peu attendri.

Je l'ai rudement travaillé aux côtes pendant un moment. Mes phalanges ne le ménageaient guère. Il accusait les coups par de longs grognements pantelants. J'ai rapidement pris le rythme, m'efforçant de ne me concentrer sur aucun point particulier et répartissant mes frappes sur toute la surface de son torse. Je me suis interrompu quelques secondes pour ôter ma veste, je l'ai tendue à Lou et j'ai vu son expression. Il avait l'air un peu chaviré. Il adore se bagarrer, mais ça ne ressemblait en rien à une bagarre.

Benny s'est mis à larmoyer et je l'ai laissé chialer. J'ai arraché brutalement le chatterton.

« Où est Stan ? »

Il a laissé échapper un bruit sifflant, évoquant le crissement de patins à glace sur un tableau noir. J'ai ouvert la douche et je l'ai arrosé d'une bonne giclée d'eau froide. Il s'est laissé porter sous le jet, mollement suspendu à la tringle à rideau. L'eau ruisselait sur son visage.

« Très bien, ai-je fait. Raconte-nous ça.

— Que veux-tu savoir exactement ?

— Pars du moment où la Terre commence à refroidir et je te dirai où t'arrêter.

— C'est Beggar Johnson… » s'est-il lancé. L'eau perlait sur son crâne chauve, dégoulinait sur sa figure et venait imbiber sa moustache. « Il est venu me faire une proposition. Je ne pouvais pas refuser, Charlie.

— De la merde !

— Non, c'est pas des conneries, Charlie ! Beggar disait que Stan était fini à Orlando. Que du sang neuf allait bientôt se pointer pour lui reprendre son territoire. Et que le Vieux se rebiffe ou non, ça n'y changerait rien : il était cuit. C'est comme ça que Beggar m'a présenté la chose. En ajoutant que je tenais mon sort entre mes mains. Que ça faciliterait le travail pour tout le monde si je coopérais. Mince, Charlie ! Qu'est-ce que j'étais censé faire ? Tenir tête à Beggar Johnson ?

— Tu aurais pu venir nous trouver... Bob, moi, ou un autre.

— J'y ai songé. Sincèrement. Mais Sanchez était avec lui. Tout portait à croire que l'équipe avait retourné sa veste et pris les patins de Beggar. J'ai eu peur.

— T'as trahi.

— C'est pas vrai. » Il a tiré sur ses liens. « Ça me coupe la circulation. »

J'ai secoué la tête et je me suis assis sur le rebord de la baignoire. « Stan s'est montré très bon pour nous, Benny. Comme un père.

— C'est pas tout, Charlie.

— Quoi d'autre ?

— Ça ne va pas te plaire.

— Accouche !

— Stan était... » Il a secoué la tête, cherchant ses mots. « Il y avait un truc qui clochait chez lui, Charlie.

— Ta gueule ! Qu'est-ce que tu en sais ?

— C'était un brave type, mais il n'était plus dans le coup. Il perdait la boule.

— Ta gueule, j'ai dit ! » Mes poings se sont serrés.

« Je ne dis pas qu'il était sénile... Juste... je sais pas. Vieux jeu. Beggar se rendait bien compte qu'il n'était plus capable de gérer correctement le bizness. »

Le sang m'est monté au visage. Je ne voyais pas comment expliquer Benny à quel point il se trompait. Il fallait pourtant que je le lui fasse comprendre. J'ai grincé des dents. Levé les poings.

« Mes bras. Tu pourrais détacher…

— Fumier d'ingrat !

— Ils sont engourdis. »

Je l'ai empoigné par son col de chemise, je l'ai maintenu pour qu'il ne se balance pas pendant que je le frappais et je me suis remis à cogner. De courts crochets de mon autre poing. Un, deux, trois…

« Attends… »

Six, sept, huit…

« Je veux seulement… »

Dix, onze, douze…

« Mes bras. Je sens plus… »

J'ai continué de frapper. Perdu le compte.

Benny sanglotait, glapissait. « D'accord. Que veux-tu de plus ? Je t'ai déjà tout dit. »

J'ai arrêté. J'étais en nage, pratiquement vidé. Ce que je voulais ?

« Je vais prendre un peu l'air », a fait Lou. Le bleubite était verdâtre. Déboussolé.

« Reste ici ! » ai-je aboyé. Foutue montagne de muscles ! Incapable de regarder bosser un vrai pro ! Il n'a pas ergoté. J'ai lâché Benny. « Stan. Que lui est-il arrivé ? Où est-il ?

— J'en sais rien. Pour l'amour de Dieu, Charlie. Je sais pas.

— Tu veux que je remette ça ?

— Charlie. » Lou tirait sur ma manche comme un petit garçon. « Ça suffit, mec. Il a son compte. Il ne sait rien. »

D'une tape, je l'ai obligé à me lâcher. « Écoute-moi bien, Bleubite. Faut que tu comprennes une chose. Tout allait bien. Stan faisait ce qu'il avait à faire et nous notre boulot. Comme sur des roulettes. Et quand des lascars ont rappliqué pour tout saboter, ce salopard n'a pas tenu le choc. Il n'a pas soutenu Stan, ni toi ni moi. Il l'a jouée perso et, ça, c'est le péché capital.

— Ils ont une planque, Charlie, m'a interrompu Benny. J'ai surpris une conversation entre Beggar et son tueur.

— Mercury ?

— Ouais. Un entrepôt de Bithlo, à l'écart de la route. Je les ai entendus en parler. Je ne sais pas si Stan s'y trouve, mais ils avaient l'air de dire que c'était suffisamment paumé pour y planquer quelque chose ou quelqu'un. »

Il s'appuyait pitoyablement au carrelage de la douche, couvert de sueur et de meurtrissures. Un petit gémissement éraillé lui a échappé.

L'espace d'une seconde, j'ai eu pitié de lui et j'ai même tendu la main vers la poignée de la douche pour lui administrer un nouveau jet d'eau froide. Puis j'ai pensé à Stan et à ce que j'allais faire pour le retrouver. Tout se passait bien, avant. Et maintenant, c'était un vrai merdier. Ma main a bifurqué vers le bouton de l'eau chaude.

Au début, Benny l'a accueillie avec reconnaissance. Il a lapé l'eau, l'a laissée ruisseler sur son visage, dégouliner sur son menton. Mais le jet est vite devenu brûlant. Il a écarquillé les yeux lorsqu'il s'en est rendu compte. Puis la chaleur l'a frappé de plein fouet.

« Merde ! Ferme ce putain de robinet ! » Il hurlait, se tordait, se tortillait pour s'y soustraire. « Oh, putain de merde, tu vas me tuer !

— Viens ! » ai-je ordonné à Lou.

Il est sorti avant moi de la salle de bains. J'ai fermé la porte. Benny beuglait toujours à l'intérieur, nous suppliait de venir le chercher. Sa peau allait un peu virer au rose et voilà tout ! L'eau chaude ne tarderait pas à s'épuiser et il se retrouverait trempé et un tantinet violacé. Mais ses supplications nous ont poursuivis jusque dans l'entrée.

Lou me reluquait comme si je venais de sodomiser son nounours, mais il n'a pas fait de commentaire. Il avait besoin de s'aérer un peu, aussi lui ai-je confié une commission.

« Tu sais démarrer une caisse sans clef de contact ? »

Il a hoché la tête. « J'ai travaillé dans la récup.

— Trouve-nous une bagnole. Si on reprend la Suburban, on se fait ramasser en un éclair. J'aimerais déguerpir avant le lever du jour. Tâche d'être discret.

— D'accord. » Il a regardé la salle de bains puis reporté le regard sur moi. « Ça ira, mec ?

— Moi ? Ouais. Parfaitement. Il n'ira nulle part.

— Si tu dois encore le tabasser, fais-le pendant mon absence. »

Je lui ai fait signe de filer. « Bien sûr. »

Il est sorti par-derrière.

J'ai collé mon oreille à la porte de la salle de bains. Benny avait cessé de hurler. L'eau avait sans doute refroidi, ou il s'était évanoui. Je devais gamberger un moment, si bien que je suis sorti m'asseoir sur le siège avant de la Suburban, la vitre baissée. J'ai bien envisagé d'allumer la radio de bord, mais je ne voulais pas prendre le risque de déclencher trop de raffut.

J'ai fermé les yeux et je me suis repassé le fiasco de la laverie. Shane était un dealer à deux balles. Il m'avait pris pour un client. J'ai jeté un coup d'œil à l'arrière, tout en me disant que le paquet brun s'était peut-être envolé lorsque la portière arrière avait valdingué, sinon à l'occasion d'un des virages abrupts de Lou. Mais il se trouvait encore sur le plancher. Je m'en suis emparé et j'ai déchiré le papier. Trois bons kilos de poudre d'un blanc neigeux. J'ai examiné plus soigneusement l'emballage. Le sac d'épicerie en papier brun provenait de chez Piggly Wiggly. La couche de protection interne était un cahier Sports de l'*Orlando Sentinel*.

J'en ai conclu que le groupe de Shane avait trimballé la camelote à travers tout l'État. À ce qu'il paraissait, Benny avait mis son petit frère au charbon et j'ai décidé de confisquer à Danny son désintégrateur à la Buck Rogers. On allait devoir encore se prendre le bec à propos de la fac.

Je suis retourné dans la maison et je suis entré dans la salle de bains. L'eau était désormais glacée et je l'ai coupée. Le poids de Benny avait suffisamment infléchi la tringle à rideau pour lui permettre d'appuyer les genoux sur le rebord de la baignoire. Ses yeux étaient clos et il laissait fuser un gémissement sourd et ininterrompu. Un geignement. Pas moyen de dire s'il rêvait qu'il se trouvait en enfer ou était conscient de la réalité.

J'ai délié ses mains et je l'ai décroché. Ses bras sont retombés mollement le long de ses flancs, comme deux manchons bourrés de mousse de caoutchouc. Il a de nouveau grogné. Je l'ai étendu sur le carrelage, je me suis assis à côté de lui et j'ai chassé ses cheveux mouillés de ses yeux.

« Benny. »

Sa tête a roulé vers moi sans qu'il ouvre les yeux.

« Désolé, Benny. »

Son visage s'est crispé. « Ça fait mal. Mes côtes.

— Je sais. Désolé.

— Ça fait mal. » Un filet de voix, un simple murmure évoquant un couteau qu'on glisse dans son fourreau.

« Bob est mort, Benny, et je connais à peine Bleubite. Pourquoi n'es-tu pas venu me trouver ? J'aurais fait n'importe quoi si tu m'en avais parlé.

— J'ai essayé... J'avais trop les foies.

— Raconte. »

Il a toussé et tout son corps s'est convulsé. Il est devenu blême et j'ai bien cru qu'il était tombé dans les pommes. « Benny. »

J'ai exhalé une longue goulée d'air et je me suis massé les tempes. J'avais dû l'endommager plus que prévu. J'ai palpé ses côtes et il a aspiré de l'air entre ses dents. J'ai recommencé plus délicatement. J'avais dû lui en rompre une ou deux. Peut-être un poumon perforé et une hémorragie interne. Il était sonné.

« Je t'ai frappé, a-t-il repris. Navré. J'ai appelé Beggar, juste après notre départ de chez toi, Bob et moi, et je lui ai annoncé que tu allais apporter les registres à Stan. Il m'a bien fait comprendre que je devais te les reprendre, faute de quoi je le regretterais amèrement.

— Pas grave.

— Je me suis donc rendu à ton appartement. J'ai patienté dans les buissons et je t'ai assommé à ta sortie. » Il a toussé. Des postillons rouges sont venus moucheter ses lèvres. « Mais faut croire que c'était moi le dindon de la farce. Je t'ai piqué la mallette, mais elle était vide.

— Calme-toi.

— Il fait froid. » Ses yeux étaient vitreux, son regard trouble.

J'ai pincé son nez entre pouce et index et plaqué mon autre main sur sa bouche. Il s'est raidi, s'est faiblement contorsionné pour tenter de se dégager, mais il ne lui restait plus des masses d'énergie. Je l'ai senti flancher, devenir tout mou. Et tout a été dit.

J'ai arraché les draps dans la chambre à coucher et je l'en ai enveloppé, puis je l'ai traîné dans le cagibi de l'entrée et je l'ai entreposé là, sur le plancher, sous les étagères. J'ai dû le plier en deux pour le faire tenir : assis sur son séant, les genoux contre la poitrine.

Je me suis servi d'un des lambeaux de torchon avec lesquels nous l'avions ligoté pour essuyer nos empreintes dans l'appartement, en prenant soin de ne pas oublier les boutons de porte et les fixations de la salle de bains. Pas question d'en laisser une seule. J'ai fait deux fois le tour complet de la maison, à l'intérieur comme à l'extérieur, pour vérifier qu'on n'avait rien oublié.

Puis je suis allé retrouver Shane. Il était recroquevillé sur lui-même, roulé en boule contre la cage d'escalier. Là où il avait tenté de s'en libérer, le chatterton était tout détendu et entortillé. Il avait dû entendre ce qui était arrivé à son frère. Il m'a regardé comme si j'étais le diable en personne. J'ai armé son automatique, je l'ai levé et j'ai visé son front. Shane représentait une menace. Il tremblait. Les larmes aux yeux. Un liquide chaud roulait sur mes joues. Des larmes, là encore. Tout avait lamentablement foiré. Comment était-ce arrivé ?

J'ai baissé l'automatique.

Je suis allé chercher le paquet de coke et j'en ai renversé la moitié devant lui. « Si tu appelles les flics, tu devras leur expliquer ça. À ta place, je me contenterais de filer d'ici, vu ? Continue de tirer sur ce chatterton et tu finiras par te libérer. Benny, c'est juste… les affaires. Il a merdé. »

Pas moyen de savoir s'il comprenait ou non. Peu importait. Je suis sorti m'asseoir sur les marches du perron de derrière. La nuit était fraîche. Je me suis emmitouflé dans ma veste et les larmes n'ont pas tardé à ruisseler, brûlantes, sur ma figure. Je me suis laissé aller, j'ai enfoui mon visage dans mes mains, hoquetant, les épaules secouées de sanglots. Larmes, sueur et morve. Une vraie épave ! Je gémissais sourdement, comme une bête blessée.

*

Une heure plus tard, Lou s'engouffrait dans la cour du fond au volant d'une de ces coccinelles VW remises au goût du jour. D'un vert électrique. Il a ouvert la portière : un géant émergeant d'une voiture de clown.

« C'est tout ce que tu as trouvé ?

— Je me suis dit que c'était ce qui se distinguait le plus d'une Suburban. Ni vu ni connu.

— Un vrai James Bond !

— J'ai aussi piqué les plaques d'une Dodge posée sur des blocs de mâchefer, deux maisons plus haut. Pour quand le vol de la coccinelle aura été signalé.

— Très bien. Aide-moi à charger le matos. »

On a tout sorti de la Suburban pour l'entasser sur le siège arrière de la VW. J'ai vérifié sous les sièges du 4 × 4 et consciencieusement épluché tout l'engin, mais, apparemment, on avait bien tout embarqué. Je l'ai essuyé avec un chiffon.

« Du neuf ? m'a demandé Lou.

— Je te raconterai ça en chemin.

— Et le gamin ?

— Je m'en suis occupé. »

Il ne m'a pas demandé de nouvelles de Benny.

14

On a largué la VW à une borne environ de l'endroit où j'avais laissé ma voiture. On marchait sans mot dire. Lou était morose. Je l'ai déposé à sa moto, avec des instructions. Je tenais à ce qu'il garde certains individus à l'œil.

« Comment je vais te retrouver ? » m'a-t-il demandé.

Je lui ai passé le numéro de téléphone de M'man et fait au revoir de la main. La Harley a démarré dans un bruit de tonnerre, style fin du monde. J'ai déniché un téléphone dans une station-service Exxon. Il était temps de mettre à contribution les renseignements de Benny.

J'ai composé le numéro de Jimmy. Il a répondu à la première sonnerie, mais la voix ensommeillée. Je me suis excusé d'avoir gâché sa nuit.

« Quoi de neuf, Gaffeman ? »

Personne ne m'appelait plus Gaffeman ni la Gaffe. « J'ai une piste, Jimmy.

— Laquelle ?

— Je préfère ne rien te dire au téléphone.

— Comme tout le monde.

— C'est important.

— D'accord, Charlie. Roule. Je t'attends. »

Le trajet de Gainesville à Wedgewood, la communauté où habite Jimmy, installée sur un terrain de golf à la lisière d'Orlando, ne prenait que deux heures et des bananes.

J'avais envie d'en terminer au plus vite. Si Stan était encore au frigo dans cet entrepôt, j'aurais besoin de toute l'aide que pourrait m'apporter Jimmy pour y faire une descente et l'en tirer… mort ou vif.

Wedgewood est un de ces petits hameaux huppés dont les maisons d'un blanc éblouissant se ressemblent toutes plus ou moins, avec leurs pelouses tirées à quatre épingles. Mais on trouvait de bonnes écoles à proximité et le quartier était sûr et bien entretenu. Un quartier dont les riverains n'ont pas à se soucier de méchants malfrats comme Jimmy et moi. Je me suis garé dans son allée, derrière sa Cadillac.

J'ai frappé et il m'a ouvert avec un grand sourire, en hochant la tête. Toujours le même gros plein de soupe.

« Hé, Charlie ! Entre donc. » Il m'a fait signe de passer dans le salon. Un gamin de dix ans regardait *Le Magicien d'Oz* sur une cassette vidéo. C'était le début du film et la maison venait tout juste d'atterrir sur la Sorcière. « Mon fils, Jimmy junior. Dis bonjour à Charlie, Jimmy. »

Le gosse s'est retourné, m'a fait un petit signe de la main puis s'est de nouveau scotché au poste.

« Mon préféré, c'est le Bûcheron en fer-blanc, ai-je dit.

— J'aime mieux les singes, a répondu le moutard.

— Les quoi ?

— Les singes.

— Pourquoi ?

— Ils volent.

— Seulement quand la Sorcière le leur ordonne. Et le Lion ?

— Il sait pas voler.

— Il n'y a pas que le vol dans la vie, petit.

— T'as une mine merdique, Charlie, a déclaré Jimmy.

— La nuit a été longue. » C'était la stricte vérité. J'étais moulu. Le manque de sommeil.

« Viens. J'ai du café sur le feu. »

J'ai suivi Jimmy dans sa cuisine et je me suis vautré à sa table. Il m'a servi du café dans une chope *Le plus chouette papa du monde* et s'est assis en face de moi. La sienne disait *100 % italien*. L'espace d'une seconde, on a été comme deux vieux amis s'apprêtant à jouer au golf, peut-être, ou à partir pêcher. Mais j'ai vite fait une croix sur tout ça, dès qu'il a arqué un sourcil en se grattant la gorge. Le moment était venu de parler boulot.

« Je sais peut-être où se trouve Stan. »

Son visage est resté impassible. « Ouais ?

— J'ai retrouvé Benny. Il avait une vague idée de l'endroit où Beggar pourrait le planquer, si du moins il le séquestre.

— Où est Benny en ce moment ?

— Plus dans la photo », ai-je répondu.

Il était trop avisé pour poser des questions. Je lui ai parlé de l'entrepôt de Bithlo. Jimmy a hoché la tête, en ajoutant qu'il le connaissait. Ça faisait sens, dans la mesure où il était chargé de convoyer la camelote chaude de la ville vers l'extérieur, et vice versa. Je n'étais pas trop informé de cette branche de nos activités, mais j'avais entendu dire qu'on trouvait partout en ville des entrepôts et des garde-meubles bourrés de postes de télévision, de pneus, de blousons de cuir, de CD et de caisses de gnôle, tout ça tombé du camion.

« Charlie ?

— Ouais. »

Jimmy s'est éclairci la voix et a tripoté sa chope. « Tout ce que tu m'as dit, comme quoi on devait rester fidèles à Stan… C'est la pure vérité, alors je vais te filer un coup de main, d'accord ? Mais ce n'est pas la seule raison. Il y en a une autre.

— Laquelle.

— Larry Cartwright. »

Un autre des lieutenants de Stan. « Eh bien, quoi, Larry Cartwright ?

— Il est mort.

— De quoi ?

— Quelle importance ? J'ai appelé au moins cinq cents fois chez lui, à son bureau et sur son portable. Personne ne l'a vu. Beggar fait le ménage, ça crève les yeux. Je me sens beaucoup moins en sécurité qu'à notre dernière conversation. »

Tant mieux. Je ne voudrais pas passer pour un salaud, mais plus Jimmy aurait de problèmes, plus ardemment il se rangerait de mon côté.

« Ce n'est pas tout, a-t-il repris. Il faut se faire à l'idée qu'on ne pourra peut-être plus sauver Stan. »

J'en étais douloureusement conscient, mais je n'ai rien dit.

« Il y a une chose que tu ignores. » Il a baissé la voix et s'est penché vers moi. L'espace d'un bref instant, la maison a été plongée dans un silence mortel, uniquement rompu par la rumeur de la chorale des Munchkins nous parvenant de la pièce voisine. « Le stock.

— C'est quoi, ce putain de "stock" ?

— Du fric, a-t-il répondu. Un paquet de fric. Tant de fric que Dieu lui-même en ignore le montant.

— Je ne sais absolument pas de quoi tu veux parler.

— Tu voudras bien m'excuser, Charlie, mais Beggar avait raison sur un point ou deux au moins. Orlando est un territoire juteux. On brassait tant de pognon au début qu'on ne savait plus qu'en faire. Bon, il n'était pas question, bien entendu, d'avoir les Feds, le fisc et toute la smala sur le dos, pas vrai ? La seule solution, c'est de le blanchir le plus vite possible et on ne peut décemment pas effectuer trop de voyages pour le déposer sur des comptes sécurisés sans éveiller les soupçons. De sorte que Stan s'est mis à l'entasser. Il ne voyait aucun moyen de s'en débarrasser ni de le blanchir plus rapidement.

— Ça dure depuis combien de temps ?

— Quatre ans, peut-être cinq. Le fric continuait d'affluer par valises entières, par malles, par camions. »

J'ai secoué la tête et fermé les yeux très fort, en m'efforçant de me sortir de l'esprit l'image fantasmagorique de tout ce pognon. « Quel rapport avec Stan et son sauvetage ?

— Tout ce que je dis, c'est qu'on pourrait fort bien ne pas retrouver Stan. Il n'est peut-être plus accessible. Auquel cas, nous devrons prendre soin de nos propres intérêts. » Il a décoché un regard furtif vers le salon, où son fils regardait toujours la télé. « Nous devons penser à nos familles. Avec ce gros paquet de liquide, nous pourrions nous installer aux Bahamas, en Espagne, en Australie. »

J'ai ruminé le problème en me mâchonnant les lèvres. « On va déjà chercher Stan. On découvrira peut-être autre chose chemin faisant. Tant mieux. Mais une seule chose à la fois. »

Jimmy m'a montré ses paumes. « Ça me semble correct.

— Et maintenant ? me suis-je enquis.

— Je crois connaître un moyen d'approcher cet entrepôt. Je dois d'abord passer quelques coups de fil.

— D'accord. Tu aurais des pansements ? De la teinture d'iode, peut-être ?

— Tu vas bien ?

— Juste une égratignure.

— Dans la salle de bains au fond du couloir, sous le lavabo. Sers-toi. »

Une fois dans la salle de bains, j'ai arraché le vieux pansement de l'estafilade ouverte dans mon flanc par la balle. Elle était couverte d'une croûte de sang séchée, mais m'a paru saine à première vue. J'ai jeté le pansement dans les toilettes, tiré la chasse, nettoyé la blessure et posé un pansement neuf. Je me suis regardé dans la glace. J'étais décomposé. Et j'avais pris un coup de vieux. J'ai repensé au conte de fées de Jimmy, à ce trésor inespéré. J'allais peut-être pouvoir tout bonnement me mettre au vert.

Emmener Marcie, si ça se trouve. Je me suis brusquement demandé ce que j'avais fait de mon *National Geographic.*

Je n'avais qu'une idée en tête : aller m'asseoir quelque part devant un bon verre. Avec Marcie. Ouais. Elle était chouette. Une bonne fille. Elle savait tout de moi et elle s'en cognait. Mais d'abord terminer ce que j'avais commencé. La perspective de tout lâcher au beau milieu et de mettre les voiles sans savoir ce qui s'était passé me mettait les tripes à la retourne.

Je me suis éclaboussé le visage d'eau et je suis revenu dans le salon.

À l'écran, Dorothy sautillait sur la route de briques jaunes. Elle avait l'air confiante ; elle ignorait l'enjeu. Oz était peut-être en Technicholor, mais le Kansas, lui, était bien réel.

Jimmy est sorti de la cuisine en tenant sa chope devant lui et, dans l'autre main, une pâtisserie de la taille d'un enjoliveur. Pas étonnant qu'il soit gras comme un cochon ! « J'ai tout arrangé, Charlie. Un de mes gars va livrer un camion. On se faufilera à l'intérieur comme pour une livraison ordinaire. Ne bouge pas. Je dois aller chercher quelques trucs. » Et le voilà reparti !

Jimmy junior était toujours scotché au poste. Il était vraiment assis tout près. Sa maman devrait lui conseiller de prendre du recul, s'il ne voulait pas se crever les yeux.

« Comment tu trouves le film, petit ?

— Super.

— Qu'est-ce que tu veux faire quand tu seras grand ? »

Il s'est retourné, m'a décoché un bref coup de sabord. « Paléontologue.

— P-paléo… quoi ?

— Paléontologue.

— C'est très bien, petit. À ton âge, j'hésitais entre cowboy et robot.

— T'as choisi quoi ? »

Désopilant, ce putain de moutard !

Jimmy est revenu avec un fourre-tout et il avait passé un jogging. Il a dit à son fils de se tenir bien sage pendant son absence et on s'est retrouvés dans un parking, près d'un grand camion jaune qui avait dû jadis servir à des déménagements. On lisait encore sur le flanc le mot *Ryder* peint à l'aérographe et j'ai demandé à Jimmy s'il était volé.

« Ils ne le recherchent plus », m'a-t-il répondu, l'air de dire que ça devrait me suffire.

J'ai haussé les épaules sous mes holsters. Nous sommes grimpés dans le camion et il a mis le contact.

« Comment se fait-il qu'un type important comme toi conduise un camion ? » lui ai-je demandé en gardant un visage de marbre. Mais il savait bien que je le chambrais.

Il a haussé les épaules, imprimant à son double menton des oscillations gélatineuses. Jimmy avait eu la belle vie et il était passablement boudiné dans son jogging Florida Gator. C'était un de ces carriéristes qui passent leur vie à s'empiffrer de hot dogs et transpirent de la sauce barbecue dès que le soleil se pointe.

« J'aime bien l'avoir sous la main, a-t-il répondu en se retournant pour contempler sa maison. Je déteste laisser le môme tout seul, comme ça, au débotté. J'imagine que je peux le confier à Maria, bien sûr… c'est ma jeune fille au pair. Maria. Ça fait un bail que je ne suis pas sorti sur un turbin, tu sais ? Je prends des arrangements, vois-tu. Dix ans que je n'ai pas conduit un camion, brandi un calibre ni toutes ces conneries. Je règle presque tout par téléphone. Je prends des arrangements.

— Tu prends des arrangements », ai-je acquiescé.

On roulait.

« Qu'est-ce que contient ce camion ? ai-je demandé.

— Des baskets Nike et des briquets Zippo. »

On a pris la route de l'Est, vers Bithlo, après les décharges et les parkings à caravanes ; jusqu'à l'extrême lisière du royaume effondré de Stan.

« Tu ne songes jamais à te ranger ? »

La mâchoire lui en est tombée et il m'a regardé comme si j'avais trois têtes. « Que veux-tu dire ?

— À ton avis ?

— Quand on réfléchit trop à ce genre de choses, on finit par devenir maboul. »

J'avais surtout envie de retrouver Stan, je crois, et de l'entendre me dire que tout allait bien se passer. Soit on reconduirait Beggar Johnson à Miami à grands coups de pompe dans le train, soit Stan me donnerait le feu vert pour quitter la ville. Sans Stan pour me donner des ordres, je me sentais perdu. Difficile de se l'avouer, mais c'était pourtant la vérité.

Jimmy pouvait flairer un dollar de loin. J'ai secoué la tête et je me suis marré intérieurement en repensant à cette histoire de paquet de fric planqué.

« Qu'est-ce qu'il y a de drôle ? m'a demandé Jimmy.

— Rien. Comment tu t'es garni, question artillerie ?

— Pourquoi ?

— Juste au cas où.

— J'ai un .38 à canon court à la cheville.

— Porte-le à la ceinture. Dans ton pantalon.

— Je porte un jogging. Il glisserait.

— Enfonce-le sous ton caleçon. »

Il s'est exécuté en faisant la moue et a tété de l'air entre ses dents.

« Qu'est-ce qui cloche ?

— Le métal est glacé.

— Il se réchauffera. »

On a continué de rouler.

Je jetai de temps en temps un coup d'œil distrait dans le rétro et, au bout de dix minutes, j'ai vu un truc qui ne m'a pas plu. « Jimmy, ai-je fait. Arrêtons-nous pour prendre un café et un muffin. Qu'est-ce que tu en penses ? »

Il m'a coulé un regard en biais. « Maintenant ?

— Ouais. Ça te dit ?

— Je suppose. »

Un prolo ambitieux avait adossé un stand de sandwichs à une station-service Chevron et Jimmy a garé le camion sur le bas-côté de l'autoroute à deux voies. Nous nous sommes installés dans un box. Une minette avec un accent du Sud à couper au couteau est venue prendre la commande de nos deux cafés et d'un feuilleté au fromage pour Jimmy.

Il a versé du sucre dans son café. Il avait la main lourde. J'ai cru un instant qu'il s'était assoupi, mais il a fini par relever la main avant de rajouter du lait, la valeur d'au moins deux vaches.

« Tu fais quoi, là ? De la pâte à tarte ?

— Lâche-moi !

— Sois pas tant sur la défensive.

— D'accord. Qu'est-ce que t'as flairé ?

— On nous suit. Te retourne pas. Mange ton feuilleté. »

Il en a avalé la moitié d'une bouchée avant de répondre : « Mets-moi au parfum.

— Mutt et Jeff[1] dans une Ford Tempo noire.

— Depuis quand ?

— Depuis Gainesville. Je croyais les avoir semés.

— Peut-être pas.

— Ils sont dans la cabine téléphonique, près des pompes à essence. Ils font semblant de passer un coup de fil en attendant qu'on ressorte. »

Il a arqué un sourcil.

« T'es sûr ?

— Non. » Ça ressemblait pourtant bien à la même bagnole.

« Faut s'en assurer.

— Je sais. »

Il a froncé les sourcils. « Pas moyen de les semer avec ce camion de déménagement.

— Tu l'as dis !

1. Célèbre duo de comiques de BD d'un quotidien du début du siècle.

— Merde !
— Réglons l'addition et filons.
— Et nos petits copains ?
— Comme tu dis : faut en avoir la certitude. »

On a encore roulé un moment. Les bouffons de la Tempo se cantonnaient à distance discrète, mais ils nous filaient bel et bien. Ils s'imaginaient sans doute faire un travail soigné.

« Gare-toi dans ce Burger King, ai-je déclaré. Je veux avoir le fin mot de ce merdier. »

15

Une fois le camion de déménagement garé, j'ai dit à Jimmy de s'installer derrière une baie vitrée du Burger King, afin que nos poursuivants puissent le tenir à l'œil du parking. Je suis resté assis une minute avec lui.

« Et si c'étaient des Feds ? » m'a-t-il demandé.

J'y avais pensé, mais il me semblait plus plausible que la Tempo qui nous filait appartînt à des gars de Beggar cherchant à récupérer les registres. Le nom d'Alan Jeffers me hantait. Il me savait en possession des livres de comptes. J'étais censé les lui apporter, mais il s'apprêtait semblait-il à balancer et à les livrer au FBI. En ce cas, pourquoi l'agent Dunn ne m'avait-il pas alpagué ? Je ruminais inlassablement cette question, mais la seule réponse satisfaisante qui me vînt à l'esprit, c'était qu'il jouait sur les deux tableaux. Il racontait au gars du FBI qu'il s'efforçait de retrouver les registres pour les leur remettre et servait le même boniment à Beggar ; le tout le cul entre deux chaises, à se poudrer le nez, en se demandant comment il allait l'arracher à ce broyeur.

Puisque Alan Jeffers ne le leur avait pas conseillé, je ne croyais pas que les Feds puissent me filer. Je n'avais pas le temps d'expliquer mon raisonnement à Jimmy. Je lui ai simplement demandé de me faire confiance.

« Je reviens. Reste devant la fenêtre, qu'ils puissent te voir.

— Pourquoi ?

— Parce que tu me sers de leurre.

— Que comptes-tu faire ?

— Attends, c'est tout. »

Jimmy m'a regardé m'éloigner, l'air soucieux.

Je suis ressorti à grandes enjambées par l'arrière du restaurant et je l'ai contourné. Je me suis planté derrière deux conteneurs, d'où je pouvais voir les deux gorilles de la Tempo. Ils épiaient Jimmy derrière sa baie vitrée en fumant des cigarettes. Je les ai observés une minute, mais ils semblaient ne se douter de rien. J'ai décrit un grand arc de cercle autour de la station-service sans cesser de surveiller la Tempo du coin de l'œil ; ils ne m'ont pas remarqué. Je me suis discrètement faufilé dans la boutique.

J'ai acheté un canif bon marché, un épais coussin — Souvenir des Séminoles de l'État de Floride — et un rouleau de chatterton. On peut pratiquement tout faire avec un foutu rouleau de chatterton. Les astronautes devraient en embarquer une douzaine dans leur navette à chacune de leurs missions.

La fille a arqué un sourcil derrière sa caisse enregistreuse.

« Posez pas de questions. »

Je me suis enfermé dans les toilettes messieurs sur le côté de la station-service. Un bref coup d'œil dans cette direction m'a appris que Dupont et Dupond surveillaient toujours le Burger King. J'ai pratiqué une incision dans le flanc du coussin séminole, j'ai pêché un automatique dans mon étui d'aisselle et je l'ai enfoncé dans le coussin, où il nichait douillettement dans le rembourrage. J'ai entouré ensuite le coussin de chatterton (jusqu'à dévider la moitié du rouleau), le réduisant à une poignée de bourre enserrée de plusieurs couches de bande adhésive. J'ai remisé le canif dans ma poche et jeté le reste du chatterton.

Le coussin ressemblait à un ballon de football américain mal fagoté et taillé dans du cuir de tatou. Je l'ai carré sous mon bras et me suis dirigé vers la Tempo. Soit il s'agissait d'amateurs, soit ils s'étaient un peu trop laissé aller en reluquant Jimmy à travers la baie vitrée du BK. Quoi qu'il en soit, je leur suis tombé sur le poil par surprise et j'ai ouvert à la volée la portière arrière, côté passager, sans rencontrer aucune résistance. Je me suis posé sur la banquette arrière et j'ai claqué la portière au moment précis où ils se retournaient vers moi en sursautant d'étonnement.

« Qu'est-ce...

— Ta gueule ! » J'ai sorti l'automatique du coussin et le leur ai montré. « Tenez-vous tranquilles et faites ce que je vous dis. Levez les mains, que je les voie bien. »

Ils ont posé les mains sur le volant et le tableau de bord.

« Je ne sais pas pour qui tu te prends, mais...

— T'es encore plus con que tu en as l'air, toi. » J'ai plaqué contre sa nuque le métal froid du canon. Il était assis à la place du mort. Le typique minable à front de taureau, costume miteux et coupe de douilles à trois dollars. Celui qui était assis au volant était un échalas à fine moustache de Don Juan, affublé d'un prognathisme qui lui donnait une tête de rat. « Parlez uniquement quand je vous interroge et on restera tous copains. »

J'ai fourré l'automatique dans le coussin avant qu'un passant ne s'avise d'appeler les flics, non sans garder l'index sur la détente. Mes deux lascars regardaient droit devant eux, attendant que je daigne l'ouvrir. Ils ne semblaient pas spécialement s'inquiéter ; j'en ai conclu qu'ils n'en étaient pas à leur premier pique-nique. J'allais devoir me montrer brutal.

Le mal peigné a émis un *tsst !* désapprobateur. Il jouait les fortes têtes. « Tu devrais peut-être réfléchir un peu plus sérieusement à ce que tu fais, mon pote. Si tu savais à qui tu as af... »

J'ai sorti l'automatique du coussin et cinglé la base de son crâne du bout du canon. Il a poussé un grognement, s'est plié en deux et est resté dans cette posture, à geindre doucement en massant sa bosse toute neuve.

« Pauvre tache, a fait l'autre. Tu viens d'agresser un agent fédéral. C'est cinq ans de travaux forcés. Tu veux du rab ?

— De quoi vous parlez, bordel ?

— Bon, maintenant, tu vas m'écouter. » Il parlait lentement, comme s'il s'adressait à un clébard ou à un attardé mental. « Je vais prendre mon insigne dans mon gilet. Pas de blague. Promis. »

J'ai braqué l'automatique sur lui. « Lentement. »

Il a sorti le porte-carte de dotation standard et l'a ouvert d'une chiquenaude. Un insigne. Une carte d'identité annonçant qu'il était l'agent Nicholas Styles. Il a désigné d'un coup de menton son collègue affalé à côté de lui. « Lui, c'est l'agent Novak. Il te montrerait volontiers son insigne, lui aussi, mais il ne se sent pas très bien. »

Bordel ! C'étaient bel et bien des Feds !

« Et si tu nous remettais ton pétard, maintenant, Swift ? Tu n'as pas le choix, en fait.

— Une petite seconde. » Ce coup-ci, j'avais carrément mis les pieds dans le plat. J'avais besoin de réfléchir.

« Plus tu attendras, plus ça te coûtera bonbon, Swift, a insisté Styles. Passe-moi ce flingue.

— Ferme-la une seconde, j'ai dit. »

Novak a grogné. La bosse de son crâne grossissait à vue d'œil.

« Il a peut-être une commotion cérébrale.

— Et alors ?

— Alors, s'il souffre d'une blessure grave et casse sa pipe parce que tu m'auras empêché de le conduire à temps chez un médecin, tu te retrouveras avec une inculpation de meurtre au cul. »

Je savais que je ne l'avais pas frappé assez violemment, mais, là, je commençais à m'énerver. Je devais impérativement reprendre le contrôle de la situation. Des gens entraient et sortaient de la station-service et je me suis brusquement rappelé que je brandissais un feu. Je l'ai rangé dans le coussin.

« Qu'est-ce que tu décides, Swift ? »

J'ai décidé que c'était moi qui posais les questions. « Pourquoi me filiez-vous ?

— Les ordres.

— Tu peux faire mieux que ça.

— Combien de fois dois-je te le répéter ? Nous sommes du FBI. Nous ne discutons pas avec les petits malfrats.

— Serais-tu J. Edgar Hoover en robe de bal que ça ne me ferait ni chaud ni froid, ai-je rétorqué. C'est l'agent Dunn qui vous a lancés à mes trousses ? » Dunn m'avait conseillé de quitter la ville. Peut-être avait-il confié à ces deux charlots la tâche de s'assurer de mon départ.

À la mention de Dunn, Novak a relevé la tête et Styles et lui ont échangé un regard. Bref, mais assez éloquent pour me faire comprendre qu'il y avait anguille sous roche.

« Bien entendu, a répondu Styles. Sur les ordres de Dunn. De qui d'autre ? »

De qui d'autre ? Bonne question.

« D'accord, ai-je fait. Appelez Dunn. On va l'attendre ici. Je me rendrai à lui. Net et sans bavures. » C'était un bluff un peu grossier, mais, en entendant ce nom, j'avais flairé comme une brèche dans la cuirasse, pour ainsi dire. Je voulais voir leur réaction.

Novak l'a ouvert le premier. Pas pour s'adresser à moi, mais à Styles : « On ne peut pas appeler Dunn, Nick. Il va…

— Tais-toi ! » Il a reporté son regard de moi sur Novak puis m'a de nouveau fixé. « Marre de ton double langage, Swift. Gagner du temps ne t'avancera pas. »

J'ai hoché la tête d'un air entendu, en m'efforçant de réprimer un sourire. C'étaient peut-être de gros bonnets du FBI, mais ils n'en restaient pas moins des flics de base et, comme tous les flics, s'attendaient à ce que les gens se mettent au garde-à-vous dès qu'ils sortaient leur insigne. Mais j'avais vu plus loin, moi. Au-delà du badge. Et ce que je voyais, c'était un tandem de bouffons en train de me raconter des salades.

« Vous n'aviez pas reçu l'ordre de me filer, pas vrai ?

— Joue pas au con, Swift.

— Vous faisiez des heures sup, hein, les gars ? Je me trompe ? » Je souriais à présent ouvertement. « Qu'est-ce que vous vous imaginiez ? Que j'allais vous mener tout droit aux registres ? »

Novak a grogné plus fort.

« Tu ne vois donc pas qu'il se sent mal ? m'a demandé Styles.

— Dommage pour lui. »

Novak a poussé un authentique gémissement, ce coup-ci, et je me suis penché pour lui conseiller d'y mettre une sourdine. Il s'est tortillé brusquement sur son siège en tendant le bras pour m'agripper. Il m'a chopé le poignet d'une main et tenté de s'emparer du coussin péteur de l'autre. La suite n'a été qu'un simple réflexe.

J'ai pressé sur la détente dans le coussin et le rembourrage a étouffé la détonation, la réduisant à un *fwoup !* amorti. La balle de .45 a transpercé l'arrière du siège et s'est logée dans son dos. Novak a haleté, s'est raidi puis affalé sur le tableau de bord, les mains jointes comme s'il s'était assoupi en plein Notre Père.

« Merde ! » Le visage de Styles s'était vidé de son sang. J'ai cru qu'il allait vomir. « Bon Dieu, Swift, qu'est-ce que t'as fait ?

— Ce que je m'apprête à refaire si tu ne réponds pas à mes questions. » Je devais impérativement continuer de m'exprimer sur ce ton impitoyable et m'efforcer de contrôler la situation, mais j'avais les tripes à la retourne. Qu'est-ce que j'avais fait, effectivement ?

« Seigneur, Swift. » Il regardait son pote en secouant la tête. « Ne me tue pas, d'accord ? » Il s'est mis à renifler et respirer lourdement. À deux doigts d'ouvrir les vannes, à mon avis.

« Lâche-moi la grappe ! Réfléchis bien et réponds à ma question.

— Quelle question, bordel ? » La voix tremblante. Il s'adressait à moi, mais ne quittait pas Novak des yeux.

« Pourquoi me filiez-vous ? Je sais que Dunn ne vous a pas mis sur ce coup, alors n'essaie pas de me bourrer le mou. Chaque fois que tu me mens, je le sens.

— Tu l'as dit toi-même. On voulait récupérer les registres.

— Pourquoi ?

— Pourquoi ? En voilà une question à la con, espèce d'enfoiré. Ils font toute la lumière sur l'entreprise de Beggar Johnson. Celui qui les possède le tient à la gorge.

— Donc, si c'est moi qui les détiens, je ne suis pas de la merde !

— Tu peux au moins être sûr d'une chose… Beggar va sacrément s'intéresser à toi.

— C'est tout ce que je voulais savoir. »

J'ai appuyé sur la détente et, à l'intérieur du coussin, l'automatique a roté et truffé Styles de plomb. Il s'est affalé sur le volant. Trépassé.

Je n'arrêtais pas de me persuader que j'y étais obligé. Avec le meurtre de Novak, j'étais déjà dans la merde jusqu'au cou. J'aurais peut-être pu m'en tirer pour les quatre agents effacés au Toppers, mais, Novak, c'était une autre paire de manches. Styles avait assisté à tout. Si je l'avais laissé filer, j'aurais eu tous les flics de l'État au cul moins d'une heure plus tard. C'est du moins de cette manière que je me suis expliqué la chose ; que j'ai tenté de me persuader que j'avais encore la situation en main.

En ce cas, pourquoi mes mains tremblaient-elles si fort en fouillant les poches de Styles puis de Novak ? J'en ai sorti leurs insignes et je les ai glissés dans ma poche de veste. Je ne tenais pas spécialement à conserver d'eux un souvenir morbide, mais je savais qu'on retrouverait tôt ou tard ces deux types. Le patron de la station-service s'aviserait avant longtemps de la présence de leur bagnole. À eux seuls, deux cadavres risquaient sans doute de faire des vagues, mais les dépouilles de deux agents du FBI feraient sonner les sirènes d'alarme dans tout le patelin. J'allais balancer leurs insignes dans le conteneur du coin de la rue, me suis-je persuadé.

Je suis redescendu de la Tempo, j'ai fermé la portière et regardé autour de moi puis par-dessus mon épaule. Nul, à première vue, n'avait été témoin de mes agissements ni même remarqué ma présence.

J'ai regagné le Burger King, les bras en caoutchouc et les pieds lestés de plomb. Comment les événements avaient-ils pu prendre une tournure aussi foireuse ? J'avais le sentiment d'être dépassé, de déconner à plein tube, de laisser dans mon sillage une traînée de cadavres, une piste que même un aveugle aurait pu suivre. Les Feds pouvaient d'un instant à l'autre me tomber dessus et me passer les menottes, ou les gars de Beggar rappliquer pour me coiffer d'un sac de jute.

Oublie tout cela. T'as eu ta dose.

Je suis entré dans le resto. « Filons ! ai-je lancé à Jimmy.

— Que s'est-il passé ? »

J'ai rebroussé chemin vers la sortie en lui faisant signe de me suivre. « Ramène-moi à la bagnole.

— Quoi ? Pourquoi ?

— Je suis fatigué. »

Il a aperçu le coussin enrobé de chatterton. « C'est quoi ce truc, bordel ? »

J'ai ignoré sa question. « Je rentre chez moi. Tu avais raison. Soit Stan est mort, soit il a foutu le camp.

— On n'en sait rien. » Jimmy m'a suivi en trottinant du Burger King au parking. « Et l'entrepôt ?

— Laisse tomber.

— Que je laisse tomber ?

— C'est ça. » Je me suis assis à la place du mort dans le camion et j'ai attendu qu'il s'installe au volant. Il s'est hissé à l'intérieur avec un grognement et a faufilé sa graisse derrière le volant.

Je lui ai bien fait comprendre que je n'avais pas envie de discuter. Il m'a raccompagné jusqu'à sa maison, où était garée ma voiture. Je suis descendu du camion, je l'ai contourné pour aller lui parler et il a baissé sa vitre.

« Désolé, Jimmy. Mais toute cette histoire déconne à plein tube depuis le début. J'aurais mieux fait de suivre les conseils qu'on m'a donnés et de disparaître. On ne peut plus rien pour Stan. Tu devrais te tirer aussi, Jimmy, ou tu risques de finir comme Larry Cartwright et Bob Tate. Prends ton gosse et dégage. Il n'y a pas de stock de fric magique et seul Dieu peut désormais secourir Stan.

— Mince, Charlie ! Je ne sais pas quoi dire. Appelle-moi si tu as du neuf.

— C'est exclu. Je quitte la ville.

— Je suis sérieux. Va te reposer. Ça finira par se tasser.

— Ben voyons ! »

Je suis monté dans ma voiture et j'ai démarré.

Je me suis doucement rangé devant mon appartement. Je n'y avais pas mis les pieds depuis un bon moment, mais des gens malintentionnés m'attendaient peut-être encore dans le coin. Je suis descendu de voiture et j'ai gravi l'escalier en scrutant chaque recoin d'ombre. Pas de danger immédiat, apparemment. Je suis entré les calibres au poing, mais c'était superflu. L'horizon était clair.

Je me suis mis à la recherche de mon sac de gym puis je me suis rappelé que je l'avais entreposé, plein de livres de comptes compromettants, dans un casier de consigne de l'aéroport. J'ai tiré de sous mon lit une grande valise Samsonite rouge et je l'ai posée dessus. Je l'ai ouverte, j'y ai fourré chemises, caleçons et chaussettes de rechange pour une semaine. Une paire de chaussures. Deux costumes, en m'efforçant de les plier soigneusement pour éviter qu'ils se froissent trop. J'ai repéré mon *National Geographic* sur la table et il a suivi le même chemin. Le reste de mes biens terrestres pouvait moisir. J'ai failli embarquer ma brosse à dents puis je me suis rappelé que je ne me les étais pas lavées depuis un bon bout de temps.

Je suis donc allé me brosser les dents dans la salle de bains. Je me suis rendu compte que j'étais crasseux et débraillé. Je me suis débarrassé de mes fringues puantes et je les ai laissées choir sur le carrelage, mais j'ai posé mon calibre près du lavabo, juste au cas où. La douche était chaude. Je me suis attardé un bon moment — disons vingt minutes — sous son jet brûlant. Rien ne m'avait jamais paru aussi doux. J'ai coupé l'eau dès qu'elle a fait mine de se refroidir et je suis sorti de la cabine. Ma blessure commençait à se recouvrir d'une croûte et je me suis abstenu de remettre un pansement.

J'ai regardé mon lit. Très tentant. Non. J'avais suffisamment déconné comme ça. Il était plus que temps de mettre les bouts. Tout le restant pouvait aller se faire foutre. J'ai ôté ma serviette de bain et enfilé un complet gris foncé, puis je me suis harnaché et j'ai empoigné ma valise.

Adios, tas d'enfoirés.

J'ai posé la main sur la poignée de la porte.

Le téléphone a sonné.

La petite voix dans ma tête qui cherchait à m'éviter les ennuis beuglait : *Décroche pas, pauvre tache !*

J'ai décroché.

« Ouais ? »

Un bref silence puis : « Charlie ?

— Marcie ?

— Oh, Charlie ! Où étais-tu passé, pour l'amour de Dieu ? » Elle avait l'air éreintée. « Je n'arrête pas d'appeler.

— Qu'est-ce qui cloche ? Tu vas bien ?

— Non. Oui, maintenant, ça va mieux. Mais il faut que je te voie.

— Moins vite. Qu'est-ce qui se passe ?

— Pas au téléphone. Viens. »

J'ai regardé ma valise. « Je suis en plein boum, chérie.

— Arrive immédiatement, Charlie, bordel de merde !

— D'accord, d'accord. Doucement. Calme-toi. J'arrive.

— Excuse-moi. Je ne voulais pas crier. Mais viens, s'il te plaît.

— D'accord. Ça va s'arranger. Je vais régler ça. » J'ignorais de quoi il retournait, mais j'allais régler ce problème.

J'ai raccroché après lui avoir encore promis une bonne vingtaine de fois de passer sur-le-champ. J'ai vérifié mes automatiques : tout était d'équerre. Je suis remonté dans la Buick et j'ai pris la route de sa maison à vitesse grand V.

À mi-chemin, je me suis aperçu que j'avais oublié la valise.

16

Marcie m'attendait sur son perron, assise sur la marche du haut, les coudes sur les genoux et un gin-tonic de la taille d'un seau de pompier dans sa petite main rose. À première vue, elle avait l'air de se régaler d'un verre bien mérité après une rude journée de travail.

En m'approchant, j'ai changé d'avis du tout au tout. Ses cheveux étaient ébouriffés. Les deux boutons du haut de son corsage étaient arrachés. Sa lèvre inférieure était enflée et violacée.

Je l'ai contemplée un instant puis j'ai effleuré délicatement sa lèvre du bout de deux doigts. Je tremblais de tout mon corps, mais pas de peur, cette fois. De colère. « Qui t'a fait ça ?

— J'ignore son nom. » La voix un peu pâteuse. Sans doute pas son premier gin-tonic. Ni son dernier.

« À quoi ressemblait-il ? Qu'est-ce qu'il voulait ? » J'allais le retrouver, j'allais retrouver ce fumier et le flanquer plus bas que terre. Six pieds dessous.

Elle a arqué un sourcil. « Tu veux savoir à quoi il ressemblait ? » Elle m'a fait signe de l'index. « Suis-moi. »

Je lui ai emboîté le pas. Elle m'a fait traverser la cuisine jusqu'au garage où elle entreposait son ours polaire géant défunt.

Elle m'a montré le corps allongé par terre. « Voilà à quoi il ressemble. Tu le connais ?

— Qu'est-il arrivé, bordel ?

— Je... » Sa voix a dérapé. Quand elle a repris la parole, elle semblait moins détachée. « Il est venu te chercher... Il s'est pointé à la porte et... il m-m'a repoussée à l'intérieur... ç'a été tellement r-rapide... » Elle a fondu en larmes et m'est tombée dans les bras. Je l'ai serrée contre moi. Elle m'étreignait désespérément, le visage dans ma poitrine. Je lui ai caressé les cheveux.

J'avais reconnu le lascar qui se vidait de son sang à terre. Un dénommé Vincent. Un des gorilles de Beggar. Il était présent la fois où j'avais fait passer le cadavre de Sanchez pour celui de Rollo Kramer. Apprendre son nom ne consolerait en rien Marcie, à mon avis, de sorte que je me suis contenté de la serrer plus fort.

Elle m'a brusquement repoussé pour éponger ses larmes. Elle s'est renfrognée puis a éclaté de rire. « Je ne veux pas que tu me voies dans cet état. » Elle a reniflé. « Bon sang ! Je me fais l'effet d'une pauvre idiote.

— Ce n'est pas grave.

— Si, ça l'est. Je suis trop grande pour me conduire comme une petite conne pleurnicharde. » Elle a carré ses épaules et ingurgité une longue rasade de gin-tonic. Et, tout d'un coup, elle s'est retrouvée ferme comme un roc, sûre d'elle-même, en pleine possession de ses moyens. C'est du moins ce qu'elle s'efforçait de me faire croire. J'avais vu la femme fragile et vulnérable derrière le masque impavide, la carapace de dureté. Même si ça n'avait duré que quelques secondes.

J'ai préparé du café et on s'est assis à la table de la cuisine. Lorsqu'il a été prêt, je m'en suis servi une tasse. Je lui en ai proposé, mais elle a secoué la tête et s'est confectionné un autre gin-tonic. J'ai bien songé à l'exhorter à se détendre puis je me suis ravisé, conscient qu'elle savait sans doute ce qu'elle faisait.

« Raconte-moi ça.

— Bien sûr. » Elle a encore sifflé une longue rasade avant d'entamer son récit.

« J'étais assise devant la télé. J'espérais plus ou moins que tu allais m'appeler. On a frappé à la porte et je l'ai aperçu par le judas. Je ne l'avais jamais vu de ma vie, alors, avant de lui ouvrir, je lui ai demandé de décliner son identité. Il m'a répondu qu'il était un ami à toi et qu'il avait un message pour moi. J'étais tellement pressée de lire ton message que je n'ai même pas songé à un coup de vice. »

Elle s'est giflé le front du plat de la main. « Non mais quelle idiote je fais ! Je n'arrive pas à croire que j'aie pu me montrer à ce point stupide !

— Ce n'est pas grave.

— Tu veux bien cesser de dire "ce n'est pas grave" ? C'est vachement grave, ouais ! C'était stupide. Je ne suis pas tombée de la dernière pluie, tu sais. Je connais la musique. »

D'accord.

Elle a repris le cours de son récit. Une fois à l'intérieur, le type l'a empoignée. Elle a tenté de lui échapper, mais il l'a persuadée de coopérer en la brutalisant. D'où les boutons arrachés et la lèvre tuméfiée. Elle avait connu trop d'expériences douloureuses pendant son mariage avec Rollo pour ne pas comprendre qu'elle allait devoir entrer dans son jeu ou se préparer à recevoir une raclée. Mais elle n'en continuait pas moins de réfléchir et son cerveau de s'activer.

Le malfrat lui avait tout déballé sans s'émouvoir : il cherchait deux livres comptables et était pratiquement sûr que son petit copain (moi) les avait planqués quelque part chez elle.

J'ai tiqué en mon for intérieur. C'était bel et bien ce qui avait failli se passer. J'avais été à deux doigts de les dissimuler sous un ragondin crevé, dans son congélateur.

Le type lui avait ensuite demandé si elle avait entendu parler de Beggar Johnson.

Elle avait répondu par l'affirmative.

Puis il lui avait demandé si elle savait ce que Beggar lui ordonnerait si jamais elle les menait en bateau.

Là encore, elle avait dit oui.

« Très bien, en ce cas, avait poursuivi le type. À présent, sois une bonne fille, retrouve ces livres et je te laisserai vivre ta vie. »

« Mais je sais que ça ne marche pas comme ça, a-t-elle ajouté. Ces types te pompent jusqu'à ce que tu ne leur serves plus à rien puis ils te jettent à la poubelle. Je n'arrêtais pas de me demander comment j'allais me sortir de ce foutoir. Je lui ai dit que les registres étaient cachés dans le garage, en essayant de me persuader que je pourrais m'emparer d'un râteau ou d'un marteau pour l'assommer. Je ne sais pas trop ce que j'avais réellement en tête, mais je devais absolument tenter quelque chose. »

Elle avait raison, bien entendu. Vincent avait probablement reçu l'ordre de l'éliminer après avoir récupéré les registres. J'ai siroté une gorgée de café.

« On est donc allés dans le garage. » Elle a séché son verre et entrepris de sucer les glaçons. « Mais il a dû sentir que je méditais un mauvais coup, à moins qu'il n'ait été du genre soupçonneux. Il m'a empoignée et fait passer derrière lui en déclarant qu'il préférait entrer le premier... Sauf que le garage n'était pas éclairé. Il a cherché à tâtons l'interrupteur le long du mur et, voyant qu'il ne le trouvait pas, je lui ai dit qu'il fallait tirer sur une cordelette pendue au plafond pour allumer. »

J'ai brusquement compris comment ça allait se terminer et je n'ai pu réprimer un sourire.

Marcie l'a vu et ses lèvres se sont également retroussées. Elle s'efforçait de me narrer sérieusement les faits, mais savoir que je connaissais déjà la fin les rendait doucement désopilants et, quand elle s'est finalement lancée, nous souriions d'une oreille à l'autre.

« Donc, il a fait prudemment quelques pas en avant pour éviter de trébucher, a-t-elle poursuivi. En brassant l'air devant lui pour chercher la corde des mains. Lorsqu'il l'a finalement trouvée, il s'est écrié "Je l'ai !" comme s'il était tout fier de lui. » Marcie a gloussé, mais des larmes perlaient à ses paupières. « Puis il a tiré dessus. » Elle se marrait franchement, à présent, et elle a dû attendre d'avoir repris son souffle pour continuer. « Et là... quand il a vu l'ours... il a poussé un hurlement... » Tout son corps était secoué de grands éclats de rire. « Comme une petite fille, tu vois ? De vrais glapissements. Il m'est rentré dedans à reculons, on s'est mélangé les pédales et affalés l'un sur l'autre. Mais il a lâché son arme. » Son rire faiblit. « Je me suis jetée dessus à quatre pattes. Il a tenté de m'attraper les jambes pour me retenir, mais je tenais déjà le calibre à la main. Il était vachement lourd. »

Son rire s'est éteint. Visage désormais inexpressif. « Il a plongé sur moi, j'ai appuyé sur la détente et il était mort, comme ça, tout connement. Il a basculé en avant, la poitrine couverte de sang. » Elle a poussé un gros soupir. « L'instant d'avant, il marchait et parlait encore et, la minute suivante, ce n'était plus que de la viande froide, comme une de ces bêtes que je rapporte du zoo pour les empailler avant de les installer sur un socle.

— Désolé, Marcie. C'est ma faute. Je t'ai fourrée dans le pétrin.

— Et comment ! » Elle s'efforçait d'en rire et, l'espace d'une seconde, un sourire est encore venu retrousser ses lèvres, mais il s'est rapidement effacé et ses traits ont de nouveau perdu toute expression.

Voilà pourquoi des gars comme moi ou Bob Tate — ou même Rollo Kramer — n'arrivons jamais à conserver épouse ou petite amie. Nous jouons sur un terrain dangereux et tout le monde autour de nous en pâtit. Sur ce, j'ai eu un mauvais pressentiment et demandé à Marcie si je pouvais me servir du téléphone de la cuisine.

J'ai composé le numéro de M'man et Danny a décroché à la troisième sonnerie. « Yo.

— C'est Charlie, Danny.

— Bon Dieu, Charlie, où donc étais-tu passé ? Un type du nom de Lou Morgan n'arrête pas d'appeler pour te réclamer.

— Plus tard. Pour l'instant, je veux seulement savoir ce qui se passe chez vous.

— Chez nous ? Rien. Amber et moi, on regarde la télé et M'man…

— Qu'est-ce qu'Amber fabrique là-bas ?

— Tu m'as demandé de rester à la maison pour surveiller M'man, m'a rappelé Danny. Je ne pouvais plus me rendre chez Amber, alors elle est passée ici.

— Écoute-moi bien. Je veux que tu dises à M'man de boucler sa valise. Non. Deux valises, plutôt.

— Hein ? Pour quoi faire ? Que se passe-t-il, Charlie ?

— On va jouer la sécurité, c'est tout. Passe-moi M'man. »

Je l'ai entendu appeler M'man dans le salon. J'ai patienté. Elle est venue en ligne quelques secondes plus tard.

« Charlie ?

— Fourre dans une valise tout ce que tu jugeras important et file à l'aéroport, M'man. Je veux que tu ailles habiter chez tante Irene, d'accord ? » C'était sa sœur cadette.

« Tu as des ennuis, Charlie ? » D'une voix soudain très affûtée. M'man joue toute la journée les gentilles vieilles dames, mais, quand ça commence à chauffer, elle se dispense généralement d'ergoter. Elle n'est pas idiote.

« Ça se pourrait bien, M'man. Je regrette. Mais il vaudrait mieux pour toi que tu ailles t'installer avec Irene dans le Michigan.

— Je comprends. Tu régleras ça pendant mon absence ?

— Bien sûr, M'man. Repasse-moi Danny, tu veux bien ?

— Charlie ?

— Oui ?
— Tu es mon petit.
— Je sais, M'man.
— Sois prudent.
— Promis. »

Elle m'a passé Danny.

« Qu'est-ce que je fais ? m'a-t-il demandé.

— Tu sors de là dans la demi-heure. Rappelle-moi ici juste avant, que je sache que tu es parti. » Je lui ai donné le numéro de Marcie. « T'as pigé ?

— Ouais. Trente minutes. C'est comme si c'était fait.

— Parfait. Je dois te quitter. » Je me suis apprêté à raccrocher.

« Une minute, Charlie.

— Quoi ?

— Et pour ce type, Morgan ? Il n'arrête pas d'appeler pour toi. »

Merde ! J'avais complètement oublié Lou. Marcie laissait un stylo et une petite corbeille pleine de morceaux de papier près du téléphone. J'en ai pris un et je me suis emparé du stylo. « Il a laissé un numéro ?

— Bien sûr.

— Donne. »

Danny m'a dicté le numéro. Je ne l'ai pas reconnu.

« Merci, Danny. Appelle et réserve un vol pour Detroit pendant que M'man fait sa valise.

— D'accord. Je te rappelle dans trente minutes. »

On a raccroché et je me suis senti un peu soulagé. Marcie avait failli se faire tuer à cause de sa collusion avec moi. Je ne tenais pas à ce qu'un des tueurs de Beggar se pointe chez M'man en s'imaginant que j'avais pu y planquer les registres. Mais si ça devait se produire, je préférais la savoir partie depuis longtemps. Je n'en ai rien dit à Danny ni à M'man, mais j'avais le pressentiment qu'elle finirait ses jours dans le Michigan. En ce qui concernait la famille Swift, Orlando était râpé.

Marcie devait rouler les mêmes pensées, car elle est sortie de la chambre à coucher, un grand sac dans chaque main ; un collant en dépassait là où elle n'avait pas tiré la fermeture Éclair à fond.

Je l'ai regardée en fronçant les sourcils. « À quoi tu joues ?

— À ton avis ? Je file d'ici.

— Hein ? Pour aller où ?

— Là où je ne risque pas de me faire tuer », m'a-t-elle répondu. Elle a lâché rudement les valises, est retournée dans la chambre à coucher et en est ressortie avec une housse de vêtements. « J'ai toujours les cinq mille dollars de Rollo. J'appellerai un agent immobilier dès que je serai installée, pour lui demander de brader la maison.

— Marcie.

— J'irai peut-être au Nouveau-Mexique. J'ai toujours eu envie de vivre dans le désert.

— Marcie.

— Je pourrais peut-être essayer d'empailler des chiens de prairie. Oh !... Des buffles ? Je pourrais me faire un sacré paquet de pognon avec un buffle.

— Marcie ! »

Elle s'est interrompue, m'a regardé. J'ai montré mes paumes ; mon visage n'exprimait qu'une interrogation brute. « Et moi ? » La question n'avait pas franchi mes lèvres que je me sentais déjà comme un petit garçon abandonné dans le froid, planté devant la porte du jardin d'enfants, le jour de la rentrée des classes, pendant que sa maman s'éloignait en voiture.

« Toi ? Eh bien quoi, *toi* ? » Elle a balancé la housse sur les sacs et shooté dans le tas de bagages en poussant un grognement féroce. « *Toi !* Tous ces types qui travaillent pour Beggar, toi ou Rollo, c'est du pareil au même. Je l'ai épousé. Regarde où ça m'a menée. Et c'est *toi* qui as essayé de me tuer aujourd'hui. *Toi* que j'ai descendu. Voilà où on en est !

— D'accord, d'accord. » Je hochais rapidement la tête en l'écoutant, pour lui montrer à quel point je la comprenais. « Je ne te le reproche pas. Mais je vais régler ça. Je vais effacer cette putain d'ardoise et on pourra ensuite aller où tu voudras et repartir de zéro.

— De la merde !

— Non. Je te jure. » Je me suis précipité à sa rencontre, j'ai pris ses mains dans les miennes et cherché ses yeux. « On ne se connaît pas depuis très longtemps, mais je veux vivre avec toi. Je dois encore régler quelques problèmes, mais, quand ce sera fait, je compte bien refaire ma vie. Il ne me restera plus rien. Mais c'est avec toi que je veux la refaire. »

Elle a poussé un profond soupir, empreint d'une immense lassitude. « T'es vraiment un crétin de première.

— C'est pourtant la vérité.

— C'est quoi, le problème que tu dois régler ?

— Stan. » Je n'avais pas prononcé ce prénom que je comprenais que j'allais tout déballer. Pas moyen de vivre avec un tel poids sur la conscience !

« Il est sûrement mort, à l'heure qu'il est. » Elle n'essayait pas de se montrer insensible. Sincère, tout simplement.

« Je sais. Mais je dois en avoir le cœur net. Et faire de mon mieux pour y remédier. C'était comme un père pour moi. Imagine qu'il s'agisse du tien… »

Elle a hoché la tête et réfléchi, en mâchonnant sa lèvre et contemplant ses pieds. « Je comprends. » Puis elle a relevé les yeux et m'a fixé durement, tandis que sa cuirasse revenait voiler son regard. « Mais que je sois pendue si je reste assise dans cette turne à attendre qu'un petit mariolle vienne me coller une balle dans le crâne !

— Non. » J'ai sorti de ma poche mon rouleau de billets, qui commençait à sérieusement s'écorner, j'en ai arraché une liasse de coupures de cinquante et je les lui ai tendues. « Trouve-toi un hôtel. Un bon.

— Où ?

— Près de l'aéroport. On sera peut-être obligés de filer précipitamment.

— D'accord. » Elle a fait disparaître le fric dans son corsage et on a fait quelques pas l'un vers l'autre. Nous nous sommes longuement embrassés, soulagés d'avoir enfin pris des décisions. Elle savait à présent où elle en était et je savais ce qu'il me restait à faire.

Elle a rompu notre étreinte pour dire : « Viens. Il faut que tu me donnes un coup de main avant de partir. »

Je l'ai suivie dans le garage et elle a saisi le cadavre par les chevilles. « Prends-le par l'autre bout, tu veux bien ? »

Je l'ai empoigné sous les bras et l'ai soulevé. « C'est déjà comme ça qu'on s'est rencontrés, non ? » Je lui ai souri.

Elle m'a scruté, soudain rembrunie. « T'es tellement romantique !

— Qu'est-ce qu'on va faire de ce fumier ?

— Pose-le sur mon établi. Je vais découper des sacs-poubelle pour l'emballer et on le saucissonnera au chatterton. On peut *tout* faire avec du chatterton. »

C'est là que j'ai compris que j'étais amoureux d'elle.

17

Danny a téléphoné au moment où nous terminions d'envelopper le cadavre. Il m'a annoncé que l'avion de M'man décollait dans quatre-vingt-dix minutes et qu'ils partaient pour l'aéroport. Je lui ai répondu que j'avais une course à faire, mais que je le retrouverais ensuite chez elle. Nous nous sommes souhaité bonne chance.

Marcie et moi avons balancé le cadavre dans le conteneur d'un centre commercial, à quelque vingt kilomètres de là. Je l'ai recouvert de détritus et de boîtes en carton. Personne ne nous a vus. J'ai reconduit Marcie chez elle.

Elle m'a embrassé sur la joue quand je l'ai quittée. « Le Hilton de l'aéroport. Presse-toi de terminer ton travail ou je te largue ici. »

Je l'ai enlacée et je lui ai plaqué sur la bouche un baiser plus sérieux. Elle s'est serrée contre moi et nos langues se sont trouvées. Elle s'est arrachée à moi hors d'haleine. « C'était charmant, mais dépêche-toi tout de même. »

Elle s'est éloignée au volant de sa Volvo et j'ai pris la route de chez M'man. L'allée était déserte à mon arrivée. M'man n'a plus de voiture depuis plusieurs années. Danny rentrait encore probablement de l'aéroport. Je suis entré, j'ai pris un Pepsi dans le frigo et je l'ai ouvert avant de m'asseoir à la table de la cuisine pour le boire en l'attendant.

Je me suis brusquement souvenu de Lou et j'ai claqué

des doigts ; j'ai bondi sur mes pieds, je suis allé décrocher le téléphone du salon puis je me suis assis devant la fenêtre, dans le vieux fauteuil de P'pa. J'ai composé le numéro de Lou et il a décroché à la deuxième sonnerie. « Ouais ?

— Que se passe-t-il, Bleubite ?

— Arrête de m'appeler comme ça. »

J'ai ignoré sa requête. « Qu'est-ce que tu as découvert ?

— Je suis passé chez Stan comme tu me l'avais demandé. Jolie maison, aussi bien verrouillée qu'une prison, mais je me suis dit que c'était une occasion particulière et j'ai brisé un carreau de la chambre à coucher.

— Très bien.

— Je n'ai rien trouvé. J'ai fouillé deux fois la baraque. Pas un chat.

— Pas de traces de lutte ?

— J'en sais foutre rien. À quoi ressemblent les traces de lutte aujourd'hui ?

— Sang. Orifices de balle. Meubles renversés. Sers-toi de ton imagination.

— Nan. Rien de tel. »

Je m'en étais douté. J'avais renoncé à téléphoner et j'étais persuadé que Lou ne trouverait rien, mais je devais en avoir la certitude. Je me serais senti plutôt con d'avoir sillonné tout l'État à sa recherche s'il était étendu raide mort dans sa salle de bains depuis le début.

« Où es-tu, au fait ? ai-je demandé.

— Dans une cabine téléphonique sur Goldenrod, près du caviste ABC.

— Depuis tout à l'heure ?

— J'ai fait des allers-retours. Quinze minutes de plus et j'aurais pris le chemin de chez Arby, de l'autre côté de la rue. »

Bref. « Tu sais ce que tu dois faire ensuite ?

— J'ai pas oublié.

— Reste à distance quand tu seras là-bas. » Je voulais qu'il aille jeter un œil sur la maison de Jeffers à Heathrow.

Avec tous ces Feds et les gars de Beggar qui entraient et sortaient comme dans un moulin, savoir ce qui s'y passait ne pouvait pas nous faire de mal.

« Te bile pas. À plus tard, mec.

— À plus tard, Bleubite.

— M'appelle pas Bleu... »

J'ai raccroché.

Je n'aime pas attendre, mais je n'avais pas le choix. Je tenais à voir Danny. Je me suis mis à farfouiller dans le salon. Sans Danny pour m'appeler en beuglant ni M'man en train de concocter un casse-croûte dans la cuisine, la maison était étrangement silencieuse. J'ai ouvert la vitrine de l'entrée et trouvé la collection de *National Geographic* de P'pa. Ils étaient classés en bon ordre — dix-sept années d'affilée ; seul manquait celui qui contenait l'article sur la Polynésie. J'en ai sorti quelques-uns et je les ai feuilletés jusqu'à trouver celui qui parlait de la péninsule du Yucatan, avec des cartes et de grandes photos en couleurs des pyramides.

J'en étais à la moitié quand Danny et Amber se sont garés dans l'allée. J'ai posé la revue et je suis allé leur ouvrir. Danny est entré le premier, tenant Amber par la main.

Ils m'ont immédiatement bombardé de questions, mais je leur ai répondu qu'ils allaient devoir patienter.

« Vous devez déguerpir tous les deux le plus vite possible. On me cherche certainement. Inutile qu'on vous trouve avec moi.

— Laisse-moi t'aider, a fait Danny. Si tu es vraiment dans la merde, tu auras besoin d'un coup de main. »

Je lui ai broyé l'épaule en souriant. C'était un brave gosse. « Je sais pouvoir compter sur toi, mais j'ai une tâche plus importante à te confier. T'occuper de ça. » J'avais ôté la clef de consigne de mon trousseau. Je la lui ai tendue. « Planque-la quelque part. »

Il l'a fourrée dans sa poche de jean. « Je trouverai une meilleure cachette ensuite.

— Mais pas trop tard. Tu sais où loger ?

— Il peut venir chez moi », a fait Amber.

J'y ai réfléchi une seconde. Bien sûr. Ça marcherait. « Ça me paraît parfait. Je suis certain que Danny n'élèvera pas d'objections. »

Ils se sont souri. Amber a rougi. Danny s'est contenté de rayonner comme s'il avait le monde dans sa poche. Je ne pouvais pas le lui reprocher. C'était un joli petit lot. J'ai tendu à Amber le *National Geographic* sur le Mexique et je lui ai dit d'inscrire son numéro de téléphone sur la couverture.

« Va faire ta valise », ai-je ordonné à Danny. Il a entrepris de gravir l'escalier et je lui ai agrippé le bras. « Comme si tu ne devais jamais revenir... Compris ? »

Il a hoché la tête et gravi les marches quatre à quatre.

« Tu savais qu'on avait essayé de le renvoyer à la fac, M'man et moi ? ai-je demandé à Amber pendant son absence.

— Je sais.

— Tu crois pouvoir obtenir de meilleurs résultats que nous ? »

Amber m'a fait un grand sourire et j'ai comme qui dirait entendu le chœur des violons. « Oh, il retournera à la fac, mais il ne le sait pas encore.

— T'es une chouette fille. »

Danny est revenu avec un gros sac sur l'épaule. Il m'a certifié qu'il n'arriverait rien à la clef tant qu'il en serait le gardien. Il croyait toujours auditionner pour la cage aux singes. Il m'a enlacé et serré très fort contre lui et je lui ai rendu la pareille. Amber m'a embrassé sur la joue en me serrant le bras.

« Assez de simagrées, ai-je déclaré. Dégagez, tous les deux. »

Je les ai regardés sortir de l'allée et disparaître au bas de la rue, puis je suis rentré dans la maison, j'ai encore décroché le téléphone et j'ai appelé Jimmy le Fix. Il a décroché au bout de cinq sonneries.

« Tu as toujours ton camion de déménagement ? »

*

J'ai tenté de convaincre Jimmy d'entrer avec le camion comme si on procédait à une livraison de routine.

Il a froncé les sourcils. « Je suis passé jeter un coup d'œil là-bas après t'avoir déposé. Il ne s'agit pas d'un entrepôt du circuit normal de livraison. Il y a un garde au portail, mais je ne l'avais encore jamais vu. J'ignore ce qui peut bien se passer là-dedans.

— On trouvera un moyen. » C'était le dernier de mes soucis. Je voulais juste en finir.

Nous avons dépassé le Burger King de la station-service où j'avais aligné les deux G-men. Leur bagnole n'était plus là. Rien ne laissait entendre qu'il avait pu se passer quelque chose à cet endroit. Nous nous sommes enfoncés dans les bois un peu après Bithlo. La brousse !

« C'est qui, ton personnage préféré du *Magicien d'Oz* ? » ai-je demandé à Jimmy alors que nous approchions du portail de la palissade métallique, devant l'entrée de l'entrepôt.

Je m'étais dit que ma question le ferait regimber, mais il m'a répondu d'un ton léger : « Le magicien, je crois. Sauf qu'il est stupide de monter dans le ballon à la fin. »

J'ai arqué un sourcil et un sourire a couru sur mes lèvres. « Il regagne ses pénates, voilà tout.

— Ses pénates ! » Il s'était exprimé comme si ce mot venait de lui chier dans la bouche. « C'est ce qu'on quitte quand on veut réussir. Il avait Émeraudeville à sa botte et il renonce à tout ça pour s'envoler avec un jupon et son clébard ? Tu es déjà allé au Kansas ? C'est un peu comme de la muzak d'ascenseur avec de l'herbe autour.

— Nous y voilà », ai-je fait comme nous atteignions le portail. J'ai repéré mon coussin en rouleau de chatterton sur le tapis de sol du camion. Je m'en suis emparé et j'ai glissé un de mes automatiques dedans. Il restait encore assez de bourre pour museler les détonations.

J'ai baissé la tête lorsque le camion est passé sous le linteau du portail et, quand il a stoppé, j'en suis descendu et j'ai refermé la portière sans bruit. Le temps de contourner le véhicule, le garde se pointait à la vitre de Jimmy. Il devait s'accroupir derrière un arbre ou quelque chose comme ça, parce que je ne l'avais pas aperçu au passage. J'ai mis le coussin en position et avancé d'au moins quatre pas avant qu'il ne me repère et ne fasse pivoter dans ma direction un calibre .12 d'aspect teigneux. J'ai relevé le coussin et je lui ai logé trois pralines dans le bide avant même qu'il ait pu tirer. La bourre du coussin voletait devant moi à chaque coup de feu, pareille à une tempête de neige de dessin animé. Il s'est rudement affalé, en laissant tomber son fusil sur le gravier de la route.

Jimmy a passé la tête par le carreau baissé. « Fourre-le dans les buissons. »

J'ai traîné par les chevilles le trépassé dans les fourrés ; fouillé ses poches en quête de rab de cartouches, mais elles n'en contenaient pas. J'ai ramassé le fusil et je suis retourné m'asseoir à la place du mort. « Roule. »

J'ai vérifié le chargement du fusil : six cartouches de 00. Le coussin était pratiquement vidé de sa bourre et avait fait son temps comme silencieux. Je l'ai balancé par la fenêtre et j'ai remisé l'automatique dans son étui d'aisselle, puis j'ai sorti une paire de gants en latex de ma poche de pantalon et je les ai enfilés.

Jimmy a garé le camion devant l'entrepôt, et, personne ne venant nous arroser de plomb, je lui ai dit de garder son holster dégrafé et de m'attendre.

« Si jamais quelqu'un sort, vide ton .38 sur lui. Ne me suis pas à l'intérieur, je risquerais de te tirer dessus. Pigé ? »

Il a hoché la tête, un tantinet pâlichon.

« Reste ici et contente-toi de surveiller tes arrières. » J'essayais de me montrer rassurant. « Je me charge de la basse besogne.

— D'accord. »

J'ai baissé le canon du fusil et je me suis dirigé à grandes enjambées, à l'aise et décontracté, vers la porte du quai de chargement. J'ai tourné la poignée. Elle était déverrouillée et je suis entré. Un petit couloir. Un bout donnait sur l'entrepôt, dédale de caisses et de cartons. L'autre aboutissait à un bureau. J'ai pris cette direction et un jeune gars en jean et chemise de flanelle est sorti du bureau. Mince et blond, il n'avait pas vingt ans. Il tenait à la main un sandwich à demi dévoré et mâchait avec application. Il nous a repérés, le calibre .12 et moi, et s'est pétrifié.

J'ai relevé lentement le fusil et l'ai braqué sur sa poitrine. « Sage. Gentil. » Je m'étais efforcé d'étouffer la tension dans ma voix et j'ai été le premier surpris d'y parvenir. « Rentre dans le bureau. » Il a hoché la tête et s'est exécuté. Je lui ai emboîté le pas.

Une table de bois carrée trônait au centre du petit bureau ; trois hommes en tenue de travail y étaient installés. Jean, chemise de flanelle, bottes de chantier, casquette. À ma vue, ils ont tenté de s'écarter de la table, mais j'ai refermé la porte d'un coup de pied tout en faisant monter une cartouche dans la chambre et ils se sont tenus tranquilles.

La table était couverte de cartes à jouer et de sachets de chips vides. « On faisait la pause, les gars ? »

Ils n'ont pas répondu.

« Quelqu'un porte un revolver ? »

Ils ont secoué la tête.

J'ai pointé le menton vers le blondinet au sandwich. « Qu'est-ce que vous fichez tous là ? »

Il s'est humecté les lèvres, a coulé un regard vers ses copains puis reporté les yeux sur moi pour répondre : « On attend la fermeture. Tous les autres sont rentrés chez eux. »

J'ai scruté leurs traits. Un visage effrayé, un visage furieux, deux sans expression. Un de ces téléphones muraux dotés de boutons d'interphone a sonné. Je l'ai arraché du mur et projeté dans un coin.

« Où est ton patron ? » ai-je demandé au jeunot.

Il a de nouveau regardé ses potes.

« Ce n'est pas à eux que je posais la question, petit. Mais à toi. » Je n'ai pas braqué le fusil sur lui à proprement parler, mais je l'ai légèrement relevé pour lui rappeler sa présence.

« En haut, a-t-il répondu. Il y a tout au fond de l'entrepôt un escalier en colimaçon qui conduit à son grand bureau.

— C'est quoi, son nom ?

— Norman. »

Je connaissais ce nom. L'autre type du parking.

« Avec qui est-il ?

— Frank et Emery. »

Inconnus au bataillon. Peu importait.

« C'est tout ?

— C'est tout.

— Un vieux monsieur, non ?

— Pas à ma connaissance.

— Des armes ? »

Sa mâchoire s'est décrochée et il a haussé les épaules. Il ne savait que répondre et ça le turlupinait.

L'un de ses potes s'en est brusquement mêlé pour lui venir en aide. Il était plus âgé, avec une barbe poivre et sel et une casquette verte John Deere. « Faut croire, l'ami. Toujours est-il que je ne les ai jamais vus se coltiner quoi que ce soit quand les camions rappliquent.

— Quels camions ?

— On charge des camions tous les jours. De cartons. Je ne pourrais pas vous dire ce qu'ils contiennent. Mais on ne fait que ça. Porter des cartons. Manipuler des caisses. »

J'ai hoché la tête lentement, laissant le silence s'installer histoire de les faire un peu mariner. « Comptez jusqu'à soixante puis déguerpissez, leur ai-je finalement ordonné. Et ne revenez pas. Ne regardez même pas derrière vous. Ça va chier des bulles quelque chose de soigné. Pigé ? »

Ils ont opiné du chef.

Je suis sorti à reculons et j'ai refermé la porte. Puis j'ai zigzagué à travers l'entrepôt jusqu'à l'escalier en spirale. Parvenu à mi-hauteur, j'ai entendu le *plop plop plop !* étouffé d'un automatique, me parvenant de l'extérieur. Jimmy. J'ai grincé des dents. Il allait devoir se débrouiller tout seul.

J'ai escaladé le reste des marches quatre à quatre et, au moment où j'arrivais sur le palier, un des gorilles de Norman a surgi du bureau un automatique à la main. Ils avaient dû entendre les détonations, parce qu'il cherchait manifestement des noises et braquait son arme sur moi.

Le fusil a tressauté entre mes mains et les plombs de 00 ont criblé son thorax, tandis qu'un onctueux jaillissement de geysers rubis inondait sa chemise blanche et sa cravate rayée. Il a titubé en arrière, reculé lentement de deux pas, vacillé un instant sur ses jambes pour tenter de rétablir son équilibre puis basculé en avant. J'ai franchi précipitamment la porte du bureau, dans l'espoir de surprendre Norman et ses gusses avant qu'ils aient eu le temps de réagir.

Une fois dans le bureau, le temps s'est comme suspendu. Je ne bénéficiais plus de l'effet de surprise et je devais donc choisir soigneusement mes cibles. Je ne voyais pas les visages, rien que des jambes, des bras et des mains armées de calibres, mais j'ai tout enregistré instantanément. Et, quelque part tout au fond du gros caillou inerte que j'appelle ironiquement mon cerveau, je me suis rendu compte que j'avais fait une énorme connerie. Si j'avais tenu un automatique dans chaque main, comme d'habitude, j'aurais pu les descendre tous les deux. Mais je ne pouvais en coucher qu'un seul en joue de mon fusil.

Norman se tenait derrière son bureau. Il cherchait quelque chose dans le tiroir du haut. L'homme qui se trouvait sur ma gauche était trop près. Il m'a fourré son arme sous le nez et les murs de la pièce se sont mis à tourner au ralenti lorsqu'il a pressé sur la détente. Je n'ai eu que le temps de gifler le canon de la main, en refermant les doigts dessus pour essayer de le détourner.

La balle a traversé ma paume et est ressortie de l'autre côté, en même temps que je réprimais une nausée galopante. J'ai pointé le fusil dans sa direction approximative, le plus précisément qu'il m'était possible d'une seule main, et je lui ai explosé le genou. Il s'est effondré avec un hurlement guttural.

J'ai lâché le fusil pour me tourner vers Norman, tout en dégainant le .38 de son étui de ceinture.

Il a été plus rapide.

Il a tiré deux fois : la première balle m'a sifflé à l'oreille, la seconde a arraché un bout de barbaque à mon lobe droit. J'ai plongé et déchargé sur lui les six balles du .38. Quatre d'entre elles ont déchiqueté une pile de dossiers sur son bureau, éparpillant des paperasses tous azimuts. La cinquième l'a cueilli au bas-ventre et la dernière en pleine poitrine. Il s'est affalé en travers de son bureau, raide comme un bout de bois, puis en a roulé pour atterrir lourdement sur un gros carton. L'homme à la rotule explosée hurlait toujours.

Je me suis dirigé vers lui en traînant les patins et j'ai saisi mon automatique par le canon. Trois brefs coups de crosse à la base du crâne ont eu raison de lui. Une odeur cuivrée de poudre à canon stagnait dans le bureau. J'étais à deux doigts de gerber, mais je me suis retenu. J'étais couvert de sang. Le mien sur la main gauche et le sien sur la droite, conséquence des coups de crosse que je lui avais assenés. Les doigts de mon gant gauche s'emplissaient de sang. J'ai trouvé les toilettes et agrippé une pleine poignée de PQ pour ralentir l'hémorragie.

La tête me tournait et j'avais la gorge sèche.

De retour dans le bureau, j'ai fouillé les tiroirs sans trop savoir ce que je cherchais. J'étais venu en quête de réponses et je n'avais trouvé que des cadavres. J'ai repoussé Norman du pied et jeté un œil dans le carton : des paquets denses et serrés, dans des sachets en plastique. J'ai pris un coupe-papier sur le bureau et j'en ai ouvert un. Des liasses de vieilles coupures !

Stan n'était pas là et j'avais trouvé que dalle !

Dehors, j'ai rejoint Jimmy debout près du camion de déménagement, les cadavres de deux des manœuvres de l'entrepôt à ses pieds. Dont le blondinet.

Jimmy m'a reluqué de pied en cap. « Seigneur, Charlie ! Ça ira ? »

J'ai ignoré sa question. Je contemplais encore les cadavres. « Que s'est-il passé ?

— Ils ont essayé de piquer un sprint. J'ai dégommé ces deux-là, mais deux autres ont réussi à s'enfuir. »

Il avait l'air tout content de lui et je ne me suis pas donné la peine de rectifier. Connard d'empaffé !

« Je vais appeler un toubib, a-t-il déclaré. Je crois connaître un mec sûr. »

Il est entré dans l'entrepôt.

Je me suis adossé au camion en me retenant de ma main valide. Mon estomac s'est révulsé et j'ai essayé de vomir, mais rien ne venait. J'étais couvert de sueur et la douleur commençait à se répandre dans ma main blessée.

Je me suis faufilé en rampant sur le siège avant du camion et j'ai posé la tête contre la vitre fraîche, côté passager. Le sang giclait à chaque battement de mon cœur. Je commençais à voir trouble.

Jimmy est ressorti en trombe de l'entrepôt, son gros bide tremblotant chaque fois qu'il posait le pied au sol. On aurait cru qu'il tenait une pleine brassée de céleri rémoulade. Il s'est planté juste sous mon nez. « C'est là, Charlie. On l'a trouvé. C'est là ! »

J'ai remué les lèvres, essayé de lui demander de quoi il parlait. Stan ? Il avait retrouvé Stan ? Il semblait flotter, s'éloigner. Un sang tiède dégoulinait de mon oreille et le long de mon cou.

« Tu vas t'en tirer, Charlie. Je suis là. Cramponne-toi. On va te trouver un toubib. »

C'est à peine si je pouvais garder les yeux ouverts et je suis tombé dans les vapes ; j'ai rêvé de Jimmy s'envolant en ballon. Rêvé que j'avais des ailes.

18

D'instinct, j'aurais sans doute envoyé valser tubes et sangles, mais pas moyen de me rappeler la dernière fois où l'instinct m'avait procuré une embellie. De toute façon, je n'en avais pas la force.

Je me suis obligé à ouvrir les yeux. Ça ne m'a guère avancé. Tout était uniformément flou et brouillé. J'ai cligné plusieurs fois des paupières et secoué la tête. Ma vision a commencé à s'éclaircir. La chambre d'hôpital a lentement pris forme. J'avais un tube dans l'avant-bras et un autre dans le nez. Mes mains étaient sanglées à la cage du lit. Un épais bandage maintenait ma main gauche. La chambre ressemblait à toutes les chambres d'hôpital. J'étais seul. J'ai laissé retomber la tête sur l'oreiller.

Marcie est entrée, a vu mes yeux ouverts et hoqueté. « C'est bien de toi, ça ! Cinq heures que je suis assise ici et tu profites des deux minutes où je vais me chercher un soda pour te réveiller.

— Content de te voir. »

Elle m'a souri et a posé la main sur mon bras.

J'ai tiré sur les sangles de mes poignets. « Retire ces trucs, tu veux bien ?

— Le médecin a dit…

— Marcie…

— Oh, bon ! » Elle m'a détaché.

Je me suis gratté l'oreille. Soulagement.

« N'y touche pas. » Elle fonçait les sourcils.

« Ça me démange. » Je ne retrouverai jamais le bout de lobe que j'avais perdu lors de la fusillade de l'entrepôt. Il ne me manquait pas spécialement, mais mon oreille était enveloppée d'un épais pansement de gaze et ça grattait méchamment.

Elle a fixé ma tête en secouant la sienne. « Quel dommage ! Ton visage a perdu toute sa symétrie, maintenant. » Elle a effleuré ma main blessée. « Eh, tu sais ce que sont les stigmates ?

— Une maladie des yeux ? »

Elle a gloussé.

J'ai regardé ma main. Tôt ou tard, il faudrait que je jette un coup d'œil sous ce bandage, mais je n'étais nullement pressé. Je ne ressentais qu'une douleur sourde, étouffée, et j'ai brusquement compris que je devais être bourré de calmants ; sinon, j'aurais autrement souffert. Pas étonnant que je sois tombé dans les pommes. J'en ai fait part à Marcie en me marrant.

« Rigole, gros malin, m'a-t-elle répondu. Les calmants ne sont pas seuls en cause. Tu as perdu beaucoup de sang. Quand ton ami a appelé, j'ai immédiatement rendu ma chambre d'hôtel et roulé jusqu'ici. Tu sortais déjà de la salle d'opération. Je t'ai apporté quelque chose pour te ragaillardir. » Elle a posé un rongeur empaillé sur le drap qui couvrait ma poitrine. Il me reluquait en louchant, la langue pendant au coin de la gueule. Démentiel !

« T'as vraiment cru qu'un rat débile pourrait me ragaillardir ?

— Un chinchilla. Et ça devrait être loufoque.

— Navré. Je l'adore. Sincèrement.

— Petit futé. Au moins, tu reprends tes esprits. »

Les souvenirs me sont revenus en vrac. Jimmy avait trouvé un toubib et, le temps qu'il me conduise à l'hôpital dans son camion de déménagement lancé à pleine bourre, j'étais inconscient et saigné à blanc. Après, tout devenait filandreux : un bric-à-brac d'images impliquant des médecins et des infirmières, des gens qui me fourraient des lumières dans les yeux, d'autres qui voulaient mon sang, mon urine et tout ce sur quoi ils pouvaient mettre le grappin. Avant de sombrer, j'avais eu le temps de demander à Jimmy d'appeler Marcie au Hilton.

« Merci d'être venue, chérie. » L'avais-je déjà dit ?

« Le diable lui-même n'aurait pu... et cætera. » Elle a passé l'index sur le tube raccordé à mon bras. « Tu veux que je le branche sur une bouteille de Chivas ?

— Je ne pense pas qu'il ferait bon ménage avec les calmants. » J'étais un peu inquiet. Je tolère mal les narcotiques. Dieu seul savait ce que j'avais pu dire ou faire.

Elle a recouvré son sérieux, pas entièrement néanmoins, pas jusqu'à devenir sombre. Elle s'est contentée de changer de ton pour retenir mon attention. « Tu as eu de la chance, Charlie. Tu n'es blessé qu'à la main. Le médecin dit que tu pourras t'en resservir après un peu de rééducation.

— Ouais. »

Marcie tenait trop à me réconforter pour me harceler dans cet état, mais son expression suggérait qu'elle me trouvait stupide. Compte tenu de mes tuyaux dans le nez et le bras, j'aurais eu du mal à ergoter. J'avais envie de lui répéter que ce serait bientôt terminé, mais je n'étais plus très sûr d'y croire moi-même. Ces visites à l'hôpital étaient sans doute l'une des raisons qui l'avaient poussée à faire ses valises. J'ai mentalement fait le vœu de tout arranger pour elle.

Mais, pour le moment, je ne pouvais que rester étendu sur ce plumard, à m'imbiber d'un sérum distillé par un tuyau. Je n'aurais pas dû me faire tant de bile. Marcie était forte, comme seules le sont les femmes qui ont été maltraitées, et un jour viendrait où elle me botterait le cul pour me remercier de l'avoir embringuée dans cette histoire.

Mais pas tout de suite ; pas tant que je serais allongé sur le dos.

« Je peux t'apporter quelque chose ? m'a-t-elle demandé.

— Peut-être une revue.

— Quel genre ?

— J'en sais rien. Un *National Geographic.*

— C'est comme si c'était fait. Il y a un Livres par millions tout près d'ici. Autre chose ?

— Ça ira. Allume la télé avant de partir, si tu veux bien. »

Elle s'est exécutée. Une pub pour un shampoing passait à l'écran. « Une chaîne précise ?

— Je regarderai ce qui viendra.

— À tout de suite, trésor. Tâche de ne pas effrayer les infirmières. » Elle m'a embrassé sur le front avant de sortir.

La page de publicité s'est achevée et une émission intitulée *La Vue* a commencé. Quatre nanas fortes en gueule se sont mises à caqueter. Seigneur, aide-moi ! À la fin de la séquence, le commentateur a annoncé : « Tout de suite : *Connaissez mieux votre vagin.* »

Sainte merde !

J'ai palpé désespérément autour de moi en quête de la télécommande, mais elle demeurait introuvable. J'ai appuyé sur la sonnette d'appel des infirmières.

« Oui ? » Une voix sèche.

« Calmant », ai-je croassé dans l'interphone.

*

Je me suis senti bien mieux après un petit somme. Une infirmière est entrée armée d'une espèce de Tupperware et m'a demandé de pisser dedans.

« Peux pas bouger », ai-je répondu. Je sentais encore les analgésiques cavaler dans mon organisme avec une fougueuse vigueur. « Désolé de devoir vous le demander, mais vous ne pourriez pas me fourrer ce truc entre les pattes ? »

Sans faire de commentaires, l'infirmière a rejeté mes couvertures en arrière. Lorsqu'elle a vu le chinchilla perché sur mon entrejambe, elle a réprimé un hurlement et porté la main à sa bouche.

J'ai gloussé comme un crétin.

« Désopilant, a-t-elle fait observer en plaçant l'urinal en plastique à portée de ma main. Je vois qu'on se sent nettement mieux. Que diriez-vous de nous concéder un petit échantillon, à présent ?

— Je ne me sens guère productif pour l'instant.

— Je comprends, a-t-elle très raisonnablement répondu. Je vais revenir avec la sonde.

— Attendez ! » Je lui ai fait signe d'approcher. « Passez-moi le broc. J'ai suffisamment de tuyaux dans le corps comme ça. »

Elle me l'a tendu en annonçant qu'elle reviendrait un peu plus tard. Je l'ai glissé sous les draps et coincé entre mes jambes. Je me sentais comme une envie d'obtempérer. Si je ne parvenais pas à pisser un minimum… eh bien, autant me coller une balle dans l'autre main. Je me suis mis en position et j'ai poussé un grognement. Que dalle ! J'ai grogné plus fort. Toujours que dalle !

Jimmy est entré. « Hé, Charlie ! Mince ! T'as pas l'air au mieux de ta forme !

— Ouais… Je… Unnngh ! » Deux malheureuses gouttes. Une sueur glacée a perlé à mes sourcils et derrière mes oreilles. J'étais sec comme une trique. Jimmy s'est rembruni. « Tu veux que j'appelle une infirmière ?

— Non.

— T'es tout rouge.

— Non !

— Mais on dirait que tu vas faire un infarc…

— Unnnngh ! Aaaargh ! » J'ai réussi à lâcher deux jets copieux. L'infirmière avait dû activer son radar à pisse car elle est entrée juste à ce moment-là.

Je lui ai tendu le broc et elle l'a exposé à la lumière en affichant son dégoût. Jimmy est allé se poster à ses côtés, pour pouvoir reluquer ma miction de ses propres yeux.

« Mince, Charlie ! Si t'étais un cheval, on t'achèverait. »

L'infirmière l'a fait tournoyer dans le bocal en continuant de l'examiner attentivement.

« Pourquoi vous ne renifleriez pas le bouchon ? » lui a demandé Jimmy.

Elle lui a jeté un regard noir et est sortie.

Il a secoué la tête. « Si c'est à ça que tu ressembles quand tu changes l'eau du requin, j'aimerais pas me trouver là quand tu coules un bronze.

— Te bile pas. T'es pas convié. »

Il a sorti une trousse de toilette de sous le lit et l'a laissée tomber sur mon ventre. « Je me suis dit que tu aurais besoin de quelques effets. Brosse à dents, etc. Et peut-être aussi de deux ou trois autres ustensiles. »

J'ai tiré la fermeture Éclair de la trousse de cuir. Jimmy y avait dissimulé mon .38, et quelques balles d'appoint roulaient au fond du sac. Parfait. Je m'étais senti quelque peu à poil jusque-là. J'ai refermé la trousse et l'ai coincée sous mon oreiller.

« Merci, Jimmy.

— Le reste de tes affaires est dans le coffre de la voiture de Marcie. Elle est super, Charlie. T'as bien joué.

— Bien sûr. »

Il a jeté un regard vers la porte puis poursuivi d'une voix étouffée. « On t'a inscrit ici sous le nom de Ian Janus. C'est Marcie qui en a eu l'idée. » Il a haussé les épaules. « Le toubib s'appelle Garrity. J'ai dû lui graisser la patte, une grosse somme, alors tu m'es redevable, mais Stan s'est déjà adressé à lui, les fois où on avait besoin de tenir un truc sous le boisseau. On lui a raconté que tu t'étais blessé en manipulant un outil électrique à l'atelier. »

J'ai hoché la tête. « Parfait. » Médecins et hôpitaux étaient légalement tenus de signaler à la police les gars qui se pointaient en titubant, blessés par balle.

« On a dû soudoyer aussi deux des infirmières, a-t-il ajouté. Je crois qu'elles travaillaient déjà avec ce toubib. N'empêche, il vaudrait mieux que tu ne t'incrustes pas ici trop longtemps.

— J'y avais déjà pensé. Et je compte bien filer dès que je pourrai mettre un pied devant l'autre.

— Le toubib a dit qu'il passerait dans quelques minutes. Il devrait te laisser sortir.

— Tant mieux. »

Il a brandi un sac en papier sous mes yeux puis l'a posé près de mon lit. Nous avons échangé un long regard. J'ai attendu qu'il daigne l'ouvrir.

« On l'a trouvé, comme je te l'ai dit, a-t-il déclaré. Je n'y serais jamais arrivé sans toi. »

Je me demandais de quoi diable il pouvait bien parler, de sorte que je lui ai posé la question : « De quoi diable est-ce que tu parles ? »

Il a froncé les sourcils puis baissé la voix. « Le trésor de guerre, Gaffeman. Le fric. Je te l'ai dit. On l'a retrouvé. En totalité. Tout le toutim. C'est pour lui que les hommes de Beggar montaient la garde.

— Quoi ?

— T'avais joué ton rôle. Alors pendant que tu étais sur le billard, j'y suis retourné et j'ai balancé tous les briquets et les baskets du camion. Tous ces cartons étaient bourrés de fric. Des coupures d'un dollar, de dix, de vingt, de cinq, de cent. En vrac. Un vrai souk mais ne te bile pas. Repose-toi. Je vais me charger de trier ça. »

Je n'arrivais pas à y croire. Le Trésor du Hollandais, le monstrueux paquet d'oseille de Jimmy était donc bien réel ? Mais Stan, là-dedans ? J'ai demandé à Jimmy s'il n'avait rien vu concernant le Vieux.

« Pas le moindre indice, mon pote. Désolé. »

Je m'en doutais plus ou moins.

« Écoute, Charlie. Je crois qu'il faut regarder la vérité en face. Soit Stan s'est mis au vert depuis longtemps, soit… » Il n'a pas terminé sa phrase. On connaissait tous les deux l'autre branche de l'alternative.

« Je vais devoir retourner auprès de Jimmy junior, a-t-il laissé tomber. Maria est probablement en train de biberonner tous mes alcools et Dieu sait ce qui a bien pu se passer pendant mon absence. Et je dois mettre quelques affaires en ordre avant que ça chie dans le ventilo. Je tenais juste à passer te voir avant de rentrer.

— J'apprécie, Jimmy. Va retrouver ton gosse. »

Il m'a montré du doigt, m'a fait un clin d'œil et s'est cassé.

Je me suis adossé à mon oreiller en me demandant ce que j'allais bien pouvoir faire de moi. Ma main me faisait souffrir, mais pas assez pour réclamer des calmants à l'infirmière, même si je n'aurais pas craché dessus. La télé était éteinte. Toujours pas moyen de mettre la main sur cette fichue télécommande.

Quand le médecin s'est enfin pointé, la main me lançait si cruellement que j'ai bien cru que les yeux allaient me sortir de la tête. Il remorquait une infirmière dans son sillage — celle qui avait recueilli mon urine — et il a examiné ce qui m'a paru être ma feuille de soins en grognant et en plissant le front comme s'il déchiffrait le mode d'emploi d'un magnétoscope.

« Eh bien, eh bien, Mr. Janus. Comment va cette main ?

— On ne devrait pas tarder à la remplacer par un crochet.

— Ne vous inquiétez pas. Je vais vous prescrire des calmants. » Il a tapoté les poches de sa blouse blanche. « Allez me chercher un carnet d'ordonnances, infirmière, s'il vous plaît. »

Elle est sortie.

« Écoutez… Vous vous sentez bien, oui ou non ? » Le docteur Garrity se décomposait lentement. « Assez pour quitter l'hôpital, je veux dire ? Vous vous en sentez la force ?

— Ouais. Y a un problème ? »

Il a fait la grimace. « Disons simplement que l'équipe de relève risque de considérer les choses d'un œil plus vigilant. Autant éviter les questions trop directes. En ce qui me concerne, au moins.

— D'accord. Et pour ma main ?

— Il faudra consulter votre médecin de quartier dans une semaine environ. Les agrafes devront sans doute être retirées. Pareil pour l'oreille. J'espère que vous jetterez votre dévolu sur un toubib qui ne se sentira pas obligé de m'appeler pour le suivi du dossier.

— Je connais le topo.

— Je dois encore vous donner quelques conseils. Afin de vous aider à récupérer l'usage de votre main quand elle sera guérie. Elle ne fonctionnera peut-être plus tout à fait aussi bien, mais vous pourrez vous en resservir. »

Génial.

« Voulez-vous que je vous appelle un taxi pour rentrer ?

— On vient me chercher. »

*

J'ai englouti deux des calmants. La Volvo de Marcie fonçait vers la maison de M'man et j'ai dû m'assoupir trois bonnes secondes. Je me suis réveillé quand nous nous sommes arrêtés pour faire le plein. J'ai proposé à Marcie de m'en charger.

« Je vais le faire. Tu ne sais même pas sur quelle planète tu habites.

— Je t'avais bien dit que les drogues ne me réussissaient pas. »

Nous sommes arrivés chez M'man bien après l'heure du dîner. Ma voiture était dans l'allée et Marcie m'a appris que Jimmy s'était chargé de la ramener.

« Qu'est-ce qu'on fiche ici ?

— C'est toi qui m'as dit de venir, Charlie. »

Je ne m'en souvenais pas, mais ma main allait mieux.

J'ai ouvert la boîte aux lettres au passage. Une seule enveloppe. Je l'ai fourrée dans ma poche pour l'ouvrir ultérieurement.

« Je vais chercher les valises, a déclaré Marcie.

— Plus tard. »

Nous sommes entrés et je suis resté planté dans le vestibule à regarder autour de moi en me demandant ce que je devais faire.

Marcie m'a effleuré l'épaule. « Charlie ?

— Va réserver une chambre au même hôtel. Assure-toi qu'on ne te suit pas.

— D'accord.

— J'ai à faire ici.

— Ah ?

— Je te rejoins tout de suite. Juste deux ou trois trucs en souffrance à régler.

— D'accord. » Elle m'a jeté un regard étrange. « Tu vas bien ? Tu pourras conduire ?

— Ouais. Je vais bien. » Peut-être.

Elle m'a embrassé et je me suis rappelé à temps sa présence pour lui rendre son baiser de façon convaincante. J'avais du mal à prêter l'oreille à ce qu'elle me disait. Ma tête semblait vouloir se concentrer sur autre chose. Quoi, c'était encore indéfini.

Je l'ai regardée s'éloigner au volant de sa Volvo en lui faisant au revoir de la main. De retour dans la maison, je me suis préparé du café et installé dans le fauteuil de P'pa. Un silence mortel régnait dans la maison. Ma main me lançait impitoyablement, au rythme des battements de mon cœur.

19

La maison m'a semblé bien déserte et bien vaste après le départ de Marcie.

Mon oreille me faisait souffrir.

Ma main me faisait souffrir.

Il n'y avait pas grand-chose pour me réconforter.

J'ai gravi pesamment les marches, songeant d'abord à appeler M'man dans le Michigan avant de laisser tomber. Très bien, j'étais épuisé. Ne me restait plus qu'à avaler un de ces délicieux comprimés contre la douleur et faire une sieste. Bizarre, mais c'était l'oreille qui me faisait le plus souffrir.

Pour je ne sais quelle raison, je ne prenais pas trop au sérieux la balle qui m'avait traversé la main. Puis, sans réfléchir, j'ai tenté de m'emparer d'un verre d'eau. Je l'ai renversé et il s'est écrasé sur le carrelage de la salle de bains. Ne parvenant pas à tenir correctement la pelle et le balai, j'ai mis vingt bonnes minutes à ramasser les débris. J'ai contemplé ma main avec une inquiétude renouvelée. Elle ne me permettrait plus de tenir un calibre tant qu'elle ne serait pas guérie.

Mais question douleur, rien ne surpassait celle de mon oreille. Elle palpitait au rythme de mon pouls. J'ai envisagé de doubler la dose, mais le toubib m'avait bien fait comprendre qu'un seul comprimé suffirait à m'assommer.

J'ai quitté mes vêtements à la va-vite et, me pliant docilement aux instructions, j'ai laborieusement rampé sous mes draps avant de prendre la pilule. Il m'a fallu quelques minutes pour trouver une position qui permette tant à ma main qu'à mon oreille d'être confortablement installées, grâce à une assez complexe disposition des draps et des oreillers.

J'ai sombré dans des rêves opiacés.

J'étais de retour au Toppers, en pleine fusillade avec les barmans et les gars aux insignes. Je pivotais sur mon axe pour faire face à mes adversaires, un pistolet dans chaque main, sauf qu'il ne s'agissait pas d'automatiques mais de revolvers. Les barillets tournaient interminablement sur eux-mêmes sans me mener nulle part. Les poignées me glissaient des mains et je devais me concentrer pour ne pas les lâcher. Pas moyen de presser sur la détente. Soit j'étais trop affaibli, soit ils étaient enrayés.

Des balles me criblaient. Aucune douleur. Pas de sang. Un peu comme s'ils me lardaient de ces fléchettes à ventouse de caoutchouc des pistolets d'enfants. Je leur ai ri au nez et j'ai jeté mes armes. Elles devenaient de toute façon trop lourdes pour moi. Mes paumes étaient rouges et poisseuses.

Je me suis avancé en titubant vers les types planqués derrière le comptoir. Mon plan ? Les démembrer à mains nues et jongler avec leurs bras et leurs jambes comme sur une piste de cirque. Hélas, ils sont tous montés dans la petite coccinelle VW garée derrière le bar. Il n'y avait pas beaucoup de place à l'arrière. La coccinelle était peinte comme une voiture de clown.

Mes mains poissaient.

J'ai empoigné une bouteille de scotch sur le comptoir et tenté d'en verser le contenu sur mes mains. Il n'en est rien sorti. Autre bouteille. Même motif, même punition. J'ai entrepris de briser des bouteilles en quête de liquide. Puis je n'ai plus réussi à les saisir. Tous mes doigts étaient des pouces. Chaque fois que j'en harponnais une, elle me giclait de la main et allait se fracasser au sol, jusqu'à ce que la salle tout entière se mette à résonner du crissement des débris de verre fendant l'air. Le verre...

Mes yeux se sont ouverts.

... se brisait.

Du moins ai-je cru les avoir ouverts. J'ai cligné des paupières. Je pense. Je n'en suis pas sûr. J'avais encore la tête lourde à cause des calmants. Le fracas du verre brisé. Je rêvais encore. J'ai essayé de me redresser sur mon séant. Ce n'était pas drôle. Ni facile. Le verre. Ce n'était pas un rêve.

Il y avait quelqu'un dans la maison.

Poussée d'adrénaline. Mais pas très violente. Relativement faiblard, en toute franchise, cet afflux, mais il m'aura au moins permis de balancer les jambes hors du lit. J'ai secoué la tête et frotté mes yeux. Réveille-toi, connard ! Quelqu'un rôde dans la maison.

J'ai tâtonné le long de la table de chevet et renversé le réveille-matin. Énorme vacarme. Où donc étaient passés mes calibres ? Où Marcie avait-elle empilé les sacs, déjà ? Je lui avais dit de les laisser dans le coffre ! Génial ! Ma main a rencontré mon poignard de commando britannique sur la table de chevet. Très bien. C'était mieux que rien. Je l'ai dégainé et j'ai jeté le fourreau. Je me suis levé, dirigé vers la porte de la chambre à coucher et j'ai tendu l'oreille. Rien.

Je me suis souvenu que j'étais nu.

Difficile de repousser l'invasion de sa maison avec une certaine assurance la bistouquette à l'air. J'ai palpé le plancher autour de moi jusqu'à ce que mes doigts trouvent mon caleçon. Je l'ai enfilé en réussissant tout juste à ne pas perdre l'équilibre. Ça suffirait largement question garde-robe.

J'ai entrebâillé la porte et jeté un coup d'œil dans le couloir. Plongé dans le noir. Tendu l'oreille. Silence.

J'avais dû rêver. Sûrement. Pas de verre brisé. Personne dans la baraque. Peut-être qu'en regagnant vite mon lit, je pourrais encore profiter des effets bénéfiques du comprimé. Et faire des rêves moins sinistres que…

J'ai vu le faisceau de la torche, au bas des marches ; un cercle lumineux qui balayait le mur opposé et la porte d'entrée. Je me suis figé sur place et c'est lorsque j'en ai pris conscience que j'ai compris à quel point j'étais déglingué. Sors de ton coma, Charlie !

J'ai traversé le couloir à toute blinde vers la chambre de M'man, juste avant que le faisceau de la torche ne tourne le coin et n'entreprenne d'escalader l'escalier. De là, je verrais si, une fois en haut de l'escalier, l'intrus entrait dans ma piaule, dans celle de M'man ou celle de Danny. Ce qui me permettrait de gagner quelques secondes pour me préparer à l'abattre. Il serait certainement armé. J'allais devoir le serrer de près pour utiliser le poignard.

Ils ont entrepris la montée. Deux hommes, pantalons et pulls noirs. Sans masque, mais il faisait trop sombre pour distinguer leurs traits. L'un d'eux lardait l'air devant lui du rayon de sa torche. L'objet noir et lourd que tenait l'autre était de toute évidence un calibre. Au fur et à mesure qu'ils montaient, je voyais mieux leurs traits. Âge mûr. Teint rougeaud. Épaisses moustaches noires à la Omar Sharif. Un chauve, l'autre commençant à se dégarnir. Il m'a semblé les reconnaître, mais il faisait encore trop sombre.

Je les ai suivis des yeux par l'entrebâillement. Celui qui tenait la torche s'est faufilé dans ma chambre en repoussant doucement la porte. L'autre s'est arrêté brusquement puis retourné vers moi.

Je me suis dissimulé à reculons derrière la grande armoire en cèdre de M'man. S'il s'avisait de traverser la chambre, il devrait passer devant moi et je lui tomberais sur le poil par son angle aveugle. J'allais devoir faire vite avec le poignard. Le bâillonner immédiatement de la main ou il appellerait son copain. Je ne me sentais pas capable de venir à bout des deux à la fois, avec pour seule arme un poignard.

La porte de la chambre de M'man s'est ouverte en grinçant. Les gonds ont couiné, pas réellement fort, mais, dans ce profond silence nocturne, ce bruit ténu m'a fait l'effet d'un hurlement. L'intrus est entré. Je l'ai entendu piétiner dans la pièce, ouvrir l'armoire juste à côté de moi et tâtonner à l'intérieur. Il cherchait quelque chose.

Il l'a refermée puis est passé devant moi en me tournant le dos. J'ai bondi et contraint ma main blessée à se refermer sur sa bouche. C'était terriblement douloureux, mais j'ai tenu bon. J'ai frappé de bas en haut pour le larder sous les côtes.

Sa main libre a jailli vers mes doigts, cherchant à dégager sa bouche. Pur réflexe. Celle qui tenait le revolver s'est rabattue pour parer le coup de couteau. Nettement plus professionnel. Il savait d'où allait venir la lame. Rien qu'à leur façon de se mouvoir, je pouvais dire qu'il ne s'agissait pas de vulgaires cambrioleurs du quartier. Nos poignets se sont entrechoqués et j'ai renoncé à le suriner. Mais il me restait mon allonge et une partie de l'effet de surprise. Je l'ai fait pivoter sur lui-même et j'ai cogné sa main contre l'armoire, un peu plus bruyamment que je ne l'aurais souhaité. Une fois, deux fois, j'ai plaqué violemment sa main contre le cèdre, jusqu'à ce qu'il lâche enfin son arme. Il a recouvré l'équilibre, m'a repoussé et cloué au mur. Mes poumons se sont vidés d'une partie de leur air. Je m'étais montré beaucoup trop lent et j'avais mal assuré ma position. Il s'est tortillé, a harponné de sa main libre le poignet de ma main armée. On tirait à hue et à dia.

Il a planté ses dents dans ma chair, entre mon pouce et mon index. Mordu sauvagement. Le sang a giclé sur ma main et entre ses ratiches. Mon sang. J'ai tiqué, hoqueté et arraché ma main d'une brusque secousse.

Sa bouche s'est retrouvée dégagée. « Eddie ! »

Je lui ai planté mon poing dans les reins. Il a poussé un grognement et pivoté sur lui-même pour esquiver. J'ai visé sa tempe. Il s'est de nouveau tourné et mon coup a foiré.

L'autre a fait irruption dans la chambre. Il m'a braqué le faisceau de sa torche dans les yeux et j'ai été ébloui. J'ai essuyé deux brefs coups de poing dans le bide. Je me suis efforcé d'expirer en même temps que je les encaissais, mais mes réflexes étaient cuits. J'ai reculé, m'efforçant de recouvrer la vue en clignant des yeux. J'ai été touché au menton et j'ai vu des étoiles. Mes genoux ont flanché. Un dernier direct à la tempe a scellé mon sort. J'ai sombré dans une longue spirale de noirceur. La lente et ténébreuse glissade dans le néant.

*

Moquette laineuse sous moi.

La tête me fait mal.

J'ai mal au ventre.

Tout ce qui me faisait souffrir avant me fait souffrir davantage à présent.

Mes yeux s'ouvrent brusquement. Je suis allongé sur le dos dans la chambre de M'man. Le chauve, assis à un mètre de moi sur une petite chaise de bois, braque nonchalamment un automatique sur mon crâne. Son visage donne l'impression d'avoir été laminé à coups de pelle, son nez régulièrement cassé et recassé au fil des ans. J'imagine qu'ils ne veulent pas prendre le risque d'allumer le plafonnier puisqu'ils se contentent de la petite lampe de chevet de M'man. La chambre est sens dessus dessous, les tiroirs ouverts et vidés de leur contenu, le matelas à moitié tiré du lit. Les échos d'une fouille fort peu délicate résonnent dans le couloir.

À la faveur de la lumière, je me fais une idée un peu plus précise de mon hôte.

« Salut, Teddy. Je t'aurais volontiers invité à prendre le café si tu avais frappé. » J'avais tenté de m'exprimer d'un ton dégagé, mais ma voix était rauque.

« T'as vraiment merdoyé, Gaffeman », a gloussé Teddy.

Teddy. Et l'autre... Eddie. Je l'avais entendu appeler Eddie. Les frères Minelli. Eddie avait un jumeau, ce qui signifiait que Freddy devait rôdailler quelque part. Sans doute resté dans la bagnole pour faire le guet.

Ces gars étaient des gros bras professionnels et œuvraient presque toujours en trio. Je savais qu'ils travaillaient exclusivement en free-lance. À une certaine occasion, Stan nous avait envoyés, les autres types de la cage aux singes et moi, briser un piquet de grève chez Disney. Il s'était dit qu'on aurait besoin de renforts extérieurs et avait engagé les frères Minelli. Je m'étais donc trouvé aux premières loges pour les voir à l'œuvre et je les savais coriaces.

« Pourquoi tu ne m'expliquerais pas où j'ai merdé, Teddy ?

— Tu détiens un article qui t'appartient pas. »

Encore les registres !

Il a élevé la voix pour appeler son frère. « Il est réveillé, Eddie ! »

Eddie a rappliqué en mâchant son chewing-gum avec acharnement. « Baisse le son, Ted.

— Cause pas comme ça. T'as trouvé ?

— Nan. Un tas d'ustensiles ménagers, des fringues et le reste à l'avenant. Plus un gentil pacsif de clubs de golf.

— C'est moi qui vais te clubber, crétin. Je t'ai dit d'arrêter de causer comme un négro.

— Faut vivre avec son temps, cul-terreux.

— J'veux plus que tu regardes MTV. Ça te fait tourner la cervelle en fromage blanc. » Teddy a reporté sa fureur sur moi. « Très bien, Charlie, vieille branche, tu connais la musique. Soit tu balances tout de suite, soit on te transforme en chair à pâté et tu balances après.

— Je ne sais pas de quoi tu parles. » Jouer au con ne m'avancerait guère, évidemment, mais il fallait bien passer par toutes les étapes.

« Il te chambre, Teddy », a fait Eddie.

Teddy a fait les gros yeux à son frangin avant de me dire : « Je te laisse une dernière chance. »

Je n'ai pas répondu. J'essayais de gamberger à ce que je devais dire pour épargner aux frères Minelli la corvée de me piétiner les noisettes.

Eddie a planté le talon de sa botte dans ma paume blessée et l'a enfoncé en pesant de tout son poids. Il tortillait du pied et souriait comme un crétin sadique.

La douleur a fulguré dans mon avant-bras puis gagné mon coude et mon épaule. Comme si on me l'avait ouvert au laser. La sueur a perlé à mon front, ma poitrine et mes aisselles. Je me suis péniblement contraint à garder un visage de marbre ; à dissimuler ma souffrance.

« Tu devrais ouvrir une clinique d'acupuncture, Eddie, ai-je suggéré, tout fier de ma voix ferme et assurée. T'as la main aussi légère qu'une petite fille. »

Teddy a ricané. « Là, c'est *toi* qu'il chambre, Eddie. »

Eddie a fusillé son grand frère du regard et m'a allongé un coup de pompe dans la tête.

« Te casse pas, a déclaré Teddy. Ce vieux Charlie est un pro. Va chercher le matos dans la bagnole. La batterie et les pinces. On va lui envoyer quelques volts, ça lui déliera la langue.

— De la merde en barre, a fait Eddie. Purement et simplement.

— Va juste chercher ce putain de matos ! »

Eddie est sorti. Teddy s'est penché sur moi, il a tiré un silencieux de sa poche et l'a vissé au canon de son automatique. « C'est foutrement dommage, a-t-il dit à voix basse. Comment as-tu pu laisser faire ça ? Un pro comme toi. Regarde-toi. Une vraie épave.

— Stan sait que tu es là ? » Seule une moitié de mon cerveau alimentait la conversation. L'autre s'efforçait d'échafauder un genre de stratégie. Les forces me revenaient. S'il devait se passer quelque chose, il valait mieux ne pas attendre le retour d'Eddie.

« Personne n'a vu Stan. Il a probablement quitté la ville. Il ne déconne pas comme toi. Tu es assez futé pour savoir qu'on ne fait pas les poches d'une organisation.

— Ma... tête... Je... » Je haletais.

« Le coup de pied d'Eddie a dû te chambouler le cigare.

— Oh... » Ma tête a roulé sur le côté. Mes yeux se sont révulsés.

Teddy m'a shooté dans les pieds. « Pas de ça, enfoiré. On a besoin que tu restes éveillé pour retrouver ces registres.

— Ils sont dans... le... » Ma voix n'était plus qu'un chuchotis. Un filet de voix.

« Le quoi ? » Teddy s'est penché plus près et m'a titillé les côtes du bout du pied. « Parle, pour l'amour du ciel. »

J'ai marmonné du bout des lèvres quelques mots inintelligibles.

« Fils de pute ! » Teddy s'est agenouillé sur moi et a rapproché sa tête de la mienne.

Je me suis redressé le plus violemment que j'ai pu et je lui ai collé un grand coup de melon sur le pif. J'ai entendu craquer le cartilage, mais je n'ai pas perdu une seule seconde à me congratuler.

Teddy a ramené l'automatique vers moi. Je l'ai bloqué de ma main blessée, faisant fi de la douleur atroce. L'arme a craché une balle qui est allée fracasser un vieux flacon de parfum sur la commode de M'man. J'ai esquissé un coup de pompe aux couilles mais raté mon objectif. Mon pied a percuté son ventre et Teddy s'est dégonflé comme une cornemuse, s'est affalé par terre à mes côtés et a lâché son flingue.

Je lui ai serré le kiki de ma main valide, bloquant l'arrivée d'air, puis j'ai remonté violemment le genou, à deux reprises, pour le cueillir de nouveau au bas-ventre. Il a viré au cramoisi puis au violet. Sa résistance était désormais de pure forme. J'ai tenu le coup jusqu'à la fin. Puis je me suis laissé rouler sur le dos, pantelant et le cœur martelant un mambo.

Eddie est entré dans la chambre, une batterie de bagnole et des câbles dans les bras. J'ai ramassé le pistolet sur la moquette avant qu'il n'ait percuté.

« Merde ! » Il a lâché ses instruments de torture et foncé vers l'escalier.

Je lui ai logé une balle dans la cuisse.

Il s'est affalé puis a roulé sur lui-même, tandis que sa main filait vers sa poche et en ressortait une espèce de pistolet atomique de la taille d'un bazooka. Si jamais il appuyait sur la détente, il allait réveiller toute la planète. Les voitures de patrouille débouleraient deux secondes plus tard.

J'ai tiré trois coups brefs et le silencieux a amorti chaque détonation, ne laissant échapper qu'un *pout !* haut perché. Un petit triangle écarlate s'est répandu sur sa chemise. Il a basculé en arrière et sa tête, désormais privée de vie, a heurté le plancher.

J'ai brièvement inspecté les deux frères Minelli.

Je suis allé jeter un coup d'œil par la fenêtre du couloir. Aucune voiture garée dans la rue. Puis un autre derrière la maison, par la fenêtre de la chambre à coucher de M'man. Une longue berline sombre dans l'allée. Pas moyen de voir si elle était occupée de mon poste d'observation. Je l'ai examinée une bonne minute et j'ai bien failli renoncer. Puis j'ai vu la cigarette. Le minuscule point orangé brasillant dans le noir, à la place du conducteur.

Freddy.

Impossible de m'approcher sans me faire voir de lui, mais je devais absolument lui extorquer des informations.

Chaque chose en son temps.

J'ai regagné ma chambre, passé ma robe de chambre et enfilé mes pantoufles. J'ai vaguement cherché où Marcie avait bien pu ranger mes automatiques. Aucun indice. Ils étaient sans doute restés dans la voiture, comme je l'avais cru. Plus tard. Je l'appellerais plus tard.

Je suis descendu à la cuisine et j'ai préparé du café, balancé du bacon et des œufs dans une poêle et réglé la flamme sur faible.

Je suis remonté dans la chambre de Danny et j'ai trouvé sous le lit sa carabine à air comprimé Daisy. Je l'ai armée, je me suis assuré qu'elle était chargée de plombs et je suis retourné dans la chambre de M'man. J'ai dû enjamber Teddy pour gagner la fenêtre. Je l'ai ouverte sans bruit et j'ai passé la mire derrière la moustiquaire. Rien de neuf dans la berline. Freddy fumait toujours sa cibiche.

J'ai traîné Teddy jusqu'à la fenêtre.

« T'as vu *Week-end chez Bernie's* ?[1] » j'ai demandé à sa carcasse.

J'ai hissé le cadavre sur l'appui de la fenêtre et braqué la carabine à air comprimé sur la berline par-dessus son épaule. Le plomb a ricoché sur le carreau et la cigarette de Freddy s'est éteinte. J'ai ramené la carabine à l'intérieur et épié la berline de derrière l'épaule de Teddy.

Freddy a baissé sa vitre et passé la tête dehors en se tordant le cou pour voir la maison. La moitié de lune projetait une lumière blafarde sur son visage.

J'ai poussé sur le dos de Teddy comme s'il se penchait à la fenêtre. Je lui ai pris le bras et je l'ai agité pour faire signe à Freddy de monter. Je devais conserver des traces de médicament dans l'organisme parce que je me suis surpris à glousser. J'ai ramené Teddy en arrière et je l'ai laissé tomber par terre, puis j'ai dévalé l'escalier et attendu dans la cuisine plongée dans le noir, son pistolet équipé d'un silencieux à la main.

1. Film d'humour macabre de Ted Kotcheff avec Jonathan Silverman et Andrew McCarthy (1989).

Dès que Freddy a franchi le seuil, j'ai appuyé sur l'interrupteur.

Il s'est raidi, les yeux écarquillés. Il nous a vus, moi et l'automatique. Mauvaise limonade ! Il ressemblait à Eddie, son jumeau, sauf qu'il était moins mort et plus effrayé.

« Salut, Freddy, ai-je lancé. J'aimerais te voir sortir ton calibre, gentiment, lentement. À deux doigts. Un geste de travers et je t'expédie. »

Il a hoché la tête et sorti son arme au ralenti. Encore un de ces foutus canons, comme celui de son frère.

« C'est quoi, cette merde ?

— Un calibre .410. Ça tire des balles ou des cartouches.

— Ça fait beaucoup, tu ne trouves pas ? »

Il a haussé les épaules.

« Pose-le par terre. »

Il a obtempéré.

« Maintenant, fais-le glisser vers moi d'un coup de pied. »

Il s'est exécuté.

« Merci. »

Je lui ai tiré dans la rotule. *Pout !*

Il a hurlé et s'est affalé, tandis que le sang imprégnait son pantalon. Il a reculé vers la porte en se tortillant sur le carrelage, bafouillant, transpirant et donnant l'impression qu'il allait gerber d'une seconde à l'autre.

« Du calme, Freddy. »

Il ne m'écoutait pas, continuait de pleurer, de crier et de maintenir son genou en place de sa main crispée ; le sang pissait entre ses doigts.

J'ai ramassé son calibre et je l'ai fourré dans la poche de ma robe de chambre. Puis je me suis servi du café. J'ai poussé mes œufs au bacon dans une assiette, je me suis emparé d'une fourchette et assis à la table. Freddy avait cessé de bredouiller. Il me regardait manger mes œufs et siroter mon café.

« Où sont Eddie et Teddy ? »

Geignement.

« Ils ne t'aideront pas.

— J't'emmerde, mec ! »

Je me suis essuyé la bouche avec une serviette en papier. « Tel que tu me vois pour le moment, je ne suis pas de très bonne humeur, Freddy. Tes frères comptaient brancher mes gonades à une batterie de voiture et me passer à la gégène. Je suis très mécontent des frères Minelli.

— Ça me troue le cul !

— Je veux savoir quel travail on vous avait confié. Je veux des réponses et j'en ai marre de pédaler dans la semoule.

— Lèche-moi le cul ! »

J'ai reposé ma tasse et pris le pistolet. Je lui ai tiré dans le talon. Il a poussé un nouveau glapissement et fermé les yeux très fort. Puis il s'est mis à se balancer d'avant en arrière, en grognant entre ses dents.

« Accouche.

— Sale enfoiré de connard de merde…

— Freddy !

— Beggar en avait ras le bol d'attendre que Jeffers se pointe avec les registres, alors il a demandé à Lloyd de s'en occuper.

— Mercury ?

— Ouais. C'est pour ça que Stan t'a ordonné de mitrailler le Toppers. Myron avait passé un arrangement avec les Feds et il devait leur livrer les bouquins.

— Pourquoi ?

— Le FBI le tenait pour trafic de drogues, mais ils lui ont promis de passer la main s'il les aidait à agrafer Beggar. Ça tombait mal pour Beggar parce qu'il s'employait justement à investir Orlando et tenait à récupérer les livres le plus tôt possible. Il a laissé entendre à Stan qu'il mettrait la pédale douce s'il lui facilitait la tâche.

— Que s'est-il passé ?

— Tu devrais le savoir. Stan nous a fait marron, en te demandant de lui rapporter les registres au lieu de les confier à Jeffers comme prévu. Quand Beggar en a eu vent, ça ne lui a pas plu. Il a décidé de foncer dans le tas avant que les choses ne se gâtent davantage pour lui. »

J'ai opiné du chef. « C'est une bonne histoire. Très édifiante. »

J'ai terminé mes œufs et siroté une gorgée de café. « Qu'entends-tu exactement par "Beggar en a eu vent" ? Par quel biais ?

— Quelqu'un le lui a appris. Le petit chauve.

— Benny ?

— Ouais. » Freddy était dans un sale état. Le sang bouillonnait à son genou et à son talon. « Tout ce que je sais, c'est que Jeffers fait dans son froc. Et Beggar n'est pas spécialement heureux non plus.

— Mais tu ne sais rien de plus sur Stan ?

— Non.

— Et Mercury ? Il ne prépare rien dont je devrais être informé ?

— Non.

— Que deviez-vous faire des registres après me les avoir repris ?

— Les rendre à Mercury.

— Où est-il ?

— Il a déménagé ses bureaux à l'arrière du Red Sky.

— La boîte punk du centre-ville ?

— Ouais.

— Combien devait-il vous payer ?

— Vingt mille.

— C'est beaucoup de pognon, rien que pour récupérer deux registres comptables, ai-je fait remarquer.

— Il savait qu'on devrait te les extorquer. »

J'ai décroché le téléphone et l'ai tendu à Freddy.

« Ma jambe me fait vachement mal.

— Tu m'en vois tout contrit.

— Il me faut un toubib.

— Plus tard. Pour l'instant, tu vas me rendre un petit service. Tu veux te ranger du bon côté, pas vrai, Freddy ? Le mien ?

— Bien sûr. » Il a sèchement dégluti.

« Donne-moi le numéro de Mercury.

— Dans ma poche.

— Sors-le. Lentement. »

Il s'est exécuté et me l'a lu.

Je l'ai composé.

« Ouais ? a fait une voix.

— Passe-moi Mercury.

— De la part de qui, bon sang ?

— De Minelli.

— Une minute. »

J'ai posé la main sur le micro. « Dis-lui que tu passeras demain matin, première heure. Très tôt. Demande-lui de préparer le pognon. Tente la moindre connerie et tu reverras Teddy et Eddie plus tôt que prévu. »

Il a hoché la tête et pris le combiné. « Mr. Mercury ? Désolé d'appeler si tard. Hein ? Ouais, on les a. On aimerait passer demain matin… de bonne heure. Quoi ? Non, c'est mieux le matin. On a des obligations, comme qui dirait. » Il a levé un pouce pour me faire comprendre que c'était bon. « Teddy ? Il fait le plein de la caisse. Il m'a demandé de vous appeler pour vous dire d'apporter le règlement. D'accord. Salut. »

Il m'a tendu le téléphone et j'ai raccroché.

« Je t'ai arrangé ton coup, a fait Freddy.

— Ouais.

— Exactement comme tu me l'avais demandé. » Sa voix était fêlée. Il était conscient d'être à deux doigts d'y passer. « Il te retrouvera au club. Demain matin. Avec le fric. »

J'ai jeté un coup d'œil par la fenêtre de la cuisine. Il faisait encore noir.

J'ai soulevé l'automatique, en me remémorant que les frères Minelli s'étaient préparés à me liquider.

« Je crois que je ne marcherai plus jamais pareil. » Freddy fixait sa jambe en feignant de ne pas voir le calibre. Il me fendait le cœur.

« Là, ai-je fait. Je vais régler ça. »

L'automatique a toussé dans ma main. Les yeux de Freddy se sont écarquillés et sa mâchoire est tombée. Il a basculé en avant, dans une mare de son propre sang, un trou entre les deux yeux.

Je suis monté à l'étage et j'ai pris une douche.

20

Après ma douche, j'ai soigné ma main et mis un pansement neuf. Je devais rester sur le qui-vive, de sorte que je n'ai pas pris le risque d'avaler un calmant. J'ai préféré m'envoyer une demi-douzaine de cachets d'aspirine. J'ai enfilé un jean et un pull marron puis je suis allé pêcher mon caban dans la penderie. Je ne m'étais pas inquiété du thermostat et il faisait plutôt frisquet à l'intérieur.

J'ai appelé le Hilton et demandé qu'on me passe la chambre de Marcie Kramer.

« Où étais-tu ? » Elle braillait au téléphone. Elle n'avait nullement l'air assoupie. Plutôt parfaitement réveillée, dans l'expectative.

« J'ai eu un empêchement.

— J'ai essayé de t'appeler. Ça a sonné au moins mille fois.

— Désolé. » J'avais dû cuver mes comprimés, complètement dans le cirage. Je pouvais m'estimer heureux d'être sorti du coaltar à temps pour entendre le bruit de l'effraction. « Écoute, ne bouge pas d'où tu es, d'accord ?

— Et toi ?

— Je dois encore faire un peu de ménage ici. »

Nous avons raccroché après avoir échangé quelques bisous.

J'ai arraché les étiquettes de deux paires de draps et empaqueté les frères Minelli. Le sang s'est aussitôt mis à les imbiber, sauf celui de Teddy, bien sûr, vu que je l'avais étranglé. J'ai découpé une caisse entière de sacs-poubelle et enveloppé les cadavres d'une seconde couche de plastique.

J'ai fouillé la maison et le garage de fond en comble, mais pas moyen de mettre la main sur un rouleau de chatterton. Je regrettais vaguement que Marcie ne soit pas là pour m'aider à emballer les corps. C'était une bonne petite ouvrière.

J'ai charrié chacun des frères jusqu'à l'allée en les portant un par un sur l'épaule. Freddy avait laissé les clefs de la berline sur l'allumage. Je les ai prises, j'ai déverrouillé le coffre et je l'ai bourré de Minelli à ras bord.

Le plus grave, dans ce foutoir, c'était tout ce sang répandu sur le carrelage de la cuisine. J'ai passé brièvement la serpillière puis je l'ai rangée à son tour dans le coffre, avec les trois frangins. Pareil pour le seau. Le peaufinage devrait patienter.

Mes flingues manquaient toujours à l'appel, de sorte que j'ai récupéré les deux canons de .410 des Minelli et je me suis penché sur leur cas : c'étaient des revolvers vert olive, avec des canons d'un pouce. Chacun contenait six cartouches de fusil de .410 en bon plomb bien robuste. Peut-être étaient-ils capables de faire un trou dans un bonhomme, mais, à la vérité, c'étaient des calibres à la noix. Néanmoins, dans la mesure où je n'avais plus de munitions pour le .32 équipé d'un silencieux, j'ai fourré un canon dans chaque poche de mon caban. Ils pesaient sacrément lourd et formaient une bosse suspecte.

Je me suis servi une dernière tasse de café pour la route et j'ai conduit la berline jusqu'à un centre commercial, à une quarantaine de kilomètres. Je me suis garé sur l'arrière, en m'assurant bien que personne ne me voyait et j'ai balancé les cadavres dans le conteneur et refermé le couvercle. Puis j'ai de nouveau regardé autour de moi. La côte était claire. Adieu Eddie, adieu Freddy, adieu Teddy !

J'avais consacré beaucoup de mon temps à balancer des cadavres, dernièrement, et ça ne me rendait pas franchement jouasse.

L'aube poignait au-dessus de l'horizon.

J'ai orienté la berline vers le centre-ville d'Orlando.

Mercury avait envoyé les frères Minelli s'emparer des registres et loger deux cartouches de .410 dans ma chair tendrement chérie. Je comptais bien lui extorquer des réponses, par tous les moyens. Et Stan. Il fallait absolument que je sache pour Stan.

J'ai fait halte à une station-service, j'ai acheté un petit bidon et je l'ai rempli de sans-plomb.

J'ai traversé la ville jusqu'au centre et je me suis garé devant le club de Mercury, le Red Sky, où les jeunes punks venaient se cogner les uns contre les autres en appelant ça danser. J'ai vidé le bidon d'essence sur le siège arrière et enfoncé l'allume-cigare. Dès qu'il est ressorti, je l'ai balancé à l'arrière. L'essence a pris feu aussitôt et la bagnole s'est enflammée. J'ai fourré les mains dans mes poches et je me suis éloigné mine de rien, comme si ce n'était pas mes oignons.

Des visages sont apparus aux vitrines. Une paire de gros gorilles en complet luisant d'affranchi ont fait irruption hors du club et regardé cramer la voiture. Je me suis éclipsé dans une venelle et dirigé vers la sortie de secours de la boîte, à l'arrière de l'immeuble. J'ai entendu la voiture exploser derrière moi. Une femme a hurlé quelque part au loin.

J'ai trouvé porte close dans la ruelle, derrière le club. J'étais entré dans cette boîte des dizaines de fois, à l'époque où Stan m'envoyait collecter le fric du racket à la protection auprès de l'ancien gérant, et je connaissais assez bien la disposition des lieux.

Je ne tenais pas à me pointer au beau milieu d'une bande de noceurs et j'ai donc tiré à moi une poubelle vide, pour me hisser dessus et jeter un coup d'œil par la fenêtre du bureau de Mercury. Désert. J'ai poussé sur un carreau, mais la fenêtre était fermée. J'ai sauté de mon piédestal et ramené la jambe en arrière, prêt à enfoncer la porte, puis je me suis ravisé. J'ai appuyé sur le bec-de-cane. Ouvert. J'ai poussé la porte, qui a bâillé dans un atroce grincement de gonds métalliques.

Personne n'est venu voir.

Le bureau était tel que dans mon souvenir, et si d'aventure Mercury avait envisagé des embellissements, il n'avait pas encore pris la peine de le réaménager. J'ai fouillé la pièce et le dessus du bureau, mais sans trop me fouler, juste pour voir si je ne dénichais pas un truc important. Rien ne m'a sauté aux yeux. Je me suis faufilé derrière la lourde tenture qui dissimulait le bar. Mon petit coin à moi.

Sirènes dans le lointain. Voitures de pompiers.

J'ai entrebâillé la porte et inspecté du regard le couloir conduisant à la boîte, juste après les toilettes. Pas grand-chose à voir. Les sirènes hurlaient à présent directement devant l'entrée du club. J'ai entendu des bruits de pas en provenance du fond du couloir et j'ai refermé la porte. Je suis revenu m'installer derrière la tenture, j'ai tiré de ma poche un des canons des Minelli et j'ai attendu, à l'affût.

Trois malfrats sont entrés en traînant les patins, accompagnés de Mercury. Je les apercevais par la fente du rideau. J'avais pas mal joué les fouille-merde ces temps derniers. Les trois malfrats étaient de typiques cogneurs à front de taureau : polo, lourde bedaine pendant sur les *chinos,* gourmettes en or, coupe de douilles à cinquante dollars sur une tête à dix dollars. Mais les renflements de leur coupe-vent en faisaient des types dangereux.

Seul Lloyd Mercury se détachait du lot : poids plume, mince et affûté, il se tenait aussi droit qu'une lame de couteau. Et se déplaçait avec une grâce féline.

« Eh, patron, on s'en jette un ? a proposé un des gars. Qu'est-ce que vous diriez d'un pichet de Bloody Mary ? Lenny et moi, on s'est couchés tard. » Il a fait mine de se diriger vers ma planque.

Mon cœur s'est arrêté de battre, le temps de voir comment ça tournait. *Ne fais pas gaffe au mec caché derrière le rideau.*

« N'y songe même pas, a lancé Mercury à son gorille. Je veux que vous soyez en pleine possession de vos moyens à l'arrivée des frères Minelli. Freddy m'a paru bizarre au téléphone. Il m'a fait une drôle d'impression.

— Et cet incendie, qu'est-ce que vous en pensez ?

— Je n'en sais rien. Peut-être des vandales. Des gamins, si ça se trouve.

— C'est juste que je trouve ça curieux, voilà tout. »

Mercury s'est gratté le menton. « D'accord. Dale et toi, allez vous poster devant l'entrée et surveillez la rue. Lenny, inspecte la cuisine. Et laisse le coffre ici. »

Le dénommé Lenny lui a tendu un coffret métallique qu'il a rangé dans le tiroir du bas de son bureau. Il avait exactement la taille requise pour contenir vingt mille dollars en grosses coupures. L'argent de la belle !

Les mastards partis, je suis sorti de derrière la tenture, en veillant soigneusement à ce que Mercury voie le calibre que je braquais sur lui.

Il a brièvement sursauté — oh, un dixième de seconde ! — puis son visage a lentement affiché un petit sourire en coin. « Salut, Swift.

— Restons discrets. Il faut qu'on bavarde un peu tous les deux avant le retour de Lenny et des autres.

— Comme tu voudras.

— Pose les mains sur ton bureau. »

Il s'est exécuté, paumes à plat.

J'ai reculé vers la porte et jeté un œil dans le couloir. Dégagé. Je l'ai refermée à clef.

« Parle-moi un peu d'Alan Jeffers.

— Qu'est-ce que tu lui veux ?

— Joue pas au con avec moi. J'ai déjà descendu trois lascars ce matin. »

Il a hoché la tête, m'a scruté attentivement. « Tu as eu les frères Minelli. » Ce n'était pas une question.

J'ai haussé les épaules. « Ça a tourné à l'aigre.

— Qui était au bout du fil ?

— Freddy. »

J'ai vu qu'il réfléchissait puis son sourire s'est élargi. « Bien joué.

— Jeffers, ai-je lancé.

— Que veux-tu savoir ?

— Raconte-moi une petite histoire. En détail. »

À son tour de hausser les épaules, les mains toujours à plat sur le bureau, les doigts écartés. « Il était une fois un caïd du Milieu du nom de Beggar Johnson qui demandait à un comptable d'inscrire dans un petit bouquin des colonnes de chiffres concernant ses activités illégales. Un des hommes d'armes de Beggar… Myron… l'a trahi. Le méchant FBI avait jeté un sort sur Myron, l'obligeant à voler les registres à Arthur.

— Arthur ?

— Arthur Angus. Le comptable de Beggar. »

Ce qui rendait au moins compte des initiales A. A. sur la mallette. « Continue.

— Donc ce vilain déloyal de Myron s'envole avec les registres vers la terre lointaine d'Orlando, où il pense trouver refuge chez son parent Kyle Donovan, propriétaire et tenancier du louche établissement le Toppers. Il doit y retrouver des agents fédéraux à qui il doit remettre son trophée, s'épargnant ce faisant un séjour au terrifiant pénitencier.

— Je t'ai demandé de me parler de Jeffers.

— Patience. » Le sourire de Mercury n'avait pas quitté son visage. « J'y viens.

— Très bien.

— Le FBI, créature d'habitudes, jette sur Jeffers le même sort qu'à Myron. Il lui explique qu'il ne pourra plus profiter de sa maison, de sa jolie voiture et de ses loisirs à Boca, ni même utiliser à bon escient, dans un pénitencier fédéral, sa maîtrise de gestion de l'université de Rangers. Afin d'apaiser les hommes du gouvernement, il promet de sacrifier ces livres dès qu'ils seront en sa possession.

— Je sais déjà tout ça.

— En effet. Mais savais-tu que les gens du FBI qui ont acculé Jeffers et l'ont menacé de prison étaient en réalité suspendus.

— Que veux-tu dire ?

— Suspendus, a-t-il répété. De leurs fonctions. On les soupçonnait d'être corrompus, me semble-t-il. Se doutant, j'imagine, que leur carrière de G-men était terminée, ils ont décidé d'extorquer de grosses sommes à Beggar pour se constituer une retraite. Ils se nomment…

— Styles et Novak », l'ai-je coupé.

Le sourire de Mercury a brièvement vacillé. « Je vous ai sous-estimé, Mr. Swift. Je constate que vous vous tenez informé de l'actualité la plus récente.

— Je me débrouille.

— En ce cas, vous devez connaître le nom du troisième agent révoqué. »

J'ai froncé les sourcils et fait une tentative au pif. « Dunn. »

Mercury s'est esclaffé. « Ce boy-scout ? Sûrement pas ! Je vois que vous n'êtes pas au fait de tous les détails, pas vrai ?

— Pourquoi ne pas me mettre au parfum ?

— Tu dois te souvenir de la séduisante assistante de Jeffers, Tina ? »

Mes yeux se sont écarquillés. « Elle ? Un agent ?

— Elle a réussi à gagner la confiance de Jeffers, dans le cadre d'une enquête légale où elle jouait le rôle de taupe.

Lorsqu'elle a appris qu'on pouvait faire chanter Beggar et lui soutirer du pognon, elle s'est mise en cheville avec Styles et Novak. Ils ont subodoré que Beggar serait disposé à verser un bon million de dollars pour s'éviter la taule et conserver son intégrité à son organisation. »

Ça expliquait pratiquement tout le reste. Si Tina et ses copains tenaient effectivement la dragée haute à Jeffers, elle avait dû s'abstenir de rapporter à Dunn que je devais rendre les registres ce matin-là. Si bien que Dunn n'avait pas fouillé ma voiture ni ne m'avait interrogé à leur propos. Quant à Jeffers, il tenait Tina, Styles et Novak pour d'authentiques représentants du FBI et, pour s'en dépêtrer, trop terrifié pour envisager une autre solution, consentirait bien volontiers à remettre les registres à Tina.

« Tu m'as l'air un tantinet préoccupé, a fait observer Mercury.

— J'essaie de comprendre.

— Ma petite histoire ne te plaît pas ?

— Continue. Tu racontes si bien.

— Il n'y a plus grand-chose à en dire. À l'exception d'un petit détail. Beggar n'a toujours pas retrouvé ses registres. C'est toi qui les détiens. Ça le fait pas.

— Que suggères-tu ?

— Il y a un petit coffret métallique dans ce bureau. Tu trouveras vingt-deux mille dollars en liquide à l'intérieur. La somme était destinée aux frères Minelli. Ils ne sont plus en état de la dépenser. Admettons que je te la remette ?

— En échange de quoi ?

— De deux choses. » Il a levé un doigt. « Uno, tu nous rends immédiatement ces registres. Nous les mettrons au chaud dans une planque douillette, où nous n'aurons plus à nous en inquiéter. » Il a levé un second doigt. « Et, deuzio, tu quittes la ville. Nous nous moquons totalement de ta destination, du moment que tu pars très loin d'ici et que tu ne reviens plus. Beggar ne tient pas à ce que les gars de la vieille équipe de Stan pullulent dans les parages. »

Je l'ai brièvement fixé, sans cesser de le tenir en joue. Lloyd Mercury était aussi fuyant qu'une couleuvre. Et je ne me fiais pas à lui pour cette simple raison. Quel que soit l'arrangement que nous passerions, il serait prêt à me coller une balle dans le dos à la première occasion. Et je n'oubliais pas une seconde de quoi Bob Tate avait l'air avec une balle dans le front. Mercury avait commandité ce meurtre… s'il ne l'avait pas lui-même exécuté.

« Pas question ! ai-je répondu. Cela dit, dans la mesure où c'est moi qui tiens le revolver, je pense pouvoir m'emparer malgré tout de ce coffret. »

On a secoué la porte. Mercury et moi nous sommes pétrifiés et avons échangé un regard.

On a frappé. « Patron ? Qu'est-ce qui se passe ? » Lenny.

Le sourire satisfait de Mercury s'est encore épanoui.

Lenny a de nouveau essayé de faire tourner la poignée. « Hep ! Patron ! »

Mercury était si rapide que je ne suis pas sûr d'avoir tout compris au début. Il a jailli de son siège, m'a agrippé les poignets et a détourné le calibre. « Lenny ! »

La porte a craqué sous la violence du choc. On essayait de l'enfoncer de l'épaule ou du pied.

Je me suis dégagé de son emprise en me tortillant, j'ai braqué mon arme sur le milieu de la porte et j'ai fait feu. La cartouche de .410 l'a fait exploser et des éclats de bois ont volé, laissant un trou gros comme une balle de baseball. J'ai perçu un grognement derrière puis le bruit sourd d'un corps glissant sur la porte et s'affalant par terre. J'ai regardé mon flingue. Pas vilain !

Mercury a renversé son bureau sur moi. J'ai reculé d'un pas et tiré deux fois. Poussière, échardes et énormes débris de bois ont giclé tous azimuts. Mon nouveau calibre de prédilection !

Lourds piétinements dans le couloir. Coups de feu. Des balles ont perforé la porte et m'ont sifflé aux oreilles.

Il était temps de lever le camp.

J'ai tiré mes trois dernières cartouches pour gagner quelques secondes, le temps de franchir la porte de derrière. Deux dans celle du couloir et la troisième dans le bureau. Je ne pensais pas avoir touché qui que ce soit, mais le calibre faisait un vacarme d'enfer. Une fois vide, je l'ai fourré dans la poche de mon caban et j'ai piqué un sprint dans l'allée. J'ai tourné le premier coin. Zigué. Zagué. Un coup d'œil par-dessus mon épaule : nul ne me suivait. La gare routière se trouvait à cinq pâtés de maisons et deux ou trois taxis stationnaient toujours devant.

Je me suis engouffré dans la gare et approché d'une longue enfilade de téléphones publics. À l'exception d'un gusse assis derrière le guichet, l'établissement était désert ; et il semblait surtout s'intéresser à son petit poste de télé.

J'avais besoin d'aide et j'ai pensé à Jimmy. Peut-être était-il encore en ville. J'ai glissé des pièces dans la fente et composé son numéro.

Ça sonnait dans le vide.

*

Le taxi m'a déposé devant chez M'man. J'ai fait le pied de grue sur le trottoir un petit moment, les mains enfoncées dans les poches, à inspecter la rue de bas en haut. Le quartier était encore plongé dans un silence de mort : ni mouflets en train de jouer ni chiens ni oiseaux. Rien.

Je me suis dirigé vers la maison et pétrifié au bas du perron. Quelqu'un était assis sur la balançoire. J'ai d'abord cherché ma pétoire puis j'ai figé la main sur sa crosse. L'espace d'une seconde, j'ai bien cru l'avoir imaginé. Voir un fantôme.

Il était assis là, les mains croisées sur le ventre.

Stan.

Il s'est levé. J'ai reculé d'un pas.

« Ça roule, petit ? »

Colère, embarras, soulagement. Tout cela en même temps, mélangé. Il était planté là, comme s'il ne s'était rien passé au cours des deux derniers jours. « Je te cherche partout. »

Il s'est contenté de s'adresser à moi comme au bon vieux temps de la cage aux singes. « J'ai un boulot pour toi, Charlie. T'es partant ?

— Partant ? » Je l'ai fixé en clignant des yeux. « Partant pour quoi ?

— J'ai un boulot pour toi.

— Où étais-tu passé, Stan ? Que se passe-t-il ? »

Il donnait l'impression de regarder à travers moi, d'interpréter le rôle d'un caïd du Milieu plutôt que d'être lui-même. Comme s'il débitait des répliques répétées devant une glace.

« Je veux que tu me remettes ces registres, a-t-il poursuivi. Une fois en leur possession, je serai tiré d'affaire. Beggar n'osera jamais s'installer à Orlando. Je le tiendrai par les couilles. » Il m'a tendu un morceau de papier portant un numéro de téléphone. « Appelle-moi à ce numéro quand tu les auras. T'es un brave petit, Charlie. Je sais que tu les as mis à gauche pour moi. »

Avait-il perdu les pédales ? Bob Tate était mort. Et Benny, Sanchez, Cartwright. Jimmy avait quitté la ville. Il ne restait plus à Stan que de vieux ossements. Ce n'était plus qu'un costume vide, un roi sans royaume. « Stan, j'ai tout retourné pour te retrouver, mais il ne reste plus rien. Orlando, c'est râpé pour nous. Je suis désolé. »

Il a réussi à extorquer un véritable ouragan de fureur de sa silhouette rabougrie. « Écoute-moi bien, Hogan. Rien ne sera terminé tant que je ne l'aurai pas dit. Vu ? Bon, tu es avec moi ou contre moi ?

— Stan.

— Réponds, bordel. C'est une question simple. Je dois savoir qui marche avec moi.

— Stan, s'il te plaît.

— Qu'est-ce que tu choisis ? a-t-il hurlé.

— Je ne suis pas “Pouces” Hogan, Stan.

— Hein ?

— Tu viens de m'appeler Hogan. “Pouces” est mort depuis des années.

— Ce n'est pas vrai. » Il ne criait plus. Il me fixait, un tantinet désorienté. « Je n'ai jamais fait ça. Qu'est-ce que tu racontes ? Tu prétends que je ne sais plus ce que je dis ?

— Non, Stan. » Mon estomac s'est révulsé. « J'ai dû me tromper.

— Appelle-moi à ce numéro. » Il s'est retourné et, alors qu'il redescendait en claudiquant les marches du perron, il m'a brusquement paru bien faible, usé et fatigué. « J'attends ton coup de fil. »

Il a remonté la rue sur un demi-pâté de maisons et il est grimpé dans une Pontiac rouge. Son chauffeur l'attendait.

Je suis resté pétrifié sur place, à regarder la voiture s'éloigner sans à-coups, tourner au premier coin de rue et disparaître pour retourner là d'où il venait, sinon en 1955, à l'époque où Stan se tenait encore droit comme un I, parlait haut et fort et avait toujours tous ses cheveux. À l'époque où sa parole avait force de loi.

J'ai réfléchi à ce qu'il m'avait dit. C'était sans importance : une conversation entre deux êtres qui n'avaient plus d'existence réelle.

21

Au diable cette affaire !

À quoi Stan s'attendait-il ? Que croyait-il que j'allais faire ? Je ne voulais que le retrouver pour l'aider, m'assurer qu'il s'en sortirait indemne. Mais s'il s'imaginait pouvoir être de nouveau aux commandes, il se faisait des illusions. Je ne tenais pas particulièrement à me figurer le Vieux diminué et perdant la boule, mais il ne regardait pas la réalité en face. Moi, si. Et, dans ma réalité, je pouvais au mieux sauver ma tête, partir quelque part avec Marcie et refaire ma vie. Peut-être. Je suis entré dans la maison.

À l'intérieur, la faible odeur sulfureuse de la poudre stagnait encore.

Alors que je me préparais une autre cafetière, la panique m'a soudain pris à la pensée que Mercury pouvait se trouver dans la maison. Je me suis figé, prêtant l'oreille au moindre signe de sa présence. Et, immédiatement, j'ai eu conscience de mon ridicule. Je n'avais pas l'habitude de me laisser envahir, submerger par la trouille. C'était une sensation toute neuve et elle ne me plaisait guère.

Je me suis servi du café. Je l'ai bu. J'ai réfléchi. Froncé les sourcils.

Mercury ne tarderait pas à me tomber dessus. Ou à m'envoyer ses gars. Et s'ils me trouvaient dans cet état, abattu et pratiquement manchot, je serais frit aussitôt. Je ne pouvais plus le prendre par surprise et je n'étais pas assez adroit pour l'affronter de face. Ça me faisait sans doute mal aux seins de l'admettre, mais, là encore, je regardais la réalité en face. Beggar payait ses tueurs à gages plein pot. Mon plan ? Tout simple : boucler mes valises et filer.

Suffit les conneries ! Il était temps de mettre les voiles.

Je n'allais pas me donner la peine de rentrer prendre chez moi ma valise déjà prête, mais celles que M'man gardait en réserve étaient décidément trop « fleuries ». J'ai trouvé un sac Nike dans le placard de Danny. Je conservais quelques vêtements — T-shirts et jeans — chez M'man. J'ai dévissé le silencieux du .32 et je l'ai empaqueté avec les poignards puis j'ai jeté le .410 vide et gardé dans la poche de mon caban celui qui était encore chargé, au cas où il m'aurait fallu abattre un avion à réaction.

Je devais désormais œuvrer dans la continuité. Je ne m'apprêtais pas à partir en vacances. M'man ne rentrerait pas. Moi non plus. Plus question de me retrouver à portée de main de Beggar. Je voulais dénicher un bled où personne ne me connaîtrait. Repartir de zéro !

Terminé.

*

Un peu de shopping.

Chez Joey's Gun & Outdoor Supply, j'ai fait l'emplette d'une centaine de balles de .32 et d'un étui d'aisselle en cuir noir. Je n'en ai vu aucun qui aurait pu contenir les revolvers des Minelli, mais j'ai tout de même acheté cent cartouches de .410. J'ai mûrement soupesé les diverses possibilités, selon les situations qu'il me faudrait affronter : peut-être des cartouches permettant de décimer une foule ; mais j'ai décidé finalement que je n'y connaissais rien. En outre, j'aimais bien la façon dont ces énormes balles de plomb arrachaient tout sur leur passage.

La cave ABC fut mon étape suivante. J'ai acheté douze bouteilles du cognac le meilleur marché et le plus alcoolisé qu'ils aient en rayon.

La main me faisait souffrir. J'ai cassé un comprimé en deux et j'en ai avalé tout rond une moitié.

Une demi-heure plus tard, j'étais à demi pété mais toujours opérationnel.

Supermarché : bougies ; allumettes ; alcool à brûler. Alcool à 90°. Cigarettes.

J'ai rapporté tous mes achats à la maison. J'ai trouvé un cendrier sous l'évier poussiéreux, je l'ai nettoyé et posé sur la tablette de la lampe du salon, près du placard à alcools vide. Lorsque P'pa vivait encore, il était toujours rempli de Cutty Sark. J'ai allumé trois cigarettes et je les ai laissées se consumer dans le cendrier. J'ai ouvert dix bouteilles de cognac et je les ai vidées sur la moquette, tout autour de la tablette, j'ai tracé une traînée d'alcool à brûler jusqu'aux rideaux et j'ai versé le reliquat sur le fauteuil de P'pa. Il était vieux et brûlerait bien.

J'ai sorti ma voiture du garage et l'ai garée dans la rue. De retour dans le garage, j'ai déversé le contenu d'un sac de vieux chiffons sous le barbecue, vidé l'alcool à brûler sur les chiffons et les ai laissés s'en imbiber. J'ai bien songé aux costumes d'Halloween que portait Danny quand il était petit, mais on avait dû les jeter depuis belle lurette.

Je suis retourné dans la cuisine et j'ai ouvert le gaz de la cuisinière.

Je me servais trop de ma main blessée. J'ai pris la seconde moitié du comprimé.

Je suis remonté m'assurer que je n'avais rien oublié à l'étage puis je suis redescendu ranger le sac Nike dans le coffre de la Buick.

Retour dans la maison : j'ai jeté un tablier et deux serviettes sur les brûleurs de la cuisinière. Gratté une poignée d'allumettes dans le salon avant de les éparpiller sur la moquette. Le cognac a pris tout de suite. J'ai regardé un moment les flammes se répandre, ramper jusqu'aux rideaux et grimper au mur.

J'ai empoigné le *National Geographic* portant le numéro d'Amber sur la couverture et récupéré le gilet que j'avais porté chez moi, après mon retour de l'hôpital. Une enveloppe est tombée de la poche. La lettre que j'avais sortie de la boîte aux lettres. Je l'ai fourrée dans ma poche revolver.

J'ai quitté la maison par le garage, non sans m'arrêter au passage pour laisser tomber une allumette sur les chiffons.

Je suis monté dans la Buick et j'ai roulé sur un demi-pâté de maisons puis je suis descendu de voiture pour admirer le spectacle.

C'était un piètre travail d'incendiaire, mais je m'étais abstenu d'utiliser de l'essence ni rien de vraiment criant. Ça passerait peut-être à l'as. Peut-être pas. M'man était assurée.

Pas très spectaculaire au départ, certes, mais la fumée n'a pas tardé à s'en mêler. Quelques fenêtres ont explosé. Les flammes léchaient les murs de l'intérieur. Je n'aurais su expliquer pourquoi ça m'avait paru une bonne idée, mais j'en restais persuadé. Le feu. Le grand nettoyeur. Il me poussait de l'avant, brûlait tous les ponts derrière moi.

Les voisins commençaient à sortir de chez eux. Je n'ai pas attendu les sirènes. J'ai démarré et roulé droit devant moi.

J'avais déconné dans les grandes largeurs, à commencer par la façon stupide dont j'avais bouclé l'affaire Rollo Kramer et le sort que j'avais réservé à Sanchez. Ce que je faisais maintenant n'était peut-être pas très malin, mais avait au moins le mérite d'être définitif. Permanent. Pas de retour en arrière possible. Prends la tête, prends la queue ou dégage du chemin, mais fais *quelque chose,* disait toujours Stan. Je me suis marré en pensant à la maison en flammes. C'était quelque chose. Et quelque chose de bien.

J'ai pris une autre pilule.

Je n'avais peut-être rien fait de bon, mais une chose au moins était sûre : j'avais effacé mon ardoise.

Et M'man se porterait bien mieux dans le Michigan. La maison n'était plus sûre. Je ne tenais pas à ce qu'elle y vive seule. Qui plus est, la baraque était pleine de papiers, d'albums de photos... Une vraie piste paperassière ! Pas question qu'on vienne m'y chercher ni qu'on se serve de M'man pour me retrouver. Bon, la méthode avait peut-être été un tantinet draconienne.

J'ai gloussé.

Une chanson me trottait dans la tête. Celle du lion qui meurt dans la jungle.

Les calmants, ai-je soudain percuté. Je débloquais.

Les Tokens. C'était le nom du groupe. *Le lion est mort ce soir*. Je l'ai fredonnée à haute voix.

J'ai mis une dizaine de bornes entre l'incendie et moi avant de m'arrêter dans une station-service pour faire le plein. J'ai cherché mon portefeuille dans ma poche revolver et je suis tombé sur la lettre. Je l'ai bien regardée pour la première fois. Ni timbre ni cachet de la poste. Pas même d'adresse. Rien que CHARLIE SWIFT en grosses capitales sur le devant. Je l'ai ouverte :

Mr. Swift.

Vous nous avez énormément compliqué la vie, à mes amis et à moi. Je veux ces registres et je les veux tout de suite. Votre frère refusait de coopérer, mais la jeune fille s'est montrée plus obligeante. Nous l'avons persuadée de nous dire tout ce qu'elle savait. Nous savons que les livres comptables sont cachés quelque part dans un casier. Téléphonez-moi chez Jeffers pour me préciser leur emplacement et je vous promets qu'il n'arrivera rien à la jeune Amber. J'ignore ce qu'elle représente pour vous, mais je crois que votre frère y tient beaucoup. Ne tentez rien de stupide ou vous ne la reverrez plus. Croyez-moi, Swift, je suis à bout de patience, alors ne me brusquez pas. Contentez-vous de faire ce que je vous demande. J'attends votre coup de fil.

TINA

Mon cœur a raté un battement. J'ai couru vers la voiture et pris le *National Geographic* où j'avais noté le numéro d'Amber. J'ai trouvé rapidement une cabine et je l'ai composé. Seize sonneries et pas de réponse. J'ai cherché son nom dans l'annuaire et griffonné son adresse.

J'ai enfreint toutes les règles du code de la route pour gagner son immeuble. Son appartement se trouvait au second. J'ai escaladé les marches quatre à quatre. Une bande jaune de la police s'étirait en travers de la porte. Je l'ai arrachée et je suis entré.

Quelques meubles renversés. Une tache sombre au beau milieu de la moquette. L'appartement n'étant pas grand, je l'ai vite parcouru. Personne. Je me suis assis sur le divan et j'ai gambergé comme un forcené tout en fléchissant ma main douloureuse.

J'ai décroché le téléphone et appelé Burt Remington. Son répondeur a pris la ligne à la quatrième sonnerie et j'ai raccroché sans laisser de message. J'ai tenté de le joindre au commissariat et la standardiste m'a passé son poste.

« J'ai essayé de te contacter, m'a-t-il annoncé. Tu savais que ton frère avait été transporté à l'hôpital ?

— Il est vivant ?

— En mauvais état, mais, ouais… vivant. »

Je me suis affalé contre le divan, soulagé. « Qu'est-il arrivé, Burt ?

— Ça s'est passé chez sa petite amie.

— Amber. J'y suis actuellement.

— Tu n'es pas censé t'y trouver. C'est la scène d'un crime. Les scellés ont été posés.

— Boucle-la, Burt. Je veux savoir ce qui s'est passé, bordel !

— D'accord. Calme-toi. Les voisins ont entendu des coups de feu et nous ont appelés. Une voiture de patrouille est allée enquêter sur place et les gars ont trouvé Danny étendu par terre. La porte d'entrée était grande ouverte. Il avait été abattu et saignait méchamment. Les policiers présents ont appelé une ambulance et on l'a transporté au County General. On m'a appris qu'il se remettait plutôt bien.

— J'y vais.

— Wouah, Charlie, minute. Vaudrait mieux pour toi qu'on ne te repère pas dans les parages.

— Il est en état d'arrestation ?

— Non. Il avait sur lui ce putain de calibre maous, mais acheté légalement et déclaré. Il s'agit donc d'un cas flagrant de légitime défense. »

Que j'sois pendu… ! « Où est le problème, en ce cas ?

— Eh bien, personne ne croit à une simple effraction. J'ai réussi à rappeler mes gars, mais les Feds ont une explication toute différente. L'agent Dunn n'arrête pas de se pointer aux alentours de la chambre de Danny. Il espère t'y cueillir, à mon avis. Il est fou de rage. Il se prépare une grosse merde. C'est très bizarre.

— Je m'occupe de Dunn.

— Charlie ?

— Quoi, Burt ?

— Qu'est-ce qui va se passer ?

— Te bile pas. Ce sera bientôt terminé. »

*

Danny a ouvert les yeux, m'a vu et a souri faiblement. Il était appareillé du sempiternel dispositif de tuyaux. J'avais renvoyé l'infirmière pour lui parler.

« Salut, frérot, ai-je fait.

— Hé ! » À peine un filet de voix.

« Que s'est-il passé ?

— Ils sont entrés tellement vite. » Danny a dégluti et fermé les yeux. « J'avais dégainé, j'ai tiré. » Il a secoué la tête. « Ça ne servait à rien. Je ne savais même pas ce qui se passait.

— Combien ?

— Trois. J'en suis pas sûr. Tout était tellement confus. Trois, il me semble.

— Dont une femme aux cheveux noirs coupés court ? Les traits aigus ?

— Oui. »

Tina.

« Tu te souviens de quelque chose ? lui ai-je demandé.

— Ils m'ont tiré dessus, Charlie. Je crevais de trouille. J'ai cru que j'allais mourir. »

Une boule s'est formée dans ma gorge. « Je sais. Désolé. Tâche de te rappeler.

— J'ai essayé de ne pas tomber dans les pommes… de me relever pour lui porter secours. Amber…

— Continue. Ça ira.

— Elle hurlait. Oh, mon Dieu ! Elle hurlait et les suppliait de la lâcher. La femme a déclaré qu'ils allaient l'emmener quelque part à l'écart. Qu'il valait mieux ne pas rester à Orlando.

— Où ça ?

— J'en sais rien. Oh, Seigneur !

— Ça ira, Danny. » J'ai pris sa main et l'ai étreinte.

« Il faut absolument que tu la ramènes, Charlie.

— Je vais m'en occuper. »

Les larmes ruisselaient de ses yeux. « Je t'en prie. Retrouve-la et ramène-la-moi. Je t'en supplie.

— Promis. Je vais la retrouver. Je vais tout arranger. »

Une fois sorti de sa chambre, j'ai cherché un distributeur d'eau potable. Je sucrais les fraises et soufflais comme un phoque. Danny. Mon petit frère. Il avait manqué se faire tuer.

J'ai pris un comprimé, cherché l'ascenseur et regagné le rez-de-chaussée.

L'agent Dunn m'attendait dans le parking près de ma Buick. Je me suis arrêté devant lui et nous nous sommes regardés en chiens de faïence pendant une bonne seconde. Il a allumé une cigarette, tiré une bouffée.

« J'en ai plus que marre de ne pas savoir ce qui se passe, a-t-il finalement déclaré.

— Navré.

— Je vous ai ordonné de quitter la ville.

— J'ai essayé.

— Je devrais peut-être vous conduire au commissariat du centre-ville pour vous cuisiner.

— Je n'ai pas de temps à perdre à ça, ai-je répondu. Et si je vous faisais une proposition ? »

Il m'a jeté un regard intrigué. « Laquelle ?

— Mettons que je puisse résoudre certains de vos problèmes.

— Vraiment ? Mais c'est absolument fascinant ! Et en quoi consistent-ils, ces problèmes, vous pouvez me dire ?

— Et d'une, trois de vos agents sont des ripoux.

— Il n'en reste plus qu'un. Nous en avons retrouvé deux abattus, mais, naturellement, vous n'êtes pas au courant. N'est-ce pas ? »

J'ai haussé les épaules. « Je sais au moins une chose : je peux vous retrouver les registres de Beggar Johnson. »

Il a cessé tout net de tirer sur sa cigarette.

« Où sont-ils ?

— Ça ne marche pas comme ça. Vous devrez tout d'abord vous ôter de mon chemin et me laisser finir ce que je suis en train de faire. Je vous les ferai parvenir. Beggar ne fait pas franchement partie de mes amis. Foutez-le en taule ou laissez-le libre, à votre guise. Ça m'est égal. Mais je n'ai pas de temps à perdre avec vous pour l'instant. »

Il a réfléchi puis s'est effacé. « Bien sûr. Pourquoi pas ? »

Je suis monté dans ma Buick, mais il a agrippé la portière, m'interdisant de la refermer. « Ce n'est pas parce que je vous fais confiance que j'y consens. En aucun cas. Mais parce que cette affaire est d'ores et déjà foutrement embrouillée. Je vois mal comment ça pourrait être pire. » Il m'a tendu une carte de visite. « Mais, si vous vous montrez à la hauteur, vous pourrez me joindre à ce numéro. »

Je l'ai prise et il s'est écarté. J'ai fermé la portière et démarré.

Je suis retourné chez Amber, j'ai garé la Buick le plus loin possible de son appartement et j'ai empoigné mon sac. Je commençais à en avoir ras le bol d'être filé, et je tenais à terminer ma petite affaire sans les Feds ni les gars de Beggar au cul.

J'ai louvoyé entre les immeubles et repéré l'Impala de Danny. J'ai balancé mon sac sur le siège arrière et trouvé les clefs sous le tapis de sol.

Sous le coup du stress, j'avais serré le volant un peu trop violemment et ma main me faisait souffrir. Je mourais d'envie de prendre un autre comprimé. Mais j'y ai résisté et j'ai repris la route.

*

J'ai frappé à la porte de chez Jeffers, mais il n'est pas venu m'ouvrir. Sa Lexus était dans l'allée, de sorte que j'ai insisté. Las d'attendre, j'ai essayé d'ouvrir. La poignée a tourné et je suis entré. Personne ne verrouillait plus sa porte dans cette foutue ville ?

Je suis passé devant des toilettes dans l'entrée. Un poste de radio trônait sur la lunette, beuglant de la country à plein régime. J'ai poursuivi mon chemin.

La cuisine. Une petite télé braillait *I Love Lucy. Whaaaa, Ricky !*

Je me suis souvenu de l'emplacement de son bureau. Jeffers ne s'y trouvait pas, mais sa chaîne stéréo hurlait quasiment à plein volume. Le Steve Miller Band et *Jungle Love* à fond les ballons.

Le salon. Autre télé. La MSNBC déversant son flot ininterrompu de misères, ce coup-ci. Moyen-Orient *bla-bla-bla.* Washington… *bla-bla-bla.* L'économie… *bla-bla-bla.*

J'ai senti poindre au fond de mes tripes le hideux museau d'un nouveau gloussement. Je l'ai refoulé. Pas le moment. Trouver Jeffers.

Du coin de l'œil, j'ai entraperçu un mouvement fugace derrière les portes vitrées donnant sur l'arrière. Mon poing s'est enfoncé dans la poche de mon caban et refermé sur la crosse du canon Minelli. J'ai plongé derrière un rideau et épié la cour de derrière par les portes vitrées. Jeffers possédait une piscine et je me suis demandé si je n'allais pas tomber sur la scène de *Sunset Boulevard* et un Jeffers flottant sur le ventre la tête dans l'eau, comme William Holden.

Il me tournait le dos, torse nu, la chair pâle et molle, ses quelques muscles gagnés au tennis enrobés d'une couche de prospérité. Il se trémoussait comme un ivrogne au rythme d'une espèce de danse vieux jeu. Un petit poste de radio reposait à côté d'une bouteille de gin vide. Il s'octroyait une petite surprise — partie en solo. Radio et bouteille trônaient sur une table de verre, près d'un miroir et d'un gros tas de poudre blanche.

Il était pieds nus, le pantalon trempé jusqu'aux genoux ; il avait de toute évidence bravé la première ou les deux premières marches de la piscine. J'ai éteint la télé pour entendre le morceau sur lequel il dansait. Un vieux standard du pop, style chewing-gum.

J'ai ouvert les portes vitrées et fait un premier pas dehors sans sortir le canon Minelli de ma poche, mais en gardant toujours le poing sur la poignée.

Jeffers a entendu du bruit derrière lui et pivoté sur son axe.

« Tina ?

— Nan. »

Il avait une mine épouvantable, de grosses valises noires sous les yeux, le teint cireux, la peau luisante de sueur, les cheveux en broussailles, gras et poisseux. À mon avis, il n'avait ni dormi ni pris une douche depuis un bon bout de temps. Le verre qu'il tenait à la main contenait un liquide incolore, sans doute du gin.

Ses yeux vitreux et rougis se sont rivés sur moi, non sans effort. « C'est vous !

— C'est moi.

— Où étiez-vous passé, pour l'amour de Dieu ? »

La radio a enchaîné sur *Sugar Shack.*

J'ai estimé que Jeffers n'en apprécierait pas le pathétique réalisme et j'ai coupé le son.

« Je cherche Tina.

— Elle vous cherche aussi », m'a-t-il répondu. Il me regardait droit dans les yeux, mais ne parvenait pas à accommoder convenablement. « Elle s'est fatiguée d'attendre et elle est partie.

— Pour aller où ?

— Oh, mon Dieu ! Oh, oh, ooooh. » Sa voix s'est muée en un gémissement guttural et il s'est vautré dans le transat installé près de la table.

« Jeffers.

— J'ai tout foiré, a-t-il repris. Oh, mon Dieu, laissez-moi crever. Regardez-moi. Pourquoi est-ce que je ne peux pas mourir ? » Il a fondu en larmes : un long bredouillis haut perché et sans force.

« Arrêtez ça, lui ai-je intimé. Répondez à ma question. »

Il s'est emparé du miroir à cocaïne sans cesser de chialer, l'a tendrement étreint, l'a attiré à lui et a enfoncé son museau dans la poudre.

« Cessez immédiatement ! »

Il s'est mis à la sniffer en continuant de pleurer à chaudes larmes, le visage entièrement enfoui dans la coke ; il aspirait à pleines narines, se tortillait, larmoyait, hoquetait et respirait la poudre dès que ses sanglots entrecoupés lui laissaient un peu de répit.

« Arrêtez. Vous avez l'air d'un demeuré. Cessez.

— J'en ai besoin. » *Sniff.*

« Certainement pas. Ça ne sert strictement à rien.

— J'en ai besoin, j'en ai besoin, besoin. Oooooh, je vous en prie, oh, s'il vous plaît. »

Son visage reposait toujours à plat sur la table. Il pétrissait la poudre à deux mains, la déversait sur sa tête, s'en remplissait les yeux et la bouche, s'en enduisait les joues comme s'il cherchait à s'ensevelir dessous, à s'y cacher telle une autruche.

Je l'ai agrippé par les aisselles et arraché à son transat.

Il est devenu tout mou et s'est mis à crier à pleins poumons, comme un nourrisson. Sa peau était glissante. Je l'ai traîné jusqu'au rebord de la piscine et laissé tomber. Longs geignements.

« Désolé de devoir en passer par là », ai-je déclaré.

Je l'ai plongé dans l'eau froide. Dedans, dehors, dedans, dehors. J'ai poursuivi ce traitement jusqu'à ce qu'il se mette à m'engueuler entre deux tasses.

« D'accord, d'accord. Arrêtez ! »

Je l'ai écarté de la piscine et l'ai laissé s'étendre sur l'herbe. Il pleurait encore un tout petit peu, mais rien à voir avec l'accès incontrôlé de tout à l'heure. Il était vidé, à présent, au bout du rouleau, mais on pouvait discuter.

« Oh, Tina. Je regrette qu'elle ne soit pas là.

— Moi aussi, ai-je fait. Elle aurait pu nous préparer du café.

— Elle était tellement plus que ça ! »

Ben voyons !

« Oh, mon Dieu ! Où sont-ils donc tous passés ?

— Je n'en sais rien. » J'ai fait pivoter un transat et je m'y suis assis pour le contempler, vautré sur la pelouse sous mon nez, les yeux battus, les lèvres retroussées par une grimace féroce. « Tina est un agent du FBI enquêtant en sous-marin, vous savez. »

Jeffers a relevé la tête pour me regarder comme si j'étais Sherlock Holmes, un Martien ou Dieu le Père. « Comment le savez-vous ?

— Dites-moi seulement où elle est allée, d'après vous. »

Pauvre merde !

« J'en sais rien j'en sais rien j'en sais rien. » Il secouait la tête dans l'herbe en parlant.

« Au pif.

— Elle est partie, c'est tout. Et elle ne reviendra jamais. J'ai *besoin* d'elle.

— Certainement pas. Reprenez-vous et essayez de réfléchir une seconde, d'accord ?

— Elle avait un plan, m'a-t-elle déclaré. Elle disait qu'on toucherait le fric et qu'on quitterait cette ville pour aller vivre ensemble, elle et moi. Rien que nous deux. »

Pauvre trouduc ! Elle t'a roulé dans la farine !

« On m'a viré de la banque. Gelé mes avoirs. »

T'es pas le seul !

« Où est la chambre de Tina ? lui ai-je demandé.

— Tina est partie. Partie partie partie partie…

— Où est sa *chambre* ?

— Après mon bureau. Tout au fond du couloir. »

Je l'ai abandonné dans l'herbe et j'ai trouvé la chambre de Tina.

Elle avait tout nettoyé en vitesse. Cintres vides dans le placard, au-dessus d'un néant de la taille d'une grosse valise, entre de vieilles boîtes. Rien d'intéressant à l'intérieur. Les tiroirs de sa commode avaient été vidés, eux aussi. J'ai jeté un coup d'œil sous le lit. Rien non plus. J'ai renversé d'un coup de pied la corbeille à papier, au chevet du lit, et il en est tombé une boule de paperasses. Facturettes de cartes de crédit. *Visa. Sears.* Facture de téléphone. Prospectus.

Je suis retourné dans la cuisine, j'ai farfouillé dans le frigo et trouvé une canette de bière légère. Ma main me faisait de nouveau mal. Il était encore trop tôt pour un autre comprimé, mais je l'ai pris malgré tout et l'ai fait passer d'une gorgée de bière. J'ai tiré un tabouret à moi. Je me suis assis. J'ai réfléchi. Je me suis gratté la tête. J'ai terminé ma bière.

Je suis retourné dans la chambre de Tina et j'ai sorti la vieille facture de téléphone de la corbeille. Aucun appel local enregistré. J'en ai déduit qu'ils apparaîtraient sur celle de Jeffers. Cet état-ci concernait une carte d'appel. Elle avait passé vingt-deux coups de fil à Spring City, Tennessee.

Je suis allé retrouver Jeffers. Il était inconscient. Je l'ai secoué et il a ouvert les yeux et cligné des paupières, ébloui par la lumière du jour.

« Qu'est-ce qu'il y a ?

— Tina ne vous a jamais parlé du Tennessee ?

— Elle a de la famille là-bas, je crois. Un frère ? Tom. Ouais. Ce brave vieux Tom. Son frère aîné.

— Reprenez-vous, ai-je répété. Partez quelque part. Avez-vous un parent qui pourrait vous héberger ? Un frère, quelque chose comme ça ?

— Je n'en sais rien. Laissez-moi réfléchir.

— Pas trop longtemps. L'agent Dunn pourrait perdre patience et venir vous cueillir chez vous. Faites le gros dos quelque temps. Ou non. Comme il vous plaira. Je me tire. J'ai du travail.

— Non.

— Non quoi ?

— Je vous en prie. » Ses yeux se sont de nouveau embués. « Ne me laissez pas. S'il vous plaît. Je n'arrive pas à mourir. J'essaie, mais je n'y parviens pas.

— Vous mourrez tôt ou tard.

— J'étais banquier, avant. » Il s'est remis à pleurer.

« On a tous été quelque chose. »

J'ai traversé la maison en sens inverse et j'en ai profité pour me servir du téléphone de Jeffers, appeler les lignes aériennes, poser des questions et noter les renseignements qu'on me fournissait. Puis j'ai appelé la chambre d'hôtel de Marcie.

« Charlie ! » Elle hurlait quasiment dans le téléphone. « J'en ai plus qu'assez d'attendre dans cette chambre !

— Tais-toi et écoute-moi bien. Un avion décolle dans quarante et une minutes pour Acapulco. Va prendre un billet.

— Et toi ?

— Je te rejoins dès que possible.

— Quand ?

— Peut-être dans une journée. Peut-être dans deux. »

Peut-être jamais.

22

Il était plus que temps de reprendre le volant.

Le labyrinthe de béton du réseau routier d'Orlando s'estompait dans le lointain et j'ai emprunté l'échangeur vers la I-75, puis orienté l'Impala vers le nord. J'ai laissé derrière moi la frontière Floride-Géorgie puis Atlanta, et bifurqué vers Chattanooga.

Spring City est une petite bourgade entourée de montagnes basses qui s'étire le long de la 27. La température était tombée de manière notable durant le trajet à mesure que je montais vers le nord, et un vent âpre sifflait à travers les interstices de la capote. J'avais roulé tout du long avec mon caban sur le dos et le chauffage au maximum.

Le ciel couvert était plombé, d'un gris uniforme.

J'ai tenu une moyenne correcte, ne m'arrêtant qu'à quatre reprises pour faire le plein, boire un café ou aller pisser. Je ne tenais nullement à rouler sur une si grande distance bourré de calmants, si bien que la surdose d'aspirine me flanquait des brûlures d'estomac.

J'ai pris une chambre sous le nom de Peter Tork au Days Inn local. Je voulais un hôtel situé un peu à l'écart de la circulation. On m'a donné la 126.

Je suis entré dans une station-service et j'ai sauté de la bagnole devant une cabine téléphonique. Le vent s'est immédiatement levé et je me suis emmitouflé dans mon caban.

J'ai défroissé la note de téléphone récupérée dans la corbeille à papiers de Tina, glissé des pièces dans la fente et composé le numéro. Trois sonneries.

« Allô ?

— Salut. Tina est là ?

— De la part de qui ? » Un accent du Sud, pas très prononcé.

« D'un vieux copain de Floride. Pete. » Le bluff m'avait paru relativement plausible pendant la répétition préalable, mais, maintenant que les mots me sortaient de la bouche, je le trouvais assez piteux.

« Elle n'est pas rentrée depuis assez longtemps pour voir de vieux amis.

— Vous êtes son frère Tom ?

—Tom, ouais, mais pas son frère. Son *mari.* »

Bingo ! Elle avait dit à Jeffers qu'il s'agissait de son frère. Ben voyons ! Logique ! Ça tombait sous le sens ! Une garce galonnée !

« Oups ! Au temps pour moi. » J'ai gloussé. Restons badins. « Elle m'avait proposé de venir la voir si jamais je passais dans le coin.

— Elle s'est absentée pour le moment. Sortie.

— Wouah, c'est bien ma chance ! Et on dirait qu'il va neiger, par-dessus le marché.

— Elle vient de partir, comme je vous l'ai dit. En haut de la montagne. Elle ne reviendra pas avant un bon moment. »

Je ne savais pas ce que « en haut de la montagne » impliquait exactement, sauf que j'allais sans doute devoir ronger mon frein.

« Je suis descendu au Days Inn, chambre 126.

— Vous feriez mieux de rappeler ultérieurement.

— Ça ne fera pas l'affaire. J'aimerais que vous preniez un message.

— Écoutez, l'ami, j'ai du pain sur la planche et...

— Ça ne va pas le faire, Tom. » J'ai adopté un ton un tantinet plus véhément. « Bon, j'apprécierais que vous preniez un stylo et un morceau de papier et que vous notiez ce message. Vous êtes tout ouïe ?

— Ouais.

— Dites-lui que j'ai apporté ce qu'elle veut. »

Il est resté silencieux au bout du fil et j'ai essayé de deviner s'il s'appliquait à en prendre note ou s'il était tout bonnement déconcerté.

« D'accord, a-t-il fini par dire. Je crois avoir tout bien noté. Je lui en ferai part à son retour.

— Merci, Tom. Je vous en suis infiniment reconnaissant. »

J'ai raccroché.

Je suis remonté en voiture plutôt satisfait de ma petite prestation. J'avais pris contact avec les kidnappeurs et, simultanément, je leur avais fait comprendre qu'ils n'étaient pas aussi mariolles qu'ils le croyaient. Je les avais localisés, je connaissais leur identité et je détenais ce qu'ils cherchaient.

Je n'allais plus tarder à en faire de la viande froide et à renvoyer Amber à Danny.

Le froid taraudait ma main blessée. J'ai fini par flancher et prendre un autre comprimé puis je suis resté assis dans la bagnole à attendre qu'il agisse. J'avais acheté une bouteille de bière à la station-service pour l'aider à descendre.

*

Je suis allé rendre l'Impala à l'agence de location, au cas où Tina l'aurait aperçue.

Voilà ce que j'ai déclaré à l'employé derrière son comptoir : « Donnez-moi une voiture. »

Il était plutôt drôle à regarder.

« Quel genre de caisse il te faut, mon pote ? »

Mon pote !

« Je ne sais pas trop. Plutôt confortable. Peu importe le prix.

— Une chouette petite berline, peut-être ? »

Woouah ! Ce type avait les dents pourries. Minute. Qu'est-ce que Tom avait dit, déjà. « En haut de la montagne ? » Plutôt accidenté.

« Vous n'auriez pas une Suburban ?

— Eh, Leanne, on a encore la Suburban rouge ? » a hurlé Dents Gâtées vers l'arrière-boutique.

Une voix de femme nous est parvenue du fond, affligée d'un accent pécore à la Minnie Pearl[1]. « Non. Le grand balèze l'a prise.

— Quel grand balèze ?

— Tu sais bien. Le gros musclé plein de poils qui fumait un putain de bâton de chaise. Il ressemblait à Fabian.

— Fabian ?

— Comme sur les couvertures de romans à l'eau de rose.

— Dieu du ciel, chérie ! s'est exclamé Dents Gâtées. Pas Fabian, Fabio.

— Bon, en tout cas, il était musclé.

— Lou Morgan. » J'ai senti s'élargir un grand sourire sur mon visage. « Il ne s'appelait pas Lou Morgan, par hasard ? »

Sainte merde ! J'avais totalement oublié Bleubite. Je perdais la boule. Il avait dû suivre Tina jusqu'ici, de son propre chef.

La femme a passé la tête par la porte de l'arrière-boutique. Elle était ridée et flétrie. « C'est ça. Vous le connaissez ?

— En effet.

— Eh bien, c'est lui qu'a pris la Suburban. »

Que je sois pendu ! Le gros connard d'enfoiré ! Il avait réussi à remonter la piste jusqu'à Spring City, sur les ta-

1. Chanteuse « country », morte à Nashville le 4 mars 1996, à l'âge de quatre-vingt-trois ans.

lons de Tina. La ville était certes petite, mais je n'avais pas le temps de la sillonner à sa recherche. N'empêche qu'un peu de renfort ne m'aurait pas fait de mal. Même venant de Fabian. Je me suis marré.

« Monsieur ? » Dents Gâtées me lorgnait d'un œil torve.

« Que vous reste-t-il en 4 × 4 ?

— Vous comptez vous rendre dans les montagnes ?

— Y a intérêt, putain de merde ! »

Ça m'a valu un regard noir, mais il a rempli ses formulaires pour une Chevy Silverado blanche puis m'a expliqué que je pouvais laisser l'Impala sur l'arrière, dans le parking.

« Comment comptez-vous régler ? »

J'ai balancé une carte Visa sur le comptoir.

Il l'a enfoncée dans son terminal et me l'a rendue en souriant. « Merci de vous être adressé à nous et passez une bonne journée, Mr. Minelli. »

*

J'étais assis dans la Chevy et je matais les portes de ma chambre d'hôtel. J'étais garé à distance respectueuse, assez près néanmoins pour voir les gens s'en approcher.

Après avoir quitté l'agence de location, j'avais fait quelques courses de dernière minute ; acheté dans un Wal-Mart une thermos que j'avais ensuite fait remplir de café, dans le magasin de produits de première nécessité où j'étais passé un peu plus tôt.

Trois heures que j'attendais dans le 4 × 4. J'avais tété la majeure partie du café et j'étais sorti trois fois de la Chevy pour aller pisser derrière.

Encore un comprimé.

Ils ont fini par se pointer, longtemps après la tombée de la nuit.

Tina manquait à l'appel, mais il s'agissait bel et bien de la même bande. Ils se sont garés à deux places de ma piaule. Une Camaro rouge sale vieille de plusieurs années, dont ils se sont déversés à trois avant de piétiner longuement dans le parking glacé, indécis, les mains enfouies dans les poches de leur veste de flanelle, tandis que des volutes de vapeur s'échappaient de leur bouche. Ils se jetaient des regards fébriles. Irrésolus. Des amateurs ! Tant mieux. Je ne cherchais pas à relever le gant. Deux devaient être du coin. Casquette, baggy, bottes éraflées, barbe de trois jours. Un grand gras du bide. Un petit gros.

Le troisième — le seul qui portait un loden de laine grise et des richelieus — semblait étrangement déplacé. Cravate. Coupe de cheveux convenable. Rouquin. Peut-être un ancien militaire.

Ou un agent du FBI. Dunn n'apprendrait pas sans affliction qu'une autre de ses ouailles avait déserté le troupeau.

Lorsqu'ils ont sorti le bélier métallique de la police de l'arrière de la Camaro, je me suis dit que j'avais mis dans le mille. Il était visiblement aux commandes et, tout en dégainant son revolver, a exhorté les deux gars du pays à enfoncer la porte avec le bélier.

Ça m'a fait marrer. Je ne l'avais pas fermée à clef.

Ils l'ont défoncée du premier coup. Elle a volé en éclats et ils s'y sont engouffrés tous les trois, quasiment de front. Les natifs du bled ont lâché le bélier et sorti leur flingue. Je ne les voyais plus maintenant qu'ils étaient entrés, mais je me les suis imaginés, plantés là comme des idiots, l'air ébahis. Ils allaient repérer la feuille de papier, comprendre de quoi il s'agissait, la retourner et lire mon message :

Ce n'est pas comme ça qu'on procède. Rentrez chez vous, maintenant, et attendez mon coup de fil.

La tronche qu'ils devaient très certainement tirer m'a arraché un éclat de rire. Dieu qu'ils étaient stupides et que j'étais malin ! On aurait dû m'élire président de la planète.

Le trio a émergé de la chambre de motel, l'épaule basse et l'œil confus. Celui que je croyais être un agent leur a fait signe de remonter dans la Camaro. Ils ont démarré.

Je les ai suivis.

Le seul qui m'inquiétait — le seul qui aurait pu me repérer —, c'était l'agent du FBI, si bien que je me cantonnais à distance prudente. Je les ai filés à travers la petite bourgade, en progressant régulièrement vers le sommet des collines. Je me suis bientôt retrouvé en train de zigzaguer dans la montagne. Au terme d'une lente et interminable grimpette, j'allais enfin gagner le sommet. J'étais ravi d'avoir le 4 × 4 même si la Camaro se débrouillait convenablement.

La pente était raide, la route noire, et mon véhicule était désormais le seul à talonner la Camaro. J'avais l'impression d'être horriblement voyant, mais je ne pouvais qu'aller de l'avant.

Vers les sommets.

Dans les ténèbres.

Et la neige s'est mise à tomber.

La montagne aurait aussi bien pu appartenir à une autre planète. Mille mètres plus haut environ, la route redevenait horizontale et l'écart socio-économique entre le sommet et le pied de la montagne crevait les yeux. En bas, c'était la Civilisation, en haut, c'était la Frontière.

Hormis le clair de lune et les phares, il faisait presque entièrement nuit. La Camaro ouvrait la route.

À gauche, à droite ou au-dessus, un chalet ou un mobilhome scintillait de temps en temps dans le noir. Je suis passé devant une cahute mal éclairée, nichée en retrait de la route dans les bois de résineux. Le ciel était un dôme de velours noir. Paisible, silencieux et glacé. La neige tombait de plus en plus fort.

La Camaro a ralenti et emprunté un sentier de gravillons escarpé. J'ai suivi des yeux la sente sinueuse, qui aboutissait à une maison de deux étages étonnamment élégante, éclairée par des projecteurs extérieurs. J'ai poursuivi mon chemin.

Quatre bornes plus loin, j'ai dépassé ce qui m'a paru être une station-service, installée près d'un mobil-home de taille moyenne. Je me suis garé dans le terrain vague. Nulle enseigne au néon faisant la réclame d'une marque de bière sur le mobil-home. Mais un panneau sur le devant annonçait : TAVERNE DU SOMMET. Impossible. Il devrait y avoir des règlements communaux interdisant ce genre de chose. Il ne pouvait s'agir d'une taverne.

J'y suis entré.

C'en était pourtant bien une.

Le petit estaminet était bondé, chaud et enfumé.

Il disposait d'un billard minuscule et encombré là où aurait dû se dresser une table de restaurant. Un juke-box jouait un morceau de country que je ne connaissais pas. Un comptoir. Les clients avaient exactement la dégaine de gars qu'on peut imaginer en train de boire de la bière dans un mobil-home. Je me suis rendu dans les toilettes. Mes premières toilettes de rade pourvues d'une baignoire !

Je voulais laisser à Tina et à ses associés le temps de recouvrer leur sang-froid. Ils devaient être remontés à bloc pour l'instant, dans l'attente de la sonnerie du téléphone, et les espionner risquait de se révéler épineux. J'ai harponné un tabouret de bar et commandé du café.

Le barman était un gommeux épais comme un stockfish, avec un paquet de cigarettes coincé sous la manche de son T-shirt. « On n'est pas chez Denny, ici. On ne sert que de l'alcool.

— Alors une bière.

— Pression ou bouteille ?

— Pression. Légère. »

Il a hoché la tête et est revenu un instant plus tard avec une chope débordant de mousse écumante.

Je me suis cloqué un comprimé dans le bec et je l'ai fait passer avec la mousse.

Dans le juke-box, George Jones annonçait à qui voulait l'entendre qu'il « avait cessé de l'aimer aujourd'hui ». J'ai commandé une autre bière et je me suis contraint à la boire lentement. Je ne connaissais pas les deux chansons suivantes et j'en avais plein le cul de la Taverne du Sommet. J'ai payé mes deux bières et je suis ressorti.

Le 4 × 4 était recouvert d'une couche de neige épaisse d'un centimètre. Elle tombait toujours. Je me les gelais.

De retour à l'intérieur, j'ai demandé au barman s'il vendait des flasques de Chivas.

« On a du Jim Beam.

— Ça ira. »

Je suis allé m'asseoir dans la cabine du 4 × 4 et j'ai décapsulé la flasque de Jim Beam. Il m'a brûlé la gorge puis sa chaleur s'est répandue dans mes bras et ma poitrine. J'ai ébranlé le 4 × 4. Allumé le chauffage.

J'ai roulé jusqu'à la maison des kidnappeurs et garé le 4 × 4 au pied de la côte. Même tous phares éteints, ils n'auraient pas manqué de me voir escalader la pente. Je me suis donc garé à cinq cents mètres de là et j'ai entrepris de gravir le sentier à pied, à petite allure. Le manteau de neige d'un blanc immaculé était à présent bien épais sous la semelle et craquait à chaque pas. La lune s'infiltrait à travers les pins clairsemés, nimbant toute chose d'une lueur surnaturelle. J'ai boutonné mon caban jusqu'au col, bu une autre gorgée de Jim Beam et mis le cap sur la tache de lumière, au sommet de la colline.

23

Vers la fin de ma petite randonnée, mes joues étaient gercées. Mes mains étaient relativement au chaud dans les poches de mon caban, mais mon oreille blessée me brûlait dans cette froidure. J'ai porté le flacon plat de Jim Beam à mes lèvres et je l'ai renversé. Le verre était glacé, mais le liquide brûlant a produit son effet.

Je me suis arrêté à la lisière du cercle de lumière diffusé par les projecteurs. Quatre véhicules étaient garés devant l'entrée. Deux berlines, dont une avec des plaques de Floride. La Camaro rouge était rangée près d'une Jeep Cherokee blanche. La plupart des fenêtres étaient encore violemment éclairées. Ils devaient s'imaginer qu'ils habitaient trop haut pour se donner la peine de mettre des rideaux aux carreaux.

J'ai contourné la maison en catimini, en me cantonnant dans l'obscurité. J'ai trouvé un appentis. Je me suis accroupi derrière et j'ai observé l'arrière de la maison. Elle était édifiée sur une plate-forme de bois qui la ceignait entièrement, mais les travaux avaient été interrompus. Sans doute attendaient-ils qu'il fasse plus chaud. La neige ne tombait plus aussi lourdement, mais n'avait pas pour autant renoncé.

Je me suis rapproché à pas de loup et j'ai jeté un coup d'œil par une fenêtre.

Deux types assis dans des fauteuils douillets. Un fumoir, apparemment. L'un d'eux était le petit gros qui avait aidé à défoncer la porte de ma chambre de motel. L'autre était un nouveau venu. T-shirt des Tennessee Volonteers, jean, pantoufles. La barbe épaisse, de petits yeux noirs et une expression maussade. Match de basket à la télé. Bouteilles de bière sur la table basse. Je suis resté une bonne minute à les observer. Une fille est entrée, cheveux blonds sales, hanches lourdes. Elle a dit quelques mots. Les types ont hoché la tête. Elle est ressortie.

Les trois du début, plus le nouveau et la femme. Ça faisait cinq. Jusque-là.

J'ai longé la baraque, épié un moment la cuisine, mais elle était déserte. La blonde aux cheveux sales est entrée un instant plus tard et a entrepris de farfouiller dans le frigo. Je suis passé sur le flanc de la maison et j'ai découvert une chambre à coucher. Bien proprement rangée, apparemment. Le lit fait. J'ai attendu une minute, mais personne n'est entré. La fenêtre du salon. Personne non plus.

J'ai entrepris de rebrousser chemin, quand j'ai entendu claquer la porte d'entrée puis une portière. Contact. Quelqu'un repartait au volant d'une des voitures. Je suis allé jeter un coup d'œil, dissimulé derrière le coin, et j'ai vu des feux de position dévaler le sentier. J'ai cherché la bagnole manquante des yeux : la berline avec les plaques de Floride.

J'ai foncé vers l'appentis. J'étais en train de siroter une autre lampée de Jim Beam quand j'ai entendu grincer les gonds ; j'ai relevé les yeux et vu s'ouvrir la porte de derrière. J'ai bondi dans l'appentis et refermé presque entièrement la porte, ne laissant qu'un simple entrebâillement pour observer.

C'étaient les deux types qui regardaient le match de basket. Ils se sont dirigés vers l'appentis en boutonnant leur veste. Je retenais mon souffle, mais ils se sont arrêtés à mi-chemin pour se faire face. Le barbu a sorti un paquet de cigarettes et en a offert une à son copain.

« On se les pèle dehors… Sans déc ! »

Ils parlaient bas, mais sans chuchoter.

« Tom ne laisse personne fumer à l'intérieur », a fait Bas du cul.

Un bon point pour Tom !

« Où est allée Tina ? » Le barbu piétinait lourdement le sol, les épaules voûtées pour lutter contre le froid. De petits flocons de neige mouchetaient leur tête et leurs épaules.

« Dans sa cabane sur le lac, avec Big Dave. Ils ont embarqué la fille.

— Pour quoi faire ?

— Elle en a discuté avec Dave. À leur avis, avec ce type qui rôde dans les parages, il valait mieux l'éloigner.

— Qu'est-ce qu'ils en savent, bordel ? »

Bas du cul a haussé les épaules. « Elle a reçu l'entraînement adéquat. Pas moi.

— C'est complètement foireux. » Il tirait de petites bouffées nerveuses de sa cigarette. « Personne n'avait parlé d'un kidnapping. On était seulement censés piquer des registres.

— C'était un bon plan.

— Eh bien, il merdoie, maintenant.

— Ça reste toujours un bon plan. À moins que tu préfères te retaper les trois huit à la taule ?

— J'ai seulement dit que ça merdoyait. Ça ne tourne jamais rond, ce genre de coup.

— Qu'est-ce que t'en sais ?

— Tout le monde peut voir que c'est foireux. » Et de tirer sur sa clope.

« Arrête de te ronger les sangs, d'accord ? Laisse ça à Tina.

— Tina. » Il avait prononcé son nom comme s'il s'agissait d'une fausse idole.

« Viens, a fait Bas du cul. Je me gèle les couilles. »

Ils ont balancé leur mégot dans la neige. Je les ai regardés regagner la maison en pataugeant.

J'ai soupiré puis bu une rasade de Jim Beam. Si j'étais passé tout de suite à l'action, j'aurais sans doute pu les surprendre avant qu'ils n'aient déménagé Amber. Je n'en devais pas moins entrer dans cette baraque pour découvrir l'emplacement de ce chalet sur le lac.

Et pour Danny, aussi. Ouais. En l'honneur de Danny, le bras de la justice allait s'abattre, sanglant. J'ai déboutonné mon caban en dépit du froid, de façon à avoir libre accès à mon .38 dans son étui d'aisselle. J'allais tenter d'ouvrir la porte de service. Peut-être l'avaient-ils laissée ouverte après avoir fumé leur cigarette, mais j'ai tout de même décidé de chercher dans l'appentis un outil pour la fracturer.

Je me suis retourné et le rai de lumière qui s'infiltrait dans l'appentis par l'entrebâillement de la porte est tombé sur une paire d'yeux écarquillés, qui me regardaient fixement.

J'ai sursauté puis reculé instinctivement vers la paroi et je me suis viandé, éparpillant râteaux et bêches, en même temps que ma gorge étouffait un cri de stupeur. Je sentais palpiter mon pouls dans ma main et mon oreille, au rythme de mon cœur qui battait la chamade. Le cadavre pendait à un crochet du mur.

J'ai ouvert la porte en grand pour faire entrer davantage de clarté.

Lou Morgan était accroché là, aussi mort qu'on peut l'être.

« Oh, Bleubite ! ai-je marmonné. Oh, merde ! »

J'ai maladroitement décapsulé le flacon de comprimés, j'en ai avalé un et je l'ai fait passer avec une gorgée de whisky. Mes mains tremblaient. « D'accord, Lou, ai-je lancé. Te voilà en tête de liste juste derrière Bob Tate. » Et Benny et tous ceux qui n'avaient pas mérité ça.

J'ai fouillé ses poches, mais son portefeuille s'était envolé avec tout le reste. Dans la poche intérieure de son blouson de cuir, j'ai fini par trouver un cigare d'au moins douze centimètres de long, enveloppé de cellophane.

J'ai bien failli le balancer, mais je me suis ravisé, j'ai ôté la cellophane et je me le suis carré dans la bouche. « Ça ira, Lou ? »

Merci, mec !

J'ai vissé le silencieux au bout du .32, ramassé un pied-de-biche sur le sol de l'appentis et enfilé une paire de gants en latex. En scène ! Ils avaient effectivement fermé la porte de service à clef, mais pas hermétiquement : ni chaîne ni loquet. Je l'ai fracturée et le bois s'est fendillé. Elle donnait sur un petit couloir, abritant à sa droite une machine à laver et un sèche-linge. Les deux machines tournaient. Leur vacarme avait dû couvrir le bruit de mon intrusion. J'ai pris à gauche dans la cuisine.

Déserte. Le son de la télé me parvenait du fumoir au-delà.

J'y ai fait irruption. Bas du cul me tournait le dos. Penché sur un lecteur de CD, il était en train de mettre un disque. Il ne m'a pas entendu arriver derrière lui. Je lui ai tapoté l'épaule et il s'est retourné.

Ses yeux se sont écarquillés à ma vue. La mâchoire lui en est tombée et il a inspiré un grand bol d'air, prêt à crier. Je lui ai cloqué le silencieux dans la gorge et sa bouche s'est refermée par réflexe. J'ai appuyé sur la détente. *Pout !* Un volcan miniature a fait éruption dans sa nuque : sang, cheveux, barbaque et esquilles d'os. Ses yeux se sont révulsés et il a glissé du canon pour s'effondrer avec un bruit mouillé.

J'ai regardé le CD qu'il s'apprêtait à passer. Johnny Cash. Pourquoi pas ? Je l'ai repoussé à l'intérieur et j'ai appuyé sur PLAY. Puis j'ai monté le volume à fond. Je me suis emparé de la télécommande et j'ai pressé sur le bouton MUTE. J'ai pris conscience, confusément, de façon légèrement déconnectée, que les calmants et l'alcool ne faisaient pas bon ménage. J'ai tenté de me rappeler combien j'avais avalé de comprimés au cours des dernières heures. Au moins deux.

J'ai perçu un rire bizarre, un peu dément. C'était le mien.

J'ai sorti de ma poche la flasque de Jim Beam désormais presque vide, en la tenant gauchement de ma mauvaise main.

Les premières notes de *I Walk the Line* se sont égrenées et une femme s'est encadrée dans la porte de la cuisine. Pas la blonde aux cheveux sales, mais une fille plus mince, jeune et jolie, au visage en forme de cœur. Elle m'a vu et, de surprise, sa main s'est portée au O que dessinaient ses lèvres, comme si elle lâchait coquettement un petit rot.

Pout !

Un faible jappement puis elle a basculé en avant et embrassé la moquette.

J'ai bu une rasade de Jim Beam, la flasque m'a échappé des mains et est tombée sur la moquette ; je me suis promptement baissé pour la ramasser avant qu'elle ne se vide entièrement. Au même instant, une carabine a lâché derrière moi une détonation tonitruante. Quelqu'un m'avait pris à revers par l'autre couloir. Les plombs ont sifflé au-dessus de ma tête et déchiqueté le plâtre du mur opposé. J'ai pivoté sur moi-même, décrit un bref arc de cercle et lâché prestement une rafale sur mon agresseur.

Pout ! Pout ! Pout ! Pout !

Je lui ai logé deux balles dans le bas-ventre, alors qu'il esquissait déjà le geste de pomper une autre cartouche dans la chambre. Il a titubé en arrière, glissé le long du mur et s'est retrouvé assis sur son séant. Mort. C'était le barbu. J'ai entendu un cri. Des gens hurlaient, s'interpellaient, échangeaient des ordres contradictoires.

I keep a close watch on this heart of mine.

J'ai ramassé le cadavre de Bas du cul et je l'ai poussé devant moi d'un coup de pied, face à l'entrée du couloir dont le barbu avait débouché. Il s'est aussitôt transformé en nid de frelons. Mais je n'étais pas dans le coup : je m'engouffrais déjà dans l'entrée, aussi vite que je le pouvais.

Dans le salon, le type à la dégaine d'ex-militaire était en train de recharger son revolver ; il m'a vu…

I keep my eyes wide open all the time.

… et ses balles lui ont glissé des doigts. Nous les avons regardées ensemble tomber au ralenti puis rebondir sur la moquette. Il a relevé les yeux, croisé mon regard.

Pout ! Pout !

Il s'est affalé.

Because you're mine, I walk the line[1].

Dehors, une bagnole a démarré.

J'ai giclé de la porte d'entrée et balancé le .32 dans la neige. La Jeep dévalait l'allée escarpée à une allure périlleuse. J'ai dégainé le canon Minelli et j'ai tiré jusqu'à ce qu'il soit vide.

Boum ! Boum ! Boum ! Boum ! Boum ! Boum !

Chaque coup de feu était assorti d'une flamme spectaculaire. Le feu de position gauche de la Jeep s'est fracassé et détaché. La lunette arrière s'est pulvérisée. J'ai touché son pneu arrière droit au moment précis où elle négociait un virage serré. Elle a basculé sur le flanc et dérapé sur la pente enneigée avant de quitter le sentier, brisant au passage les jeunes pousses de sapin, pour aller télescoper le tronc d'un grand pin dans un écœurant crissement de tôles froissées.

J'ai patienté quelques secondes, mais personne n'en est sorti.

Il ne m'a guère fallu plus d'une minute pour fouiller la maison, mais tous étaient morts ou partis. À mon retour, j'ai ramassé le .32 dans la neige et rechargé le magasin.

J'ai dégringolé la pente jusqu'à la Jeep. L'âpre morsure du froid me semblait à présent revigorante.

1. Je surveille de près ce cœur qui m'appartient.
Je garde sans arrêt les yeux grands ouverts.
Parce que tu es mienne, je franchis la ligne.

Arrivé près de l'épave, j'ai jeté un coup d'œil à l'intérieur. Deux personnes suspendues la tête en bas. Le type assis à la place du passager m'était inconnu, mais peu importait. À l'angle que formait sa nuque, à la façon dont sa tête s'encastrait dans le volant, j'aurais parié qu'il était cuit.

La blonde aux cheveux sales pendait au siège du conducteur ; le sang pissait de son nez et d'une de ses oreilles.

« Aidez-moi, m'a-t-elle faiblement supplié.

— Qui c'est, celui-là ? » Je désignais le cadavre installé à côté d'elle.

« Tom.

— Parfait.

— De l'aide. » Sa voix n'était plus qu'un croassement contrit, presque inaudible.

« Je veux la fille.

— Tina.

— Je sais. Où ?

— Le chalet du lac.

— Je sais. Où ?

— Au sommet de la montagne.

— Je croyais qu'on y était, au sommet.

— Plus haut.

— Comment j'y vais ?

— À gauche au bout de l'allée. Le Stone Lake. Il y a quelques chalets. Ça se construit. C'est le seul achevé. Le plus près du ponton.

— Quelle route ?

— Piste de Stone Lake.

— D'accord. » Je me suis penché à l'intérieur, j'ai passé la main sous son nez et appuyé sur l'allume-cigare.

Elle m'a tapoté de ses mains sans force, au désespoir. « Je vous en supplie. »

L'allume-cigare a jailli. Je m'en suis servi pour allumer le cigare de Lou et j'ai recraché un nuage de fumée gris bleuté que le vent mauvais a emporté.

« Qui êtes-vous ? m'a-t-elle demandé.

— L'ange de la mort et de la miséricorde. Il y en avait deux jadis, mais nous ne faisons plus qu'un. »

Pout !

*

L'euphorique distorsion induite par les comprimés avait cédé le pas à un effroyable et indolent assoupissement.

J'ai regagné pesamment la maison et balancé le cigare dans la neige.

Je suis allé m'asperger le visage dans la cuisine et j'ai bu à pleines gorgées au robinet. Puis je me suis rendu dans leurs toilettes et j'ai copieusement uriné.

Je suis redescendu vers le 4 × 4, pataugeant dans la neige qui me montait au mollet. Le froid s'infiltrait à présent jusque dans mes os, pénétrant, et le bas de mon pantalon était trempé. J'étais vanné et engourdi. J'ai relevé les yeux et constaté qu'il avait cessé de neiger.

Je suis grimpé dans la Silverado, j'ai mis le contact et monté le chauffage au maximum.

J'ai fait demi-tour puis progressé lentement sur la route de montagne. Au bout d'une dizaine de minutes, j'ai dépassé un panneau sur le bas-côté du sentier. Il faisait noir et je roulais trop vite pour lire, mais il annonçait certainement la piste de Stone Lake.

J'ai tourné le volant et le 4 × 4 a obéi paresseusement. Il n'y avait aucune circulation, aussi suis-je remonté vers le panneau à dix à l'heure : PISTE DE STONE LAKE.

J'ai bifurqué. La route n'était plus qu'une pente escarpée, encore plus raide que le sentier de Tom et Tina, mais le 4 × 4 l'avalait allègrement. Je suis passé sur quatre roues motrices, histoire de mettre tous les atouts de mon côté.

Mes paupières étaient plombées. J'avais la bouche molle. Mon souffle était entrecoupé, poussif. J'ai fini par ranger le 4 × 4 sur le côté et mettre le frein à main. Il me fallait la bouteille thermos. Il restait peut-être encore un peu de café, même tiède.

Elle gisait sous le siège du passager. Je me suis penché pour la ramasser. Penché.

Penché...

24

J'ai ouvert les yeux en sursaut.

Le moulin du 4 × 4 tournait et il régnait dans la cabine une chaleur infernale. Le chauffage était poussé à fond. J'étais toujours installé à la place du conducteur, mais cassé en deux, la tête sur le siège du passager et le bras passé derrière le dossier figé à mi-geste, juste avant de mettre la main sur la thermos.

Je me suis redressé. Mon dos était noué. Sévère migraine derrière les yeux. Les calmants m'avaient attendu au tournant et j'en avais payé le prix. J'ai baissé la vitre de deux doigts et accueilli avec reconnaissance le courant d'air frais qui est venu baigner mon visage.

L'aube poignait à travers les arbres, teintant le paysage hivernal de reflets orangés. Le manteau neigeux était aussi lisse qu'intact. La nature à l'état vierge. Une vraie carte postale !

J'ai ouvert la portière à la volée, j'ai titubé dans la neige et je m'y suis laissé tomber.

J'en ai ramassé une pleine poignée et je l'ai portée à mon visage.

Cent choses au bas mot avaient pu mal tourner pendant que j'étais inconscient. Tina avait pu retourner chez elle et découvrir le carnage que j'avais laissé dans mon sillage. Sinon la police, ce qui revenait au même. À moins qu'elle n'ait essayé de téléphoner et, n'obtenant aucune réponse, nourri des soupçons.

À moins qu'ils ne soient encore tous endormis. Ce n'était jamais que l'aube, après tout.

Je suis remonté dans le 4 × 4. Direction le sommet !

J'ai roulé lentement, la caisse cahotant sur la piste accidentée, jusqu'à ce que la forêt s'ouvre sur un paisible lac argenté. La route s'incurvait sur la droite, longeant peu ou prou la rive. Le chalet le plus proche n'était encore qu'une charpente. Un peu plus haut sur la berge, à une centaine de mètres environ, on apercevait à travers les arbres un autre chalet, aux deux tiers achevé celui-là. Un troisième, visiblement terminé et habité, se dressait juste en face sur la rive opposée. Un mince panache de fumée montait de la cheminée de pierre.

Une berline bleue stationnait devant. Trop éloignée pour distinguer les plaques de Floride, mais j'étais persuadé que c'était le cas.

Mon cœur battait. J'avais la bouche sèche et encore imprégnée d'un léger goût de vomi. Je ne me sentais pas d'humeur à rôdailler dans les parages avant de tenter de m'y infiltrer en douce. J'ai suivi la piste le long du lac, j'ai sorti mon .32 et je l'ai posé sur le siège, à côté de moi.

L'aurore s'étirait sur le lac. Une brise légère mais régulière agaçait la fumée qui montait du chalet construit en séquoia rouge-brun. Le toit formait en son centre comme un A majuscule et l'on apercevait une fenêtre au-dessus de la porte d'entrée — une loggia ? — ainsi qu'une grande baie vitrée latérale.

Je me suis garé à vingt mètres de l'entrée. Le lac s'étendait juste derrière, tout près, et le ponton saillait de ses eaux profondes. Pas de bateau. Je suis descendu du 4 × 4 et j'ai longuement observé la baie vitrée, mais la lumière éblouissante m'interdisait de voir ce qui se passait derrière. S'ils étaient éveillés, ils m'avaient forcément aperçu. Je tenais le .32 à la main, le long de mon flanc, comme un *pistolero.* J'en avais ma claque d'attendre. J'allais peut-être m'avancer jusqu'à la porte et frapper. Voire la défoncer d'un grand coup de pompe.

Le gras du bide en veste de flanelle m'a privé de ces deux options en faisant irruption hors du chalet, mal assuré sur ses jambes, tout en déchargeant férocement son revolver sur moi. Il s'est mis à cavaler dans la neige vers la berline ; il tenait les clefs d'une main, sans cesser une seconde de braquer de l'autre son arme dans ma direction, en mitraillant à l'aveuglette. Deux balles me sont passées au-dessus de la tête. Une troisième a transpercé le pare-brise du 4 × 4.

Je me suis jeté à plat ventre dans la neige et j'ai tiré sous le 4 × 4. Je l'ai touché à la cheville et il s'est effondré. Ma deuxième balle l'a cueilli au sommet du crâne. Il a légèrement tressailli et c'en était fini de lui.

Je me suis relevé, épousseté, puis je suis allé vérifier sur place. Il était bel et bien mort. J'ai ramassé son calibre et l'ai fourré dans ma poche. Il y formait une autre bosse, juste à côté de celle du canon Minelli.

Lors de sa tentative de fuite, Gras du bide avait laissé la porte du chalet ouverte. Je suis entré et je me suis planté sur le seuil. Le chalet se composait d'une unique et vaste pièce, surplombée par une mezzanine à laquelle on accédait par une échelle installée immédiatement à ma droite. Il y avait sûrement un lit là-haut. Un feu avait dû se consumer dans la grande cheminée de pierre, mais il n'en restait plus que cendre grise et braises rougeoyantes. Un grand tapis s'étendait devant l'âtre.

Un lit de camp avait été dressé à la hâte à distance prudente du feu, mais assez près malgré tout pour que son occupant puisse bénéficier de sa chaleur. Amber y était étendue sur le ventre, les yeux fermés, le visage caché par ses cheveux. Elle était très pâle. Ses poignets étaient liés sous le lit de camp par de la corde. Tina était assise à son chevet sur une chaise de bois, les jambes croisées ; elle me fixait calmement et braquait son énorme Magnum sur la tête d'Amber.

« Votre petit copain a essayé de filer, lui ai-je dit. Mal lui en a pris.

— Je n'ai pas cru un seul instant que David aurait le cran d'aller jusqu'au bout, a-t-elle répondu. Cette espèce de gorille aux cheveux longs nous a donné bien du fil à retordre avant qu'on le tue et, quand nous vous avons vu longer le lac, Dave a dû décider de rendre ses billes et de larguer les amarres.

— Mais pas vous, pas vrai ?

— J'ai marné trop dur pour ça. J'ai demandé à travailler en sous-marin dans le seul dessein de côtoyer Jeffers. Le boulot au FBI ne me plaît pas, en réalité, et, question salaire, ça craint un max.

— Tant et si bien que vous avez décidé d'en tirer un profit plus immédiat.

— Oui. Jeffers est aussi corrompu que faire se peut, mais il est veule et aisément manœuvrable. Mes amis et moi avons décidé que nous étions libres de faire à peu près tout ce qui nous chantait. Quand ces registres se sont présentés, attendant que quelqu'un mette la main dessus… Bref, l'occasion était trop belle pour qu'on la laisse passer.

— Mais elle vous a explosé au nez, n'est-ce pas ? Il y avait une mouche dans le potage. Moi. Je m'en suis mêlé et j'ai descendu tous vos petits copains. »

Son regard s'est durci.

« Et maintenant, ai-je poursuivi, c'est vous que je vais tuer.

— J'en doute. De toute évidence, vous voulez récupérer la fille ou vous ne seriez pas là. Vous vous croyez peut-être rapide, môssieur le porte-flingue ? Pas encore assez pour… »

Pout !

La balle l'a cueillie juste au-dessus de l'œil gauche ; sa bouche s'est figée à mi-phrase et elle a basculé de sa chaise, la croupe en l'air. Elle n'avait pas lâché son flingue.

Je me suis approché prudemment, je le lui ai arraché des mains et je l'ai enfoncé dans mon autre poche. Il a heurté l'autre canon Minelli avec un petit cliquetis.

Mon caban était fourré aux pétoires.

J'ai fouillé les poches de Tina, trouvé la clef du casier de consigne, poussé un soupir de soulagement et remisé la clef dans la poche de mon futal.

J'ai sorti mon cran d'arrêt et tranché les liens d'Amber. Je l'ai retournée sur le dos et j'ai enfin pu l'examiner de près. Elle portait un jean et un T-shirt bleu poudre trop grand pour elle. Pieds nus. Je l'ai inspectée de pied en cap. J'en avais vu des vertes et des pas mûres pour la retrouver et je tenais à m'assurer qu'elle était indemne.

L'intérieur de son avant-bras gauche portait des marques de piqûre récentes. Ils lui avaient administré quelque chose. Pour la faire tenir tranquille, sans doute. La came l'avait plongée dans les vapes. J'espérais qu'elle ne souffrirait d'aucune séquelle permanente.

Elle avait une mine épouvantable. Sous ses traits pâles et tirés subsistait pourtant un zeste de la beauté que lui trouvait mon frère. J'ai repoussé la mèche qui masquait ses yeux. Si jeune et si triste… Mais j'allais veiller à ce que Danny et elle puissent de nouveau chevaucher dans la gloire du soleil couchant.

J'ai effleuré sa joue. Ses yeux se sont ouverts brusquement.

Je me suis redressé et j'ai retiré ma main.

Ses yeux se sont agrandis de terreur et ses lèvres se sont retroussées, dévoilant ses dents en une grimace horrifiée. Un cri étouffé s'est échappé de sa gorge.

« Tout va bien, l'ai-je promptement rassurée. C'est moi, Charlie. »

Son regard était trouble et vitreux. Elle ne me reconnaissait pas.

Elle a sauvagement gesticulé et je me suis écarté du lit de camp. Elle a bondi sur ses pieds et m'a filé sous le nez, direction la sortie, en émettant de petits grognements terrifiés.

« Attends ! » Je l'ai suivie.

Elle ne s'est retournée qu'une seule fois ; sa figure n'était plus qu'une étude de la pure terreur bestiale, d'un animal poussé à la fuite par son seul instinct. Ses petits pieds nus creusaient des trous profonds dans la neige. J'ai essayé de lui couper le chemin de la route. Je courais maladroitement, les mains plaquées sur les poches de mon caban pour interdire aux calibres d'en gicler.

Elle a dû sentir que j'allais l'intercepter et bifurquer vers le lac. Ses pieds ont martelé les planches de bois du long ponton. Je lui ai cavalé après, persuadé que j'allais la coincer lorsqu'elle arriverait au bout et que je pourrais alors tout lui expliquer. Et, si ça ne suffisait pas, je pourrais toujours l'alpaguer et la traîner jusqu'au chalet, gigotant et ruant des quatre fers.

Ça ne s'est pas passé de cette façon.

Elle n'a pas donné l'impression de ralentir d'un iota, a atteint le bout du ponton à pleine vitesse et s'est balancée à la baille sans cesser de pédaler. Elle a heurté la surface dans un jet cinglant, coulé, et les eaux noires du lac se sont refermées sur elle.

« Merde ! »

Je n'ai hésité qu'une seconde avant de plonger.

L'eau silencieuse m'a englouti et je suis rapidement descendu très profond. Chacun de mes muscles se raidissait rageusement contre le froid. J'ai contraint mes yeux à s'ouvrir dans les ténèbres. Le ciel ne formait plus qu'un flou argenté au-dessus de moi. Sous mes pieds, dans les profondeurs glauques, un bras blanc semblait m'interpeller. J'étais empêtré dans mon caban et je m'en suis débarrassé d'un coup d'épaule. Disparu. Je me suis vaguement souvenu de la présence de mes comprimés dans la poche intérieure. Pas le temps de m'inquiéter de ça. Déjà le langoureux désir de succomber à la lassitude s'emparait de moi.

J'ai repoussé cette envie et barboté vers le bras. Amber m'est apparue, les yeux fermés. Elle flottait entre deux eaux, les bras levés, la chevelure formant un halo ondoyant. Ma main s'est refermée sur un de ses poignets menus. Je suis remonté d'un coup de pied vers le ciel, en ne nageant que d'un bras. La surface me faisait l'effet d'être à un kilomètre.

On dit que, juste avant de mourir, votre vie tout entière défile devant vos yeux, mais il m'a semblé voir l'avenir plutôt que le passé. Tout se déroulait en un terrifiant ralenti, à mesure que je refaisais surface. Je voyais des images de Danny et d'Amber, de M'man dans le Michigan, de Marcie, mais rigoureusement rien de la cage aux singes, de mon existence passée, de Stan. Comme si je les abritais dans les profondeurs humides et sombres de mon caban.

Les poumons me brûlaient, les yeux me piquaient, tous mes membres me semblaient gourds, lourds comme du plomb et caoutchouteux. J'ai battu plus vigoureusement du bras.

Je vous en prie.

J'ai crevé la surface, aspiré l'air à grandes goulées rauques, craché de l'eau, toussé. J'ai attiré Amber à moi. Passé le bras autour de sa taille et nagé. Elle ne respirait plus.

J'ai atteint le ponton, tendu la main et cherché une prise entre les lattes de bois. Pas moyen. Je n'avais plus la force de me hisser. Je me suis remis à patauger vers la berge. J'étais à deux doigts de renoncer quand j'ai senti le fond sous mes pieds. J'ai saisi Amber à bras-le-corps et l'ai hissée sur la rive, puis posé un pied devant l'autre jusqu'à ce que le lac se trouve derrière moi.

Amber m'a échappé et s'est laissée glisser sur le rivage enneigé. Je me suis agenouillé près d'elle, je lui ai pincé le nez et j'ai renversé sa tête en arrière. Son T-shirt collait à sa peau et ses mamelons pointaient sous le tissu. J'ai plaqué ma bouche sur la sienne. D'où tenais-je cela ? Peu importait. J'ai insisté.

Elle a toussé et vomi de l'eau. Je l'ai retournée sur le flanc et j'ai laissé faire. Elle a aspiré de l'air entre ses dents et fondu en larmes. On est restés un bon moment à grelotter et claquer des dents sur la berge. Elle m'a laissé la relever. On a regagné le chalet d'un pas chancelant.

*

J'ai trouvé sur le côté du chalet une pile de bûches recouverte d'une bâche goudronnée. J'en ai apporté une pleine brassée à l'intérieur et j'ai allumé un feu. Je tournais le dos à Amber pour qu'elle puisse quitter ses vêtements mouillés. Elle s'est assise devant le feu, emmitouflée dans les draps et les couvertures du lit de camp. J'ai déniché un pantalon de jogging trop petit pour moi, mais je l'ai enfilé malgré tout et j'ai accroché mes fringues humides près de celles d'Amber, à la corde à linge improvisée que j'avais confectionnée avec une pelote de ficelle.

J'ai farfouillé sur l'étagère surplombant la petite cuisinière et découvert avec ravissement une boîte à café, mais tous mes espoirs se sont envolés dès que je l'ai ouverte : vide. Il y avait quelques sachets de thé. J'ai fait bouillir de l'eau et cherché des tasses. Je les ai remplies et j'en ai offert une à Amber.

« Du thé. »

Elle l'a prise en hochant la tête, sans cesser de regarder par la fenêtre.

« Je suis désolée. » Ses yeux fixaient toujours la fenêtre. « Je vais bien, maintenant. Je suis contente de te voir. » Elle s'est gratté la gorge. « Est-ce que Danny....

— À l'hôpital, mais en vie. Il s'en tirera. »

Ça a eu l'air de lui suffire. Elle a siroté une gorgée de thé.

J'ai bu le mien. Une douce et surprenante chaleur s'est répandue dans mon ventre et diffusée dans tout mon corps. J'ai tâté les vêtements humides. Ils mettraient un bon moment à sécher. J'ai jeté une autre bûche dans le feu.

« Je regrette de m'être enfuie. Je ne savais plus où je me trouvais ni qui tu étais.

— Pas grave. »

Elle était encore très secouée, quasiment catatonique, mais se rétablissait lentement. Elle avait salement morflé. Beaucoup trop. Mais elle s'en remettait.

Elle a fini son thé sans quitter la fenêtre des yeux. « Quelqu'un vient. »

Je suis allé voir à la fenêtre.

Une grande et luxueuse voiture noire, à l'arrêt sur l'autre rive du lac. Elle a stationné un moment puis entrepris lentement de décrire un cercle en suivant la berge. Je l'ai regardée venir, exactement comme Tina avait dû me voir venir, en ressentant sans doute ce qu'elle avait ressenti : l'approche imminente du danger.

« Qui est-ce ? s'est enquise Amber.

— J'en sais rien. » *Je vous en supplie, faites que ce ne soit pas Mercury.*

La voiture a dépassé la première charpente en construction et poursuivi son chemin.

Comment aurait-il pu s'agir de lui ? Je souffrais probablement de paranoïa galopante. Comment diable aurait-il pu me pister jusqu'au Tennessee ? Mon cerveau bouillonnait.

Jeffers !

C'était sûrement ça. Mercury n'aurait eu aucun mal à le faire parler. Jeffers avait dû lui apprendre que je m'étais lancé aux trousses de Tina et il avait remonté la même piste.

La voiture a dépassé le deuxième chalet.

Peu importait comment se déclencherait le merdier. Le fait est qu'il était en chemin. Le reste était hors sujet.

La voiture s'est arrêtée derrière mon 4 × 4, à bonne distance, et le conducteur en est descendu.

Lloyd Mercury.

Il portait un complet noir, une large cravate blanche, des chaussures à bout pointu rutilantes et un manteau noir. Et brandissait un .357 Magnum Desert Eagle nickelé étincelant ; assez de puissance de feu pour me dessouder trois ou quatre fois.

Je me suis tourné vers Amber, un doigt sur les lèvres. Elle a hoché la tête.

Mes calibres étaient au fond du lac.

J'ai empoigné cran d'arrêt et tisonnier puis escaladé l'échelle à toute vitesse jusqu'à la mezzanine. Je me suis plaqué contre la paroi, d'un côté de la fenêtre, et j'ai observé attentivement Mercury. Pas moyen de l'ouvrir sans me faire cribler la tête de pruneaux, de sorte que je me suis borné à patienter. Mercury a retiré son manteau et l'a balancé sur le capot de sa voiture puis a entrepris de contourner le chalet par la gauche.

Je savais au moins que la seule issue était la porte principale. Les deux soupiraux du fond étaient très étroits et il lui faudrait les briser pour entrer, en faisant un raffut d'enfer. Il apercevrait probablement Amber emmitouflée dans son drap devant le feu. Peu importait. Il savait d'ores et déjà la maison occupée. Il avait vu la cheminée fumer, tout comme moi.

S'il ne s'était agi que de rapidité et de force physique, j'étais perdu. Mais j'avais de l'expérience et de la patience.

J'aurais mille fois préféré avoir rapidité et force physique.

Mercury est reparu de l'autre côté. Il avait achevé son inspection des lieux et je savais qu'il n'était pas du genre à faire le siège de la place. Il voulait en finir et entrerait par la grande porte.

Je suis retourné me planquer au bord de la mezzanine, le tisonnier à la main et le fourreau de mon couteau enfoncé derrière le dos, sous l'élastique de mon pantalon de jogging.

Il a défoncé la porte d'un coup de pied. Amber n'a même pas tressailli.

« Où est-il ? » lui a-t-il demandé.

Je ne le voyais pas, mais Amber a tourné légèrement la tête dans la direction d'où provenait sa voix, ce qui m'a permis de déterminer sa position exacte. Elle n'a pas répondu, s'est contentée de se blottir plus étroitement dans sa couverture.

J'ai tendu le bras le plus loin possible vers la droite et heurté le plancher de la mezzanine du bout du tisonnier.

Le tonnerre de l'automatique de Mercury a ébranlé le chalet. Trois balles ont perforé le bois là où je l'avais tapoté. À la troisième, j'avais déjà bondi.

J'ai atterri juste devant lui. Son calibre était encore braqué sur la mezzanine, si bien que j'ai frappé de taille et cinglé son poignet droit du tisonnier : le Magnum a rebondi avec fracas sur le plancher de bois. Le cou de Mercury a essuyé le retour de manivelle et il a reculé en titubant. J'ai ramené le bras en arrière pour l'estocade et visé son crâne de toutes mes forces. Il a bloqué le coup de l'avant-bras, mais j'avais anticipé la manœuvre. Lorsque son avant-bras s'est porté en avant pour parer, j'ai sauté et lui ai décoché un coup de pied dans les côtes. Il a volé en arrière à travers la baie vitrée. Il a plu des débris de verre.

Grossière erreur !

Il avait sûrement plusieurs calibres. Je ne pouvais pas me permettre de lui laisser le temps de porter la main à sa veste ni à sa cheville. Si jamais il réussissait à dégainer, j'étais foutu.

J'ai bondi à sa suite par la fenêtre. Atterri sur sa poitrine et abattu sèchement le tisonnier. Il a agrippé mon poignet à deux mains, l'a tordu, a raidi le pouce et l'a planté juste sous ma paume. J'ai dû lâcher l'ustensile.

Mais ma main blessée s'est douloureusement crispée pour former un poing. J'ai cogné à trois reprises : une fois à la mâchoire, deux fois à l'œil.

Il s'est tortillé sous moi, a roulé sur le flanc, m'a désarçonné puis décoché une ruade arrière qui m'a cueilli à l'abdomen. Je me suis relevé poussivement, mais il était déjà debout.

Nous nous sommes retrouvés face à face, à un mètre l'un de l'autre. Je ne jouissais plus de l'effet de surprise, mais j'ai empoigné le couteau dans mon dos, je l'ai dégainé et j'ai balancé le fourreau. Je devais absolument rester à sa portée pour pouvoir le frapper, si jamais il tentait de sortir un calibre de sa veste.

Il s'est contenté de sourire. Un filet de sang lui coulait de la bouche et son œil droit commençait à enfler.

Je suis resté planté dans la neige, pieds nus, en me demandant comment je devais le prendre.

« Comment ça va, Lloyd ?

— Bien. Beggar t'adresse ses compliments.

— Comment m'avez-vous retrouvé ? Jeffers ?

— Naturellement. Il m'a déclaré que Tina venait du Tennessee et que vous aviez probablement mis le cap sur cette destination, vous aussi. Il n'y avait que deux entrées dans l'annuaire au nom de Tina. Ce chalet et la maison au pied de la montagne. J'ai commencé par elle. Vous aviez laissé un sacré foutoir.

— Je ne rentrerai pas à Orlando, Lloyd. Je suis fini. Je le sens. Il n'est pas nécessaire d'en passer par là. Je cherche uniquement à aider la fille. Elle a été salement secouée. Vous n'avez pas à vous inquiéter de moi. Je vous dirai même où se trouvent les registres. »

Il a réfléchi un instant, le visage plissé. « Désolé, Charlie. Ça n'a rien de personnel, mais vous nous avez causé beaucoup d'ennuis. Beggar a dit qu'il fallait vous éliminer.

Bon, maintenant, voilà comment ça va se passer. Vous allez devoir tenter de me planter ce couteau dans le ventre avant que je n'aie reculé de trois pas pour dégainer mon Beretta. Il faut en finir, d'une manière ou d'une autre. »

Il a reculé, en même temps que sa main volait vers sa veste et que je lui sautais dessus, le couteau brandi. C'était une ruse. Sa main est ressortie sans le Beretta et il a avancé d'un pas, agrippé ma main armée et l'a tordue. Je l'ai repoussé d'un coup de pied, mais j'ai dû lâcher le couteau. Il m'a balancé un swing. J'ai baissé la tête pour esquiver et je l'ai frappé dans le ventre. Il m'a saisi le bras, m'a attiré à lui et m'a flanqué un grand coup de tête sur le nez.

Le sang s'est mis à dégouliner. J'ai reculé en titubant. Il a bondi. J'ai cogné. Il a bloqué le coup et m'a fauché d'un croc-en-jambe. Je me suis vautré dans la neige et j'ai faiblement tenté de déguerpir. Il a sorti son Beretta, l'a braqué sur mon cœur.

« Je voulais seulement savoir si j'étais le meilleur des deux, m'a-t-il déclaré. Maintenant, nous le savons l'un et l'autre. Je vais devoir vous tuer, à présent. Ça n'a rien de personnel. Beggar m'a demandé de vous dire que cette balle était de la part de Sanchez. »

La détonation m'a fait sursauter. Le visage de Mercury a explosé. Son sang m'a éclaboussé et il a étoilé la neige de taches rouges. Il a basculé à la renverse et s'est rétamé à plat dos, les bras en croix, ange des neiges sanguinolent.

Amber se tenait sur le seuil, nue, les jambes écartées et le gros Magnum scintillant de Mercury dans ses petits poings. Je me suis relevé, les jambes flageolantes, je me suis avancé vers elle, je lui ai pris l'automatique des mains et je l'ai serrée contre moi. Elle a longuement pleuré sur mon épaule, pieds nus dans la neige, tout comme moi.

ÉPILOGUE

Je me balançais dans un hamac sur le perron de la villa. Il ne m'avait fallu que deux heures pour retrouver Marcie après l'atterrissage de mon avion à Acapulco. Elle était allongée sur un transat, au bord de la piscine d'un palace, et sirotait un cocktail à ombrelle en lisant un magazine. Elle a éclaté en sanglots à ma vue et m'a serré sur son cœur.

Puis m'a flanqué un coup de poing en pleine poire.

Une fois certain qu'Amber se rétablirait, je lui ai laissé l'Impala pour rentrer à Orlando. J'ai retourné mes poches et je lui ai remis jusqu'à mon moindre cent pour que son voyage se passe sans encombre, en lui précisant qu'il se passerait peut-être six mois, sinon plus, avant que je ne les recontacte, elle et Danny. J'avais besoin de faire le dos rond un bout de temps. Elle m'a alors expliqué que je pourrais toujours joindre Danny par l'entremise de la Clemson University. Elle y veillerait personnellement.

Elle m'a fait l'impression d'être en bonne voie de rétablissement lorsqu'elle m'a déposé à l'aéroport de Chattanooga. Elle m'a encore embrassé sur la joue, en me disant qu'elle penserait toujours à moi.

J'ai pris un billet d'avion avec une carte de crédit des Minelli.

J'ai profité des quatre-vingt-dix minutes précédant le décollage pour mettre la clef du casier de consigne à la poste. Je me suis servi de la carte de visite de l'agent Dunn pour obtenir son adresse. Je lui ai également adressé un petit mot expliquant que je mettais plusieurs conditions à ma coopération, dont, entre autres, le souhait qu'on fasse profiter Stan, si jamais on parvenait à l'alpaguer, d'un programme de réinsertion des témoins. Dunn se montrerait peut-être assez reconnaissant pour y consentir.

L'existence me paraîtrait sans doute bien étrange les premiers temps, sans les directives de Stan pour me guider, mais je comptais refaire ma vie. J'étais désormais mon propre patron.

Une légère brise s'est levée. J'oscillais dans le hamac. Marcie et moi avions passé une seconde nuit dans ce palace puis je lui avais expliqué qu'il nous faudrait faire durer le plus longtemps possible sa réserve de liquide. Nous attendions des nouvelles de l'agent immobilier à qui elle avait confié la vente de sa maison. D'ici là, nous emménagerions dans un quartier relativement sûr et propre, chez les autochtones. Le loyer de la villa était raisonnable.

J'ai entendu quelqu'un s'approcher de la maison, mais, reconnaissant les petits pas rapides de Marcie sur les pavés, j'ai gardé les yeux fermés. Elle a gravi les marches du perron et m'a posé quelque chose sur la poitrine. J'ai fait semblant de dormir.

Elle s'est gratté la gorge de façon appuyée et j'ai ouvert les paupières.

Je fixais un gros iguane empaillé droit dans les yeux.

« Je t'en prie, ne me dis pas qu'il s'agit du dîner de ce soir.

— Tu sais combien ils vendent ces cochonneries dans les boutiques de souvenirs ? m'a-t-elle demandé.

— Non.

— Essaie de deviner.

— Vingt dollars.

— Pas dollars, débile. Pesos.

— Aucune idée.

— Deux mille putain de pesos. » Elle a posé les mains sur les hanches. « Tu peux croire ça ?

— Proprement incroyable. »

Elle a poussé un grognement de dérision. « Rigole, sale mioche. On a besoin de gagner notre vie. Je pourrais empailler un de ces bestiaux les yeux fermés. » Elle a brandi le lézard sous mon nez. « Je dispose dans ce patelin d'un talent éminemment négociable, tu sais ça ?

— Je peux toujours proposer l'affaire à Hernandez », ai-je suggéré. Hernandez était un individu louche que j'avais rencontré quelques nuits plus tôt dans un des bars du cru. On avait taillé une bavette devant quelques bouteilles de tequila et il m'avait parlé d'un plan qu'il avait mis sur pied avec ses copains et qui consistait à piquer des bagnoles au Texas pour leur faire passer la frontière et les revendre au Mexique.

« Non ! » Marcie m'a giflé le front de sa paume. « On ne fait plus dans ce genre de micmacs. Tu veux que je te botte le cul ? »

Je me suis contenté de rire.

Elle s'est carré l'iguane sous le bras et est entrée dans la maison. « Je suis très sérieuse, a-t-elle lancé par-dessus son épaule. On doit gagner notre pain, d'une manière ou d'une autre. »

J'ai déplié le télégramme que j'avais reçu une heure plus tôt et je l'ai relu.

Décompte du stock terminé. Compte à ton nom à la banque de Zurich. Numéro DHI123-45567. Solde : $1 428 076,00.

Jimmy le Fix

« On se débrouillera ! » lui ai-je crié.

J'ai fermé les yeux. Le vent s'est levé un tout petit peu, le temps de sombrer dans des rêves bercés par la musique des *mariachis.*

Composition Nord Compo.
Achevé d'imprimer sur Roto-Page
par l'Imprimerie Floch
à Mayenne le 4 août 2004.
Dépôt légal : août 2004.
Numéro d'imprimeur : 60756.
ISBN 2-07-030494-9 / Imprimé en France.

126445